JN026873

ラッキーボトル号の冒険

クリス・ウォーメル 作
柳井 薫 訳

この本をエリザとデイジーとジャックに捧げる
彼らの〈ボトルシップ〉がこの物語を書くきっかけになった

The Lucky Bottle
by Chris Wormell

First published in Great Britain in 2022 by David Fickling Books, 31 Beaumont Street, Oxford, OX1 2NP
Published arrangement with David Fickling Books Limited, Oxford
through Tuttle-Mori Agency, Inc., Tokyo

ラッキーボトル号の冒険　目次

プロローグ

みなさんは、ボトルシップを知っていますか？

ええ、そう、ビンに入った帆船の模型のことです。

見たことのある人は、ああいうものを「不可能のビン」と呼ぶことは知っていますか？　ビンというのは口が小さくて首がきゅっと細いので、小さな模型とはいえ帆船のようなビンの口より大きいものを入れるのは不可能――どうしたってマストは折れてしまいます。

これからお話しするのは「世界ではじめて小さな帆船がビンに入るまで」の物語。また、そんなことをやってのけた人の物語でもあります。

といっても、物語の始まりは、小さな模型ではありません。

遠い昔、かなたの海を航海する大きな本物の帆船を思いうかべてみてください。

１章　嵐の夜

　その夜の嵐ははげしく、波はあまりにも高かった。制御不能となって大きな波のあいだをただよう大きな帆船は、まるで小さな模型のように見えた。

　高波がザザーッとデッキを洗う。

　マストというマスト

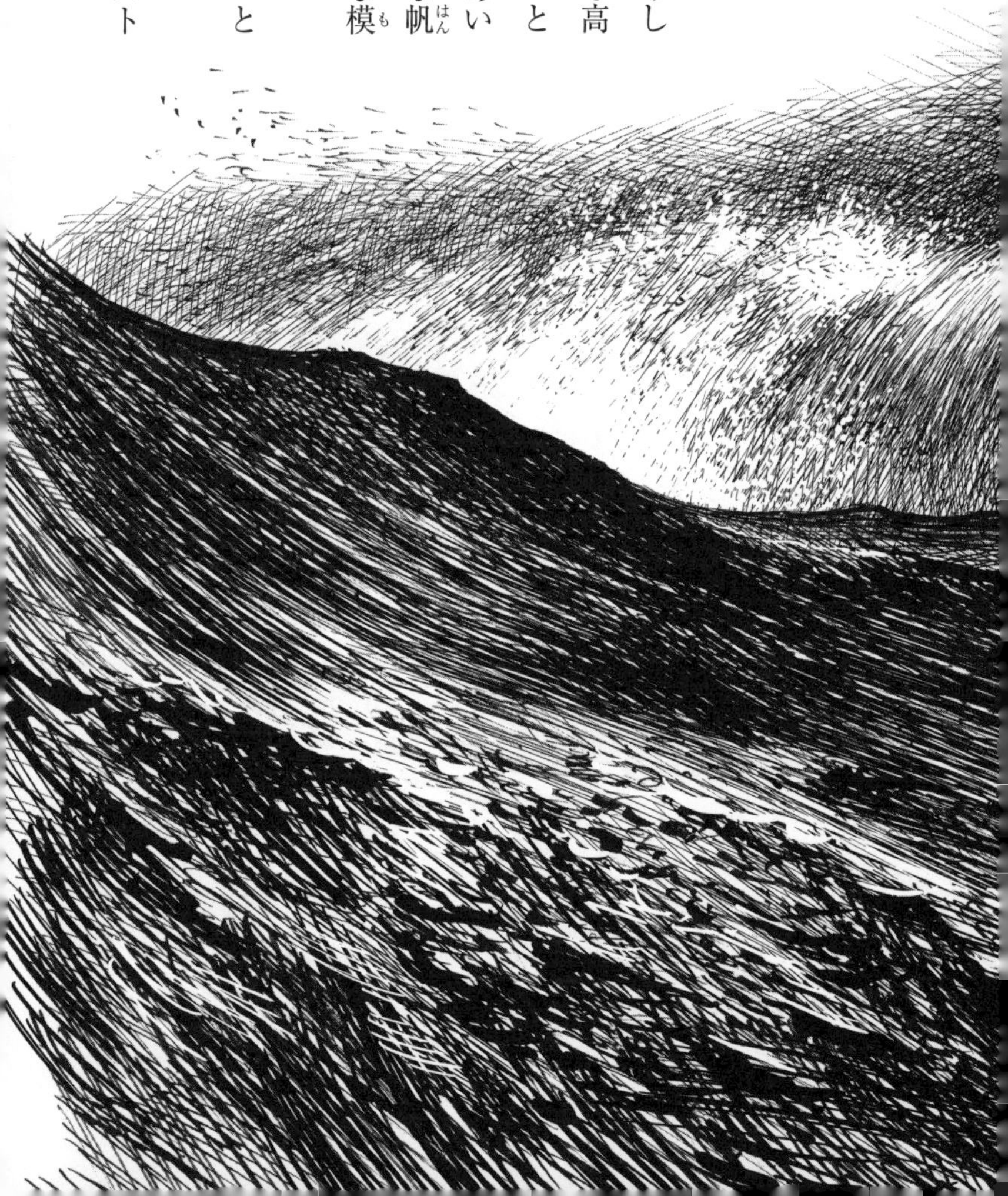

がギシギシときしみ、帆船は右に左に大きくゆれた。

そのうち、いちだんと大きな波が船首をぐっと持ちあげたので、船はまるで立ちあがったようになってしまった。

泡立つ波頭が、暗い空を背景にくっきり白く見える。波はぐんぐんせりあがり、ついに巨大な水のかたまりとなって、真上から帆船をのみこんだ。

帆船は、暗い海の中にすがたを消した。

やがて、船倉にあった樽が、一つまた一つと、逆まく海面に浮かんできた。ついさっきまで船首や舵輪やマストだったものが、木切れとなって水中を舞っている。

船が大波にのまれる瞬間、乗員はみんな思わず声をもらし、そばにあるものに必死でしがみついた。いくつもの手が、マストにからみついたロープをつかんだ。しかし、肝心のマストそのものはすでに折れて、船体と離れてしまっていた。

しばらくすると、海面に頭と腕があらわれた。男の子だ。

その子はブハッと大きく息をつき、ゴホゴホとしょっぱい水を吐きだしてから、目の前に浮いていた木切れにしゃにむにしがみついた。

それは、折れたマストだった。まだロープがからみついている。漆黒の夜の海に浮かんでいるさまは、まるで白い幽霊だった。

　少年は幽霊のようなマストにしがみついたまま、波に高く持ちあげられたり深い波の谷に沈んだりした。

　数時間たつと、少年はときどき意識を失うようになった。冷えた体はしびれ、こごえた指は今にもマストを放してしまいそうだった。

　そのとき、はるかかなたから嵐をついて、かすかな声が聞こえた。

「ジャーック！　ジャーック！」

　自分を呼ぶ、さしせまった声だった。とつぜん少年の胸に希望の火が燃えあがった。

　すぐに返事しないと……しかし口から出たのは、かすれた小さな声だった。

　ジャックは、波のあいだに父さんを見つけた。波にのまれそうになりながら両腕をこちらにのばしている。

「ジャーック！」

そのとき、ジャックは気づいた、ちがう、これはただの思い出だ。いつのことだったろう？晴れた日の午後、ピクニックに行った浜辺で聞いた父さんの声だ。

助けに来る人なんかいないんだ……。

ジャックは、折れたマストにもう一度しっかりとしがみついた。

丘と見まがう高さの波がおしよせ、せりあがったと思うと、すぐに深い波の谷間にジャックをつきおとした――。

ジャックは、ぬれた砂にほおをおしつけるようなかっこうで浜辺に横たわっていた。首の後ろにハエがとまっている。

一方の目をあけ、頭を持ちあげる。砂にひじをついてひとしきりゴホゴホやって、砂と海水を吐きだした。それからようやく起きあがった。

太陽がまぶしい……ジャックはひたいに手をかざして砂浜の左右に目をやった。

海の色は、明るい緑がかった青だった。

一瞬、ここは昔ピクニックをしたあの浜辺で、そばに両親と妹がいるのかと思った。

だが、ちがった。ジャックはひとりぼっちだった。

白い砂浜(すなはま)をよく見ると、船の残骸(ざんがい)がちらばっていた。右の岩場が、熱気でゆらゆらして見える。岩場の高いところにのぼって、海と反対のほうを見てみる。ところどころに低い木が生えているだけの、岩だらけの土地だった。遠い高台には、大きな岩がそびえている。

近くの茂(しげ)みを見ると、いたるところに嵐(あらし)の跡(あと)があった。

強い風で根こそぎになった低木の枝(えだ)には、海水まじりの暴風(ぼうふう)で飛ばされてきた海藻(かいそう)や貝や小さなカニのハサミがぶらさがっている。家や建物が見えないかと思ったが、なかった。

「おーい！」と呼(よ)んでみたが、のどがからからで小さな声しか出ない。ジャックの声は、たちまち風にかきけされた。

海をふりかえると、さっきより潮(しお)がひいており、砂浜(すなはま)が右に長くなったように見えた。今いる岩場も、さっきより広く高く感じられる。あたりはあいかわらず熱気でゆらいでいた。

そろそろと岩場をおりながら、ジャックはかすれ声で乗組員の名を呼(よ)んだ。

「トレロニー船長……」

「スコビーさん……」

「ビリー・ブラドック……」

何度呼(よ)んでも返事はなかった。

ぼくしか生き残らなかったのか？　この見知らぬ浜辺でひとりぼっち？

ジャックはなんとかして不安をしめだそうとした。

ひとりぼっちだなんて考えちゃだめだ！　ほかにもだれかいる、ぜったいにいるはずだ！

ジャックは、いつのまにか走りだしていた。だが、すぐに息が切れ、足がもつれて砂にばったりとたおれた。空腹で疲れもひどかった。

と、右手が何かに触れた。かたくてなめらかで丸みのあるものだ。

え……？　ジャックは顔をあげた。

白い砂の上に、白っぽい球のようなものが半分見えていた。

石……？　でも、さわった感じは石じゃない。

ジャックはその球のようなもののまわりを掘ってみて、あわててとびのいた。

うつろな二つのくぼみがジャックを見つめていた。

白いものは、しゃれこうべ——人の頭の骨だった。

2章　漂着した少年

ジャックはパニックにおちいり、くるりと向きを変えて砂浜を走りだした。さっきおりてきたばかりの岩場を、切り傷やすり傷ができるのもかまわず、夢中でまたのぼる。

気味の悪いしゃれこうべの顔が頭に焼きついて消えない。

ひとりではないと思いたい一心で、ジャックはひたすら乗組員の名を呼びつづけた。

返事は聞こえなかった。

ふたたび岩場のいちばん高い場所に来ると、ジャックは海と反対側にそびえる岩だらけの高台を見あげた。

あそこからなら、もっと遠くまで見えるはずだ。家や村が見えるかも……。

ジャックは高台をめざしてのぼりはじめた。

あたりの茂みには、見なれない明るい緑色の実がなっていた。ナシをでこぼこにしたみたいな形だ……ジャックは実をもいで、においをかいだ。においはしない。おそるおそるひと口かじったとたん、ジャックは顔をしかめてペッと吐きだした。

「オエッ！」

ひどい味だった。こんなにまずいものは生まれてはじめてだった。

毒かも……ジャックはもう一度しっかり吐きだした。

食えない木の実を投げすてると、急に空腹を強く感じるようになった。こらえきれない痛みのような空腹だった。のどもかわいていた。

それなのに、飲める水や食べものはありそうもなかった。家や畑が見つかれば、食べものを分けてもらえるのに……。

ジャックは高台をめざして、ぐらつく岩づたいに進んだ。よろけたりすべったりして、はだしの足の裏は傷だらけになった。トゲのある低木をかきわけるときに、シャツがやぶれた。足の親指にトゲがささったので、ジャックはトゲをぬこうと大きな岩に腰をおろした。溝やひっかき傷みたいなものがたくさんある変わった岩だった。

ところが、その大岩が動いた！

「うわっ！」とさけんで、ジャックはつんのめった。

ふりかえると、大岩がジャックを見おろしている。

な、なんだ……!?

よく見ると、ゾウの鼻のようなしわしわの四本脚が岩を地面から持ちあげている。大岩から顔がぬっとあらわれた。

表情のない爬虫類みたいな顔だった。ごわついた皮膚の首を左右にふりながら、岩の怪物はジャックに顔を近づけてきた。小さな黒い目がこちらを見つめている。

怪物はとがった口をカッと開き、シャーッと音を発しながらジャックに臭い息を吐きかけた。そして、角のような爪が生えた足で近づいてくると、真上からもう一度ジャックの顔をのぞきこんだあと、のっしのっしと去っていった。

ジャックはしばらく動けなかった。心臓がバクバクして口から飛びでそうだ。なんて大きな生きものなんだ……それにあのでかい爪、まるで角みたいだ……。

しばらくたっても怪物がもどってくる気配がないので、ジャックはようやく立ちあがった。

そのとき、離れた茂みがガサガサッとゆれた。

怪物はあっちへ行ったのか……。

ジャックの手はふるえ、足もまだふらついていた。それでもジャックは高台へ続く岩をふたたびのぼりはじめた。

このひと気(け)のないやせた土地に、ほかにどんな怪物(かいぶつ)がいるんだろう?

ようやく高台のいちばん上の岩にたどりついた。てっぺんに立ち、はじめてこの地を見わたしたジャックは、そのながめに打ちのめされ、その場でうずくまってしまった。どこを見ても同じだったのだ。

家も畑も村もない……。

どの方角を見ても、すこし先にはただ海が広がっているだけだった。

ジャックがいるのは絶海(ぜっかい)の小さな孤島(ことう)だった——。

3章　わかったこと、見つけたもの

だれかにドンと胸をつかれ、「いいかげんに目をさませ！」といわれたような気がして、ジャックはようやく現実に目を向けた。

これからずっと、この島でひとりで生きていくのか……ずっとといっても、それほど長くは生きられないだろうけど。

胸に大きな穴があいたようで、ジャックはこらえきれずに泣きだした。父さん、母さん、妹、イングランドのあの家……。自分が失ったもの、故郷での年月――すべてを思って、ジャックは大声で泣きじゃくった。

日ざしがさっきより強烈になってきた。きっと昼をすぎたのだろう。木かげのない高台の岩につっぷしているジャックは、まるで焼き網の上のパンだった。

このままではまずい……ジャックは泣くのをやめた。シャツのそでで涙をぬぐい、泣きはらした目で、岩だらけの高台からおりる道をさがした。

そのあいだも、ジャックは考えていた。なんとかしてこの島から脱出しなければ……きっと方法があるはずだ！

岩をくだりはじめると、眼下にきらきら光る水面が見えてきた。泉だろうか……？　きらめく水面から、海に向かって小さな流れが見えかくれしている。

ジャックはすべるように岩をおりて泉のほとりに着くと、砂の上に腹ばいになった。

水を飲もうとしたちょうどそのとき、ジャックはぴたりと動きをとめた。

目の前の砂に、人間の大きな足跡があった――。

4章　耳をすまして進む

ぼくはひとりぼっちじゃないんだ……。

そう思うと、安心したというより、むしろ怖くなってきた。

ジャックはゆっくり立ちあがり、見つけた足跡の横に自分の足を置いてみた。ジャックの足の倍以上の大きさだ。あの船にはこんな大足の男はいなかった……そうだよ、〈ウェセックス号〉には巨人なんか乗ってなかった！

足跡は、ジャックが知らない男のものだ。そいつは、どうやらかくれている。この大男がずっと島にいるなら、もうぼくに気づいているはず……もしかして、今もどこかからぼくを見ている!?

ジャックは、さっと高台や茂みや浜辺のほうに目をやった。だれもいないようだった。

足もとに視線をもどすと、足跡はもっとあった。最初に見つけたやつほどくっきりしていな

いけど、同じ大きさだ！

ジャックは足跡をたどって、大きな岩がたくさんある場所に向かっていた。

近づいてはじめて気づいたが、岩と岩のあいだにすきまがあって、通路のようになっている。切り立った岩壁のあいだの砂の小道は、さっきの高台のほうまで続いているようだ。

この先にいるのは味方、それとも敵？　どっちにしろ、こんな小さな島じゃ、そう長くはかくれていられない……。

ジャックは覚悟を決めてゆっくりと小道を歩きはじめた。静かに歩を進め、小さな音も聞きのがさないように耳をすます。

だが、何も聞こえなかった。たえまなく聞こえていた波の音さえ、ここでは岩壁にさえぎられている

ようだった。

緊張したジャックは、自分の鼓動が聞こえるような気がしてきた。こういうとき、いつもならフーッと息を吐いて気持ちを落ちつかせるのだが、今は息をひそめて歩くしかない。たいして進まないうちに、相手が待ちぶせしているかも、という考えが頭に浮かんだ。浜辺で見つけたしゃれこうべを思い出し、「人食い」という言葉も浮かんできた。

ジャックは立ちどまった。というより、恐怖で足が前に出なくなったのだ。心臓も肺も、体じゅうの機能がとまってしまったようだった。ジャックはその場でふるえはじめた。

そのとき、かすかな音が聞こえた。孤島にはぜんぜんそぐわない、ひどく場ちがいな音だった。

え、ここで……？　ジャックはもう一度その音がするのを待った。

やっぱりそうだ！　ジャックはその音を知っていた。恐怖が消え、ジャックの顔に笑みが広がった。

だれかが、本を読んでる？

5章　本を読む男

ひどく場ちがいな、かすかな音は、本のページをめくる音だった。

ジャックは、なじみのある音にはげまされるように、ふたたびゆっくりと進みはじめた。

前のほうに、上から日光がさしこんでいる場所があるようだった。あそこで、岩のすきまが広くなっているのかも……。

ジャックは勇気をかきあつめて、日の当たる明るい場所に足をふみいれた。

そこは、大きな縦長の石にかこまれた、中庭のような場所だった。

中央に置かれた木のイスに、大きな男が腰かけている。

まさにジャックが思ったとおり、男は本を読んでいた。

黒いもじゃもじゃのヒゲを生やした大男は、変わらず本を読みつづけていた。

ジャックはしばらくバカみたいにつっ立っていたが、何かいわなくてはと思い、とりあえず「コホン！」とせきばらいをした。

男は顔をあげず、人さし指を立ててこういった。

「あ、ちょっと待ってくれるか？　あと一ページで読みおわるから」

ジャックは開きかけた口をとじた。それでも、心の中ではかなりほっとしていた。男の話し方には敵意(てきい)が感じられなかったし、低くて温かい声はゆったりした音楽のようで、耳に心地(ここち)よかった。

安心すると、おさえこんでいた感情(かんじょう)がどっとあふれてくるものらしい。ジャック自身はそれまでの緊張(きんちょう)がすこしゆるんだだけだと思っていたが、目から涙(なみだ)があふれてきてとまらなくなってしまった。

男は、本をパタンととじて、足もとの砂(すな)に置いた。

「やっと読みおえたよ！　すばらしい物語だった。ためにもなる。オススメだ！」

男はそういって、ようやくジャックの顔をまともに見た。ジャックが泣いているのに気づいた男は、あせってさっと立ちあがった。

「あ、いかん！　おれとしたことが！」

大男が立ちあがると、日光がさえぎられてジャックのまわりが急に暗くなった。上からのしかかられるような気分だった。

ジャックはたじろぎ、今歩いてきた砂の小道のほうにあとずさりした。

「すまん、怖がらせるつもりはないんだ」

男はもうしわけなさそうに深く頭をさげた。長くて黒いヒゲが地面の砂をこすりそうだ。

男は身を起こしていった。

「きみに危害をくわえたりしない。ぶしつけですまなかった」

それから男は、大きな右手をさしだしていった。

「会えて光栄だよ！　ええと、きみ、名前は？」

ジャックは鼻をすすり、シャツのそでで涙をぬぐってから、やっと返事をした。

「……ジャック。ジャック・ボビンです」

ジャックはそこではっと気づいて、握手をしようと自分からも右手をさしだした。

「ジャック・ボビンくんだね、どうぞよろしく！」

男はジャックの小さな手をそっとにぎった。ジャックも男の手をにぎりかえした。

「おれは……ええと、おれの名前は……あれれ？　どうしたんだろう、自分の名前が出てこない！　まいったな……」男はとほうに暮れていた。

しばらくして、男はこういった。

「まいったな、どうやら自分の名前をわすれちまったようだ。最後に使ったときのことが思い出せない。もう十年以上も前のことで。こうなったら、自分で自分に名前をつけるしかないな！」

男がこう話すあいだに、ジャックはふらっとした。さっきよりもっと安心したら、こんどはひどい疲労と空腹がおそってきたのだ。

「おっと、すまん。さあ、ここにすわってくれ！」

男はジャックをイスのところへ連れていき、砂の上にあったビンの栓をぬいてジャックに手わたした。

「ほら、すこし水を飲むといい」

男はそれから「ちょっと失敬」といって、中庭のすみにある洞穴の入り口にすがたを消した。そこには、手わたされたのと同じ形の空きビンが山と積まれていた。

男は自分用のイスを持ってもどってきて、ジャックのとなりに置いて腰かけた。

「ええと、ジャック、さっきは本当に失礼した。ゆるしてくれ。あまりにも長いこと一人でいたから、マナーをわすれてしまった。さてと、きみの話を聞かせてくれるか？　嵐にあって、乗っていた船が難破したのか？」

ジャックはうなずいた。

「きみはひとりぼっち？」

ジャックは、またうなずいた。

男はしばらくだまって考えてから、こうきいた。

「その船に、きみの家族や友だちは？」

いなかった、とジャックは首を横にふった。

「ということは、乗組員たちといっしょだった？」

ジャックはうなずき、こういった。

「乗組員の中に、仲のいい友だちはいなかったです。そういう意味できいたなら」

「きみは船のボーイとして、乗客や船長の世話をしていたのか？」

ジャックはだまってうなずいた。

「そうか。きみみたいに若いと、船での仕事は――」

「トレロニー船長にうそをついて船に乗ったんです。『十二歳です。年のわりに体が小さいだけです』っていって。ほんとは十歳半だったのに……」

　大きな男は、なるほどというように、大きくうなずいた。

　男はここで話題を変えた。難破のくわしい話をさせるには早すぎると思ったのかもしれない。ジャックの心の傷がまだ生々しすぎるかもしれないと。

「もっと早く助けなくて悪かったな」と、大きな男はいった。

　ジャックは意味がわからず、だまって男の顔を見つめかえした。

「泉でビンに水をつめていたとき、きみが何かさけぶのが聞こえたんだ。人生最大の衝撃だったよ。はじめは、知らない鳥の鳴き声かと思った。

そのうち、高台できみが泣きだすのが聞こえた。のぼっていこうかとも思ったんだが、あそこで自己紹介しあうのもなあ……岩の上はあぶなっかしい場所だ。おれがのぼっていくのを見て、きみがあわてて逃げようとして岩から落ちたりしたらこまるだろう？

それよりも、きみがおれの足跡を見つけてさがしに来るほうがいいと思ったんだ。そういうわけだから、『もっと早く助けなくて悪かった』といったのさ」

男の話に、ジャックはすこしほおをゆるめた。たしかに、高台にいるときこんな大きな男がのぼってきたら、きっとあわてて逃げていたな……。

「きみは泉のほとりでおれの足跡を見つけた。そうだろう？」

ジャックは、まただまってうなずいた。

男は何か思いついたようににやっとし、さっきまで読んでいた本をひろいあげた。

「これは、ダニエル・デフォー（十七、八世紀のイングランドの作家、ジャーナリスト）が書いた『ロビンソン・クルーソー』という本だ。ほら、タイトルが背に金で箔おしされているだろう。孤島に漂着した男の物語なんだ。おっ、いい名前を思いついた。漂着した男はロビンソン・クルーソーというんだ。

別の漂着者もいて、ロビンソンはそいつと友だちになる。そいつを人食い人種から助けたのをきっかけにね。ロビンソンはその友だちを『フライデー』と呼ぶことにしたんだ。二人がはじめて出会ったのが金曜日だったたから。

なあ、ジャック、この本の二人は、おれたちと同じようにして出会ったんだ。フライデーが砂にロビンソンの足跡を見つけて。まあ、きょうはあいにく木曜だがな。おれは、日付と曜日にはちょっとこだわりがある」

「……きょうは木曜だから、ぼくを『サーズデー』と呼ぶつもりですか?」

「いや、そうじゃない。おれの名前さ。おれはこれから『ロビンソン』と名乗ることにするよ。助けたほうの男の名前だ」

6章　焚き火でディナー

「ジャック、腹ぺこだろう？　そろそろ晩めしにしよう」

ロビンソンと名乗ることにした男は、立ちあがって本をイスに置いた。

ジャックの返事も待たず、ロビンソンはまたさっきの洞穴に入っていき、何か入った帆布の袋を手にもどってきた。肩には、先に大きなフォークをくりつけた長い棒をかついでいる。

「これは、おれの銛だ！」男は得意げにいい、歯を見せてにっと笑った。「下の浜で焚き火をして晩めしをつくろう。ついておいで」

ロビンソンは砂の小道を海に向かって歩きだした。ジャックはついていった。

二人は砂浜に出た。

上の泉からの水が海に流れこむあたりで、ロビンソンはいった。

「おれが魚を捕ってくるから、きみはたきぎを集めてくれ。茂みの下に乾いた枝がいっぱい落ちている」

ロビンソンは銛をかついで海へおりていった。見ると、岩が沖に向かって細長い島のように顔を出している。まるで天然の桟橋みたいだ……。

ジャックがたきぎを集めおえたころ、ロビンソンが大きな魚を二尾持って砂浜をあがってきた。ロビンソンは魚を砂の上に置くと、さっきの袋から箱をとりだしてジャックにわたした。それは、火をおこす道具が入った火口箱だった。

「火をおこしておいてくれるか？　おれはそのあいだに魚をさばいてくる」

ジャックは火をおこすことには慣れていた。箱には二つの火打ち石と、火口、つまり燃えやすいものとして乾いた枯れ葉が入っていた。枯れ葉を乾いた砂の上に置き、すぐそばで火打ち石を打ちつけて火花を出す。火花がうまく枯れ葉にうつると煙が出てくる。そこに細い枝を置き、炎が安定してきたら太い枝を足していく。

ほどなく、焚き火がパチパチと音を立てて燃えはじめた。

ロビンソンは、はらわたをぬいて水で洗った魚を持ってもどってきた。魚を枝で串ざしにして焚き火のそばの砂にさすと、すぐに魚の焼けるおいしそうなにおいがしてきた。

二人が魚を食べおわるころには、太陽は遠い水平線に沈み、夜の闇が四方からせまってきた。魚の骨をしゃぶりながら、ジャックはさっきの、人の骨のことを思い出した。

「あの、ロビンソンさん、この島に『人食い』はいないですよね？」

「人食いだって？　いないいないない！　どうしてそんな恐ろしいことを？」

「……ドクロを見たので」

「ドクロだと？」

「あっちの、砂浜で」

ジャックは、自分の後ろに広がる暗がりを指さした。

ロビンソンはだまって立ちあがり、ジャックがさしたほうに歩いていった。ジャックもあわててついていく。

月はすでに高く、明るくかがやいていた。焚き火から離れても、白い砂や打ちよせる波の先は銀色に光ってよく見えた。

「ほら、あそこ！」ジャックは前方を指さした。砂から白いものがのぞいている。

近づいたロビンソンは、しゃれこうべの上にかがみこんでヒューと息を吐いた。「こいつははじめて見るぞ！　嵐で砂が流されて顔を出したんだな」

月明かりをあびたしゃれこうべは、明るい中で見たときより気味が悪かった。ジャックは、一人じゃなくてよかった、と思った。

ロビンソンはいった。

「このかわいそうなやつを、もうすこし深く埋めてやったほうがよさそうだな。あしたの朝ここに来て埋めるとしよう。それにしても、いったいだれの骨だろう？」

二人は、月光にかがやくしゃれこうべのそばを離れ、焚き火のところにもどった。

焚き火はもう消えかけていて、たきぎは白い燠になっていた。

ジャックが皿とフォークを小川で洗ってくるあいだに、ロビンソンは大きな手で焚き火のそばの砂に穴を掘り、そこに魚の骨と燠をまわりの砂ご

と落とした。

穴を埋めもどして砂をならすと、焚き火と夕食の跡はすっかり見えなくなった。

ロビンソンは皿を入れた帆布の袋と銛を持った。

「そろそろ寝る時間だ。ジャック、客人として、ぜひ、おれの洞穴に泊まってくれ」

ジャックはありがたく泊まらせてもらうことにした。

二人は、浜の岩場をこえ、夜空にぼんやり見えている高台を目印にして進んだ。

明るい月夜とはいえ、昼間ほどは足もとが見えないので、ジャックは不安定な石をふんで転んでしまった。

「助けがいるか?」ロビンソンがいった。

うなずいたジャックは、「助けるって、どうやって?」とたずねるまもなく、ロビンソンに銛を持たされた。

と、ロビンソンは、ジャックをひょいと大きな肩にかつぎあげた。

疲れきっていたジャックは、洞穴に着くかなり前から、ロビンソンの肩でうとうとしはじめた。

岩のあいだの砂の小道を通ったのは、なんとなくおぼえている。

おそらく、そのあと完全に眠りこんでしまったのだろう。

ジャックは、天蓋つきの豪華なベッドに寝かされる夢を見ていた。マットレスは分厚いし、枕がふかふかだ……。

7章　ここは大邸宅？

何もかも、ジャックの夢というわけではなかった。

次の朝、ジャックは天蓋つきの豪華なベッドで目をさましたのだ。本当にマットレスは分厚いし、枕はふかふかだった。

ジャックはベッドにすわったまま、「ここはいったいどこ？」としばらく考えた。

きのうの中庭のすみの洞穴とはちがうみたいだった。ジャックをとりかこんでいるのは、ふつうなら大邸宅にあるようなりっぱな家具だった。

脚にヘビの飾りがあるイス、凝ったもようのペルシャじゅうたんの上には、ごてごてした感じのテーブルが置いてある。しっかりつめものをした革張りのソファー、前面がゆるいカーブを描くチェスト――引き出しの取っ手はぴかぴかの真鍮だ！　洋服だんす、食器棚、ひじかけイスもある。サイドボードの上には、青い花もようの皿が何枚も重ねてある。磁器のティー

ポット、ロウソク立て、いろいろな食器にナイフやフォーク、鍋やフライパンも数種類、錫のマグカップもあった。奥のほうではりっぱな柱時計が静かに、そしてたぶん正確に時をきざんでいる。

ジャックはベッドを出て歩きまわった。目についたものを手にとり、あまりに豪華なので、いちいち息をのんだ。

でも、上を見ると、ごつごつした岩の天井が見えた。

ここはやっぱり洞穴の中か……！　足もとのじゅうたんのすきまには、床板ではなく砂が見えた。

洞穴はじつに大きく、先へ行くほど天井が低くなっていた。外の地形と考えあわせると、岩の高台よりもっと遠くまで続いていそうだった。そして見わたすかぎり、贅沢な家具や置きものでいっぱいだった。

ジャックはそれまで、ロビンソンも自分と同じように船の乗組員だったのだろうと思っていた。船が難破してこの浜に流れついたのだろうと。

しかし、どうやらロビンソンは、みずから望んでこの島に来たようだ。こういうものを全部持ってきたなんて、きっとものすごいお金持ちだ……でも、そんな人がどうしてわざわざこんな小さい島に？

そう考えていたとき、豪華な品々にそぐわないものが目についた。小さなテーブルに石が置いてある。とがったところがある石だ。

どうしてこんなものがここに……？

ジャックは、テーブルの向こうの壁を見た。線がたくさんきざんである。線は、壁の大部分をおおっていた。だれかが壁にもようをつけたようだった。

きっとこの石で壁に線をきざみつけたんだ……。

ジャックはもっとよく見ようと壁に近づいた。

線は、でたらめにきざまれたものではなかった。縦に七本が一セットで、そのセットが上のほうまでつづいていて、建物の柱みたいに見える。ジャックは、柱の下から上まで、七本線のセットがいくつあるか、かぞえてみた。

七本線のセットは五十二あった。全部で三六四本——もしかして、一年ってこと？

これはロビンソンのカレンダーなんだろうか？

ジャックは一歩さがって、柱が何本あるか、かぞえてみた。

ロビンソンはこの島に十九年半もいるのかも……。

8章　〈オエッの実〉

洞穴を出たジャックは、泉のそばで本を読んでいるロビンソンを見つけた。

ジャックはロビンソンのとなりにすわって声をかけた。

「ロビンソンさん、ゆうべはどうもありがとう」

ロビンソンは本から顔をあげ、おはようのかわりに、にっこりしてからいった。

「ありがとうって、なんのことだ？」

「ベッドを使わせてもらったし、夕食も食べさせてもらって。きのうはお礼もいえなくて」

ジャックは急にロビンソンに対して礼儀正しくなった。お金持ちでえらい人みたいだから。

ロビンソンはハハッと笑った。

「ベッドのことは気にするな、おれには小さすぎるんだ。おれはいつも洞穴の反対側の、わらのマットレスで寝ている。それに、ここではあまり気をつかわんでくれ。『ロビンソンさん』

じゃなく、『ロビンソン』でいい」

ジャックはうなずいた。けれど内心では、どうしてわざわざ小さすぎるベッドを持ってきたりしたんだろう、と考えていた。

島にはほかにもだれかいたのかたずねようとしたとき、ロビンソンが立ちあがり、そばの枝からでこぼこしたナシみたいな実をもぎとった。きのうジャックがかじった実だ。ものすごくまずかったっけ。

「さ、朝食にしよう！」ロビンソンは、ほがらかにいった。

ジャックは顔をしかめた。

「まさかその、オエッとなる実を食べるんじゃないですよね？　すごくまずいですよ！」

「オエッとなる実だって？　ハハッ、そのとおり。じつにふさわしい名前だ！　よし、きょうからこれを『オエッの実』と呼ぶことにしよう！」

ロビンソンはそういうと、大口をあけて実にかぶりついた。いやそうな顔でもぐもぐやってから、まずそうにごくんとのみこんだ。

「ジャック、知っているだろうが、人は魚しか食べずにいると病気になる。くだものも食べないとな。この島には、くだものはこれしかない。だから、おれは食べる。この実は本当にまずい。人生で食べたものの中でいちばんまずい！　いくら食べても、このひどい味に慣れることはない。だが、おれは食べる。健康に生きるために」

ロビンソンは、残りの一つをジャックによこした。

ジャックは、いやそうに顔をしかめて実を見た。

「火を通したら、すこしおいしくなったりしない？」と、ジャック。

ロビンソンはすかさずいった。

「ならないんだ、これっぽっちも！　焼いたり炒めたりゆでたりしてみたが、ひたすらまずかった。こまかく切ってほかのものにまぜてもみたが、ほかのものまでまずくなるだけだった。だが幸運なことに、この実に毒はない。さあ、ジャック、しっかり食っておけ。きょうは墓掘りだ」

9章　ぶきみな骨

しばらくのち、二人は浜辺でしゃれこうべを見おろしていた。

「ただ上から砂をかぶせるだけでは、だめそうだ。砂はまたすぐ流されてしまう。深く埋めるには、いったん露出させるしかないな」

ジャックは、「露出させる」ってどうすることだろう、と思ったが、だまっていた。

ロビンソンは、ジャックがわからないのを見すかしたように、こういった。

「さあ、こいつを掘りだすぞ！　頭の骨以外の骨もあるかもしれない」

二人は、しゃれこうべの胴の骨が埋まっていそうな場所の両わきにひざをつき、手で砂をどけはじめた。

砂を二、三回すくったところで、ジャックはびくっとしてとびのき、しりもちをついた。

あばら骨が出てきたのだ。

人骨をはじめて見て怖じ気づいたジャックは、それからはすわったままで、ロビンソンが順序立てて砂をどけていくようすを、ぼうっと見つめていた。

十分くらいで全身の骨があらわれた。見たところ、足りない骨はないようだ。骨のところどころに、服の切れはしがへばりついている。骨と骨のあいだには真鍮のボタ

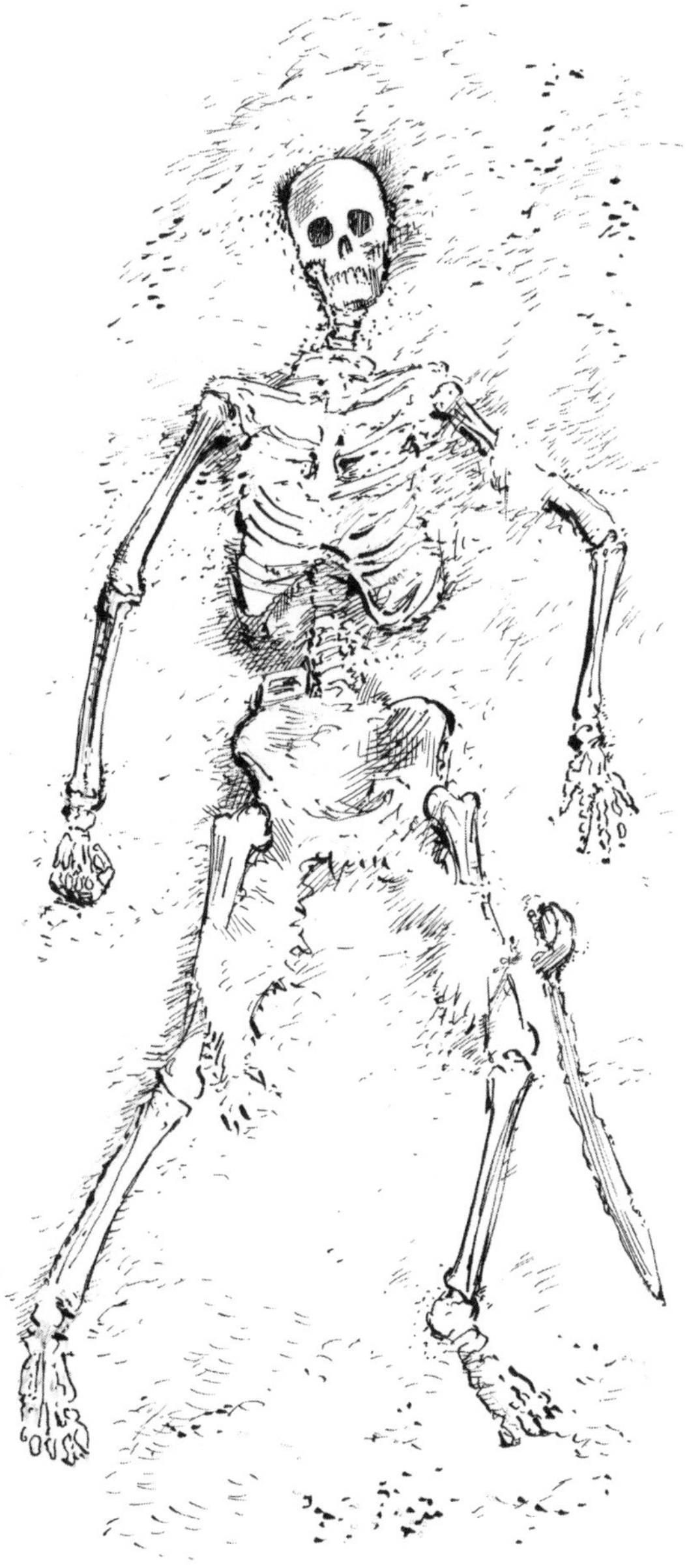

ンやベルトのバックルが落ちている。脚の骨のそばには「カトラス」と呼ばれる大ぶりの短剣がある。せまい船の上でよく使われるもので、そりかえった刃はすっかりさびついている。

ロビンソンはいった。

「剣から見て、男だろうな、決め手にはならんが。カトラスは海賊がよく使うものだ」

ロビンソンは柄の長いシャベルで、人骨の横に大きな穴を掘りはじめた。掘りながら、ぶつぶつひとりごとをいっている。

「いつも考えていたんだ、『この島には、おれが来る前からだれかいたんじゃないか』って。一、二回、『ぜったいにいた』と思ったこともある。こいつがその住人かなあ？」

見つけた骨がふつうに埋葬された人のものでないことは、ジャックにもわかった。墓に埋められたにしては、二本の脚が左右に広がりすぎている。

死んでから波に運ばれてきたのか、この場でたおれて死んだのかはわからないが、長い年月のうちに死体が骨になり、それが砂におおわれてしまったのだろう。

「きちんと埋めてやらないとな」

ロビンソンは十五分ほど掘りつづけ、穴は深さ一メートルくらい、長さも骨を寝かせられるくらいになった。

ロビンソンは、すわったままのジャックをちらっと見ていった。

「おれがこいつを動かそうか？」

ジャックはだまってうなずいた。できればガイコツにさわりたくなかった。

ロビンソンは骨を一本ずつ手にとり、掘った穴の底に同じようにならべていった。頭の骨に続いて背骨をいくつか穴にうつしたところで、ジャックがいった。

「あれ、なんだろう？　手に、何か持ってるみたい……」

ガイコツの右手の骨はげんこつのようになっていて、何かをにぎっていた。

ロビンソンは穴から身を乗りだして「なるほど」というと、ガイコツの右手の指の骨を一本ずつ注意深く広げていった。

骨がにぎっていたのは、小さな紙切れだった。蠟をぬって防水した紙で、クシャッと丸まっている。

ロビンソンは紙切れをつまみあげ、そっと広げてジャックにも見せた。言葉と数字が書いてある。

「なんだろう？」と、ジャック。

「さあ……鉛筆で書いたものだな。字はさほどきれいじゃない。いそいで書いたのかもしれない。いちばん上の数字は、おそらく緯度と経度だ。次の『アセルナミ』というのは……どういうことだ？　あせる？　なみ？」

ロビンソンは顔をしかめた。

「これは紙の切れはしだ。紙の残りの部分があれば、意味もはっきりするだろうが……」

二人は、骨のまわりをさがしてみたが、紙は見つけられなかった。

「紙の裏には何か書いてない？」ジャックがいった。

ロビンソンは紙を裏がえしたが、そこにも何もなかった。

「とにかく、これはとっておこう。そのうち何かわかるかもしれない」

ロビンソンは紙をていねいに折りたたんでポケットにしまった。

それからロビンソンはふたたび、骨を穴にうつしはじめた。

あばら骨があと二、三本になったところで、ジャックがこんどは光るものを見つけ、「宝ものかな？」と色めきたった。ガイコツの気味悪さをわすれ、ジャックは骨のあいだから光るものをつまみだした。

それは燦然とかがやくダブロン金貨――直径四センチほどもあるスペインの古い金貨だった。

「おおっ、宝が埋まっていたとは！　まさに掘りだしものだな……」ロビンソンがいった。

ジャックはそれまで、金貨というものを一度も見たことがなかった。小さい金貨すら見たことがなかったのに、大きくて重いりっぱな金貨を見つけたのだ。

金貨は、見た目もさわり心地も、まさに宝ものだった――。

シャツのそででこすってみると、金貨はますます強く光りかがやいた。片面にはスペイン国王らしき人の横顔が、その裏にはちょっと変わった十字架が見てとれる。国王や十字架のぐるりにある文字や日付は、かすれていて読みとれない。

「ねえ、ロビンソン、これ、ぼくが持っててもいい？」ジャックはきいてみた。

「もちろんだ！　この男は文句をいわないよ。もう金貨を使えないんだから」

持っていていいといわれたジャックはうれしくて、大きくにっこりした。

ジャックが金貨をうっとりながめているあいだに、ロビンソンはせっせと砂をかけて、骨を横たえた穴を埋めもどした。ボタンやさびついたカトラスもいっしょに埋めた。骨を埋めたところは、砂がすこし盛りあがっている。

それからロビンソンは、墓石にする石をさがしにいった。

数分後、平たい大きな石を手にもどってきたロビンソンは、ジャックに声をかけた。

「墓石には、なんて書いたらいいかなあ……《身元不明の船乗り》では、あんまりだろう?」

ジャックは肩をすくめ、思いつくままにこういった。

「ミスター・ボーンズはどう? 骨しか残っていなかったから骨」

「なるほど、悪くないな。どうせなら名前をビリーにして『ビリー・ボーンズ』はどうだ? なんとなく響きがいい」

ジャックは、いいね、とうなずいた。

ロビンソンは、とがったところのある石で墓石にこうきざみつけた。

ビリー・ボーンズ、ここに眠る

墓石を砂の上に置くとき、ロビンソンはつぶやいた。

「ボーンズさんよ、安らかに眠ってくれ」

10章　カメのカリバン

ガイコツを砂に埋めなおしたあと、二人はしばらく浜辺をうろついた。ジャックが乗っていた〈ウェセックス号〉の難破で浜に打ちあげられたものを回収しようというのだった。

歩きながら、ジャックはいった。

「ロビンソン、壁のカレンダーを見たよ。この島に十九年半もいるの？」

「そうなるな」

「ずっと一人だったの？」ジャックの声には信じられないという気持ちがにじんでいた。そんなに長くひとりぼっちでいたら、ぼくだったら気が変になってしまいそうだ。

「カリバン以外には、だれもいなかったよ」と、ロビンソン。

「カリバンって、だれ？　ぼくが使ったのは、カリバンさんのベッドなの？」

ロビンソンはハハッと笑った。

「いや、カメはベッドを使わないから」

「カメ？」

「ああ。バカでかいやつだ。バカでかいトカゲが背中に甲羅をのせているみたいなんだ」

「あ、それたぶん、ぼくがきのう見たやつだ！　岩だと思って上にすわってしまって」

「ええっ？　じゃあ、やつはかんかんになっただろう」

「うん、すごくおこってた！　あのカメはほんとにでっかいね！　逆さまにしたバスタブみたいだった！　この島には、あんな大ガメがたくさんいるの？」

「今はもうカリバンだけだ。かつてはカメがたくさんいて、コロニー、つまり集まって卵を産む場所があったようだがな。カリバンは最後の一匹だ。ほかのカメより大きくて強いから、生き残っているんだろう。

やつとは何度も仲よくなろうとしてみたんだが、そのたびに失敗したよ。この十九年半、やつはつねにツンケンしていて、まったく打ちとけなかった。相当な人間ぎらいらしい。まあ、人間ぎらいというより、ただ、おれのことがきらいなだけかもしれないが」

「カリバンは、ぼくのこともきらいみたいだった……」ジャックはカメの、怪物のような目と、息を吐くシャーッという音を思い出していた。

二人は、ジャックが打ちあげられていた場所に着いた。折れたマスト、ぼろぼろのロープ、われた渡り板など見つけたものを、二人して、満ち潮になっても波がとどかない浜の奥へひきあげた。それほど価値のあるものはなかったが、いつか何かの役に立つことがあるかもしれないからと、念のためにひきあげておいた。

ジャックは、いかだをつくりたいと思っていたが、いかだができるほどの量の木材は打ちあげられていなかった。

嵐で漂着したものを見ているうちに、ジャックの心に嵐の恐怖がまざまざとよみがえってきた——ジャックはわなわなとふるえだし、すとんと砂にすわりこんでしまった。

ロビンソンはとなりにすわって、ジャックの肩に腕をまわした。何もいわなかったが、ただそばにいてジャックを安心させてくれた。おかげで、ジャックのふるえはやがておさまった。

嵐のことから気をそらそうと、ジャックは、きいてみたかったことを口にした。

「ロビンソン、家具やなんかをどうやって洞穴に運んだの？　ベッドや洋服だんすみたいに大きいものは、岩のあいだを通らないでしょ？　ほかの出入り口でもあるの？」

「ああ、あるとも、真上にね！　大きいものは何もかも〈スキトルズ〉のてっぺんまで運びあげて、砂の上におろしたのさ」

「〈スキトルズ〉？」

「柱みたいな岩が九本、砂の中庭をかこんでいるだろう？　あれを〈スキトルズ〉と名づけたんだ。ほら、縦長の岩が、スキトルズ（ボウリングに似たゲーム）でたおすピンみたいだから」

ジャックはなるほど、とうなずき、さらにきいた。

「どうやって〈スキトルズ〉の上まで家具を運びあげたの？」

「ベッドは分解できたから問題はなかった。ほかのものは、かつぎあげた」

ジャックは、ロビンソンが背中に洋服だんすをしばりつけて岩をよじのぼるところを想像した。この人にしかできないな……。

ジャックは、あの大きな洋服だんすを分解すればいかだの材料になりそうだ、と思いついた。でも、口に出すのは気がひけた。

「ロビンソン、家具やなんかをあんなにたくさん、どうやって持ってきたの？」

きいたそばから、ジャックの心に期待が生まれた。

「もしかして、船があるとか？　秘密の港に秘密のボートがあったりする？」

ボートがあるなら、いかだよりずっといい……。

ところがロビンソンは、すまなそうに首を横にふった。

「ボートはないよ。家具やなんかは、おれが持ってきたわけじゃないんだ。みんな浜に打ちあげられたものだ」

「打ちあげられた？」

ロビンソンはうなずいた。

「さいわい、どの箱も防水してあったから、中身はほとんどぬれていなかった」

「じゃあ、家具やなんかは、本当はロビンソンのものじゃないんだ……」

「まあ、今はおれのものだ。ここでは『ひろったもん勝ち』だから。家具やなんかは、もともとはジョン・ミリントンとかいう男のものだった。本に名前が書いてあるよ、全部の本の表紙をめくったところに。ミリントンはおそらく、アメリカに持っていた土地を売りはらってイングランドにもどるとちゅうだったんだ。持ちものをすべて〈ニューホライズン号〉に積んで」

「え、どうして船の名前がわかったの？」

「どうしてって、おれもその船に乗っていたからさ」

「そうか、〈ニューホライズン号〉も嵐で難破したんだね！　ロビンソンもぼくみたいに浜に打ちあげられたの？」ジャックは、やっとわかったと思った。

ロビンソンは、ちがうと首をふった。

「おれは〈ニューホライズン号〉はまだ航海していると思うぞ。おれは、厳密には船の乗客ではなかった。船倉にいて、積み荷といっしょに海に投げすてられたんだ。海賊どもの手で」

11章　ぶちぎれボブと黒ヒゲ

「えっ、海賊(かいぞく)!?」ジャックは思わずさけんだ。

「ああ、そうだ」と、ロビンソン。

「ロビンソン、何があったのか聞かせて！」

ジャックは海賊(かいぞく)の話が大好きだった。

「今は話さないぞ」

海賊(かいぞく)の話が好きなのはお見通しだというように、ロビンソンはもったいぶってウインクした。

「これは本当におもしろい話だから、晩(ばん)めしのあと、焚(た)き火(び)のそばで話すことにしよう。そのほうがじっくり楽しめる」

ジャックは「おあずけか」と、肩(かた)をすくめた。父さんと母さんの「おもしろい話は寝(ね)る前にね」と同じじゃないか。

ロビンソンはそのあと、ジャックを連れて島を歩きまわった。目に入るさまざまな小さな生きものや鳥について説明し、島を歩くときの目印を一つひとつジャックに見せていく。海藻やカニがとれる場所、島の北部にあって卵が手に入る〈カモメのコロニー〉など、島のことをとても熱心に語った。

ジャックは「ロビンソンはずいぶん自慢気だな」と思いながら聞いていた。

大きな木は一本もないし、トゲのある茂みと岩と砂だらけの島なのに。めぼしいものといえば、岩の高台と泉、それと泉からの流れが海へ落ちる小さな滝くらいなのに……。

夕方、洞穴にもどると、ジャックはきいてみた。

「ねえ、ロビンソン、来たくてここに来たんじゃないなら、いかだをつくってここを脱出して家に帰ろうと思ったことはないの？」

「ここを脱出する？」ロビンソンは面くらったようにいった。「ここが家なのに？　おれはここで文句なしにしあわせなのに？」

ジャックは、ロビンソンの返事にがっくりきてしまい、その拍子にまたわなわなとふるえだした。さっきの浜でのふるえがぶりかえしたようだった。

「でも、ぼくは……脱出したい……ここでしあわせになれる気が……しないんだ。ロビンソン……ぼく、家に帰りたい！」

「そうだよな！　ジャック、わかるよ。きみは家に帰るといい。おれはボートやいかだは持っていないが、ほかの方法を考えよう。ああ、いい方法をかならず見つけるとも！」

ジャックは、ロビンソンのその言葉が信じられなかった。ボートやいかだもなしに脱出する方法なんてあるだろうか？

その夜、ロビンソンは大きなフライパンを焚き火にかけて、特別なごちそうをつくってくれた。昼間のうちに集めておいた海藻とカニに、ラム酒をふりかけて火を通し、最後にカモメの卵をわりいれた料理で、すばらしくおいしかった！

二人はフライパンがぴかぴかになるくらいきれいにたいらげた。

食べおわると、ジャックがいいだした。

「ねえ、ロビンソン、さっきの海賊の話を聞かせて。ぼく、物語を聞くのが大好きなんだ。ラロックばあさんがいろいろ話してくれたから」

「ラロックばあさん？」

「うん、すごくおもしろい話を聞かせてくれる人なんだ。世界の果てまで航海する話とか、クジラや海の怪物や海賊の話とか。ラロックばあさんは『あたしの話は全部ほんとだよ』っていってた。漁師町の小さな家に住んでてね。ぼくがはじめて会ったときはもうおばあさんだったけど、若いころはファルマス港で船員用の宿屋を切りもりしてたから、世界の海を航海してきた船乗りたちの話を、毎日毎晩聞いてたんだって。

よく漁師の子といっしょに、ぼくも家の外の石にすわって、いろんな話を聞いたんだ。ラロックばあさんは『ぶちぎれボブ』の話をたくさん知っててさ——」

「ぶちぎれボブだって？　それはどんなやつだ？」

ロビンソンはきいた。

「海賊だよ。この世でいちばん性悪な海賊なんだ。聞いたことない？　ちょっとしたことですぐにぶちぎれる男なんだ」

「その名前は知らんなあ。おれが名前を知ってい

る海賊は、ええと、なんだったかな……あ、そうそう、黒ヒゲだ。そいつのことじゃないよな？」

「黒ヒゲはヒゲを生やした海賊なんでしょ？　ぶちぎれボブはヒゲを生やしてない。それどころか、ヒゲが大きらいなんだ。ラロックばあさんは、ぶちぎれボブの話をいつもこんなセリフで始めるんだ。

『一つ目で一本脚、腕も一本でヒゲがない。そうとも、ぶちぎれボブは海賊のくせに、そのあごは赤んぼのおしりみたいにつるっとしてたのさ』」

「一つ目で一本脚で腕も一本？」と、ロビンソン。

「そう、ぶちぎれボブは、戦いでなくした脚のかわりに木の義足をつけてて、なくした手のかわりに鉤形のフックをつけてて、見えないほうの目には眼帯をしてるんだ」

「不思議なこともあるもんだなあ！　そいつは、おれが出会った海賊とそっくりだ！　やつも義足で、手に金属のフックをつけていた。同じ男のことみたいだがなあ。そいつ、オウムを飼っていなかったか？」

「飼ってた！　ブースビー卿って名前の、すごくおこりっぽいオウムで、頭に羽がないから見た目はハゲワシみたいなんだ。で、しゃべるんだよ！　しょっちゅう恐ろしいことをさけぶんだ。『キサマノメヲ　エグリダシテヤル！』とかさ」

「おい、そのオウムのセリフ、おれが聞いたのとそっくり同じだ！　そんなことをいうオウムを連れた海賊が二人いるとは思えないがなあ……おれはそのセリフ、この右耳から十五センチのところで聞いたぞ」

　けれどもジャックは、ちがうと首をふった。

「ロビンソン、黒ヒゲとぶちぎれボブは別人だよ、ぜったいに」

「どうしてそういいきれる？」

「ヒゲだよ、ロビンソンの、そのりっぱなヒゲが何よりの証拠！　あ、それとも、船に乗ってたころはヒゲを剃ってたの？」

「いや、当時からヒゲは生やしていた」

「じゃあ、黒ヒゲはぶちぎれボブじゃないよ。ロビンソンみたいなヒゲを生やしてたら、ぶちぎれボブの船では生き残れない。いったでしょ、ぶちぎれボブはヒゲが大きらいだって。ヒゲを見るのもいやだったんだ。ラロックばあさんはこういってた。

『ぶちぎれボブは、ヒゲを見るとたちまちスパッと落としちまった。ヒゲを生やしてる男の首ごとね！　ボブの手下でヒゲ剃りをわすれた者はみんな、あわれな死にざまをしたもんだ』」

「そいつは、どうしてそこまでヒゲがきらいだったんだろう？」

「さあ……ラロックばあさんも理由は知らなかった。もしかしたら、自分はぜんぜんヒゲが生えなかったからかも」

ロビンソンは顔をしかめた。

「その、ぶちぎれボブってやつは、どうかしているな！　どうも黒ヒゲと別人とは思えないところが多いが。ともかく今夜は、おれが海に投げすてられた話を聞かせよう。はじめから聞いてくれ」

12章　ロビンソンと海賊（かいぞく）

おれは〈ニューホライズン号〉という帆船（はんせん）にこっそり乗りこんで、暗い船倉にかくれていた。一週間くらいたって、もう腹（はら）ぺこでのどもからからだったころだ。

その朝はピストルの音で目がさめた。カトラスを打ちつけあって戦う「カシャンカシャン！」という音や、どなり声や泣き声も聞こえた。おれは最初、乗組員の反乱（はんらん）かと思った。もしそうなら、乗組員たちと、船長、どちらに味方しようかと考えていた。

そのうち、急にすべての音がやんで、船はぶきみに静まりかえった。と、上のデッキから耳ざわりな声が聞こえてきた。

「キサマノメヲ、エグリダシテヤル！　エグリダシテヤル！」

カッ、カッ、カッという音も聞こえた。木の義足で大またで歩く音のようだった。

おれは何日も船倉にいたのに、その足音を聞くのははじめてだった。それでわかったんだよ、海賊が乗りこんできて、船が乗っとられたってことが。

〈ニューホライズン号〉には大人数の海賊が乗りこんできたらしく、船のあちこちで足音がした。海賊は船を乗っとると、乗客や乗員がかくれていないか、まず船倉をチェックするものだ。予想どおり海賊どもは船倉におりてきそうだった。

このままでは見つかる！　そう思ったとき、おれは思い出した。一つ、ちゃんとフタがしまっていない木箱があるはずだ！

何日か前の夜ふけに、乗組員が二、三人、こっそり船倉におりてきて木箱のフタをこじあけたあと、きちんと釘を打ってフタをしめなかったんだ。ロウソクのぼんやりした明かりで、男たちが木箱から何かをとりだしたのがわかった。「ポンッ！」とコルク栓をぬく音もした。

男たちが去ってから、おれはその木箱をのぞいてみた。麦わらのつめものの中にビンがたくさんあった。一本コルクをぬいてみたら、中身はラム酒だった。船倉には、すごい量のラム酒があったんだ！

海賊どもが乗りこんできたその朝、やつらが上のデッキを歩きまわっているあいだに、おれはその木箱をさがしだした。ありがたいことに、フタはしっかりしまってはいないままだった。

おれはいそいで中の麦わらとビンのほとんどをとりだして、すみの暗がりにおしやった。

それから、とりだしたもののかわりに、自分が木箱に入った。

中はえらくきゅうくつだった。じつは、体が箱におさまりきらなくて、フタがちゃんとしまらず、すこし浮いていた。

せめてフタが平らになるように、おれは木箱の中からフタを強くひっぱった。なんとかフタがしまっているように見せかけることができた。ちょうどそのとき、海賊が船倉におりてきて——


「ねえ、どうやってやったの?」ジャックが話をさえぎった。

「なんのことだ?」

「どうやって木箱の中からフタをひっぱったの? フタの縁に爪をひっかけたくらいじゃ、フタをぐっと下にひっぱれないよね?」

「ああ、こいつを使ったよ」

ロビンソンは人さし指をまっすぐ立てて見せた。

ジャックは、ロビンソンが指さす暗い空を見あげてきいた。

「上に何があるの？」

「いや、上じゃなくて、この指だよ！　木のフタに小さな節穴があったんだ。だから、そこに指をつっこんでフタを指でひっぱった」

「え、でも、それじゃ、海賊からは指が見えるでしょ？」

「そうなんだ！　だが、ほかに方法がなかった。海賊どもがおれの指に気づかないことを祈ったよ。やつら、『フタのずれ』にはぜったいに気づくはずだから」

ジャックはうなずいた。

「それからどうなったの？」

船倉におりてきた海賊は二人組だった。見えなかったが、話し声でわかったんだ。

「たいしたものはなさそうだな」と、一人がいった。

「ああ、木箱だけだ」もう一人がいった。

直後にカッ、カッ、カッという足音をひびかせて、三人目が船倉におりてきた。

「船長、何もありませんぜ」一人目がいった。

「やたらと木箱があるだけです」二人目がいった。

「木箱か！」義足の船長がどなった。やつはすぐどなるんだ。

さっき話したオウムが「キバコ、キバコ、キバコ！」と、船長の言葉をくりかえした。オウムは船長の肩にとまっているようだった。

「木箱には何が入っている？」船長がきいた。

「わかりません」と、一人目。

「なら、すぐに見てみろ」と、船長。

「ミテミロ、ミテミロ、ミテミロ！」オウムもキイキイいった。

階段を駆けのぼり、駆けおりる音がした。おそらく木箱をこわす斧を持ってきたんだ。その直後、木箱がこわされる音がした。

「船長、この木箱は皿とカップだけです」一人目がいった。

「ふん、皿とカップか！」

「船長、なんかカッコいいカップもありますぜ」

「わっちまえ！　皿やカップなんか、いらん！」

陶器(とうき)がわれる音がした。

「こっちには何が入っている？」と、船長。

すぐに二つ目の木箱がこわされる音がした。

「船長、イスです。すげえ革張(かわば)りで——」

いきなりブスッ、ビリビリッという音がした。たぶん船長がカトラスでイスを切りさいたんだな。

「イスなんか、いらん！」船長がどなった。

斧(おの)で三つ目の木箱がこわされた。

そのあいだじゅう、オウムはキイキイさけんでいた。

「コワセ、コワセ、コワセ！　ワッチマエ、ワッチマエ、ワッチマエ！」

カッ、カッ、カッという足音がして、船長がおれの入っている木箱の前に来た。

「次はこれをあけろ！」船長が命じた。

おれの木箱に斧(おの)が打ちおろされる番だと思って、おれは身をちぢめた。

が、そのとき、船長がいった。

「待て、そこの麦わらはなんだ？　ランタンを持ってこい！　ランタンだ！」
二、三分後にランタンが来ると、船長はいった。
「おお、これはラム酒じゃないか！」

船長は、おれが木箱から出してすみにおしやっておいた麦わらの中から、ビンを一本とりだしたようだった。船長はさけんだ。

「おい、ラム酒のビンが山ほどあるぞ！　このへんの木箱に、もっとあるはずだ。てめえら、よく聞け！　くだらんものは、みんな海にすてろ！　とっておくのはラム酒の箱だけだ！」

船長のカッ、カッ、カッという足音は、デッキへあがる階段(かいだん)のほうへ遠ざかった。船長はそっちのほうからどなった。

「おい、その斧(おの)から手を放せ！」

斧(おの)が「ゴトッ！」と床(ゆか)に落ちる音がして、あたりはしーんと静まりかえった。

「もしラム酒のビンをわって一滴でもこぼしてみろ。てめえらの目ん玉をこの鳥に食わせてやる」

船長の声は、さっきとはちがってずいぶん小さかった。だがその声は、カミソリのようにするどく船倉の空気を切りさいた。

おれの背すじには、冷や汗がつーっと走った。

「あのぉ、船長……」さっきまで斧をふるっていた二人目の声だった。「木箱をぶっこわさないで、どうやって中身がわかるんで？」

「このアホ！　ランタンの光で木箱のラベルが読めるだろう!?」

しばらくしーんとしていたが、やがてまた二人目がいった。

「あのぉ、船長……おれは字が読めないんでさぁ」

船長は小さくうなると、「おまえは？」といった。一人目にきいたんだろうな。

「ええっ……すこしなら」と、一人目。

「読んでみろ！」船長が木箱のラベルを指さしていったんだろう。

「ホ……ホ……」一人目は口ごもった。

「ホンだろ、このマヌケ！　いいか？　本はゴミだ。ゴミに用はない。よし、次の箱！」

そのときカチッという、金属がガラスに当たるような音がした。おそらく船長が、手のフックでラム酒のビンをなでたんだろう。まあ、木箱の中からは何も見えなかったから、音から想像しただけだが。

「このラベルはなんと書いてある？　『ラム』と書いてあるな？　これが、見つけるべき言葉だ。わかったか？」

「こ、これが『ラム』なんっすね……」すこしなら字が読めるはずの一人目が、まったく自信なさげにいった。

「てめえ、脳にクラゲを入れてるんじゃねえだろうな？　これが『ラム』だ！」

「せ、船長、わ、わかりやした！　こ、これが『ラム』っすね！」

「そうだ。これが、さがすべき言葉だ。ほかの箱はみんな海にすてろ。てめえらがラム酒の箱だけをよりわけるあいだに、おれは船長室で試飲をしてくる」

船長が階段のほうへ行く足音が聞こえた。

そのときとつぜん、オウムがキイキイ声でいった。

「ユビガ　ミエル！　ユビガ　ミエル！」

13章　指が痛いっ！

おれは心臓がとまりそうだった。

とっさに、木箱の節穴にひっかけていた指をひっこめようとした。でもそうしたら木箱のフタがすこし浮きあがってしまう。きっと海賊どもはそれを見のがさない。

おれは息をひそめてじっとしていた。

そうしたらなんと、何も起こらなかったんだ！　海賊どもがオウムのいったことに気づいた気配はなかった。まるで、何も聞こえなかったみたいだった。

船長はデッキへの階段をのぼりはじめた。

オウムは興奮してキイキイいいつづけていた。

「ハコノウエニ、ユビ！　ハコノウエニ、ユビ！」

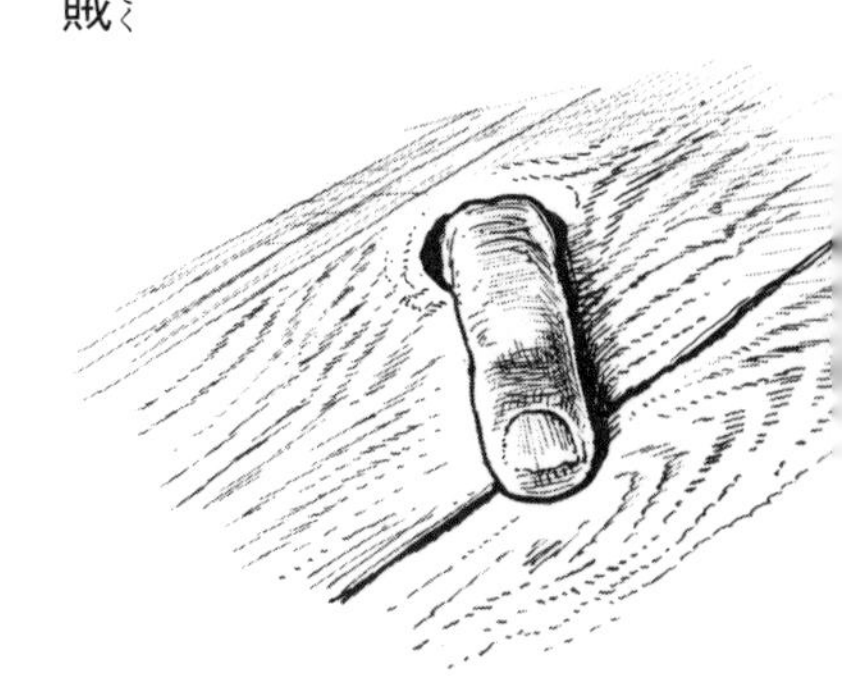

でも船長は無視した。オウムの声は聞こえたはずなのに。ラム酒のことで頭がいっぱいで、心ここにあらずだったのかもしれない。

と、バサバサッという音がした。オウムがおれの木箱まで飛んできたんだ。そして、おれの指をつつきはじめた。とんでもなく痛かったよ。

だが、おれは動かなかった。

船長は何か毒づいて、カッ、カッ、カッと、ふたたびおれの木箱に近づいてきた。

おれは身がまえた。タイミングをはかって箱から飛びだそうと思っていたんだ。どでかいビックリ箱みたいにな。

だが、船長はこういっただけだった。

「ブースビー卿、来い！　キイキイいうのはやめろ！」

オウムはおれの指をつつくのをやめた。同時に、キイキイ声もやんだ。どうやら船長がオウムをつかんだようだった。なんと、船長にも手下の二人にも、おれの指が見えていなかったんだ！

船長が、オウムとラムのビンをつかんでデッキにあがっていくと、入れかわりに手下の海賊どもがドカドカと船倉におりてきた。

おれは耳をすましていた。

木箱が次々にひきあげられる音がした。大きな網に入れて滑車でつりあげたんだろう。

それから木箱が海に落ちる水音が聞こえた。

おれの木箱も海に落とされれば、逃げるチャンスがある。だが、そううまくはいきそうになかった。何しろおれの木箱は、もともとラム酒のビンでいっぱいだったからな！

おれはまた身がまえた。やっぱり「ビックリ箱作戦」しかないと思っていた。海賊どもが箱から出てきたおれを見てびっくりしているすきに逃げる、という苦しい作戦だが。

海賊どもがおれの木箱に近づいてくると、こんな声が聞こえた。

「ええと……最後の字が『ン』だから、これは『ホン』だろう。いらないやつだ」

おどろいたことに、おれのいる木箱もつりあげられた。おれは「この船から逃げられる！」と思った。

そのとき、こんな声がした。

「おい、こりゃなんだ？　木箱の上に血だらけの指があるぞ！」

おれはまたまた、今にも箱から飛びだそうと身がまえた。

でも別の声がいった。

「指がなんだってんだよ？　そっちの木箱の上には手首から先が丸ごとあるぞ。さっきおれがカトラスで切りおとしたやつだ。さあ、早いとこ網をあげろ！」

おれの木箱はつりあげられて、「バシャーン！」と海に落とされた。

ほら、おれはちょっと重いだろう？　おれの木箱は最初、ほかの箱よりかなり深く沈んで、箱に水が入ってきちまった。箱から出て、水面に顔を出して、なんとか息ができたんだ。

そのころには、船はかなり遠くまで行っていたから、海賊どもには見つからなかった。

おれは二日間、木箱につかまって浮かんでいた。望みをすてそうになったとき、なんと足の裏に砂がさわった。で、ふりむいてみたら島があったんだ！

「これが、おれがこの島に着くまでの話だ」

ロビンソンが話しおえたとき、ジャックはしばらく言葉が出なかった。とても信じられないような話だ。

だが、ロビンソンの人さし指を見ると、オウムにつつかれた傷の痕がまだ残っていた。全部ほんとのことなんだ……。

「でも、どうしてロビンソンがかくれていた木箱がすてられたの？　ラベルに《ラム》って書いてあったはずでしょ？　ラム酒をすてるなんて変じゃない？」

「ああ、おれもそう思って、ラベルをたしかめた。こう書いてあったよ。

《ビン。あつかい注意！》」

「ビン？　中身は船長の大好きなラム酒なのに、ラベルに『ビン』と書いてあった！」ジャックは笑った。

「どうやら海賊どもは、その『ン』だけ読んで、ビンとホンをまちがえたようなんだ」

「じゃあ、ほかのラム酒の箱も、海賊どものまちがいですてられて、ここに流れついたの？」

「そうなんだ！　防水のでかい木箱が五十個以上！　中身はきのう洞穴で見ただろう？」

　ジャックはうなずいた。

「ロビンソン、すごくおもしろい話だった。それに、話に出てきた海賊は、たしかに『ぶちぎれボブ』っぽい」

「そうだろう？」ロビンソンはいった。「もしあの海賊が、きみがいうヒゲぎらいのぶちぎれボブなら、おれはこのヒゲを見られることなく海にすてられて、ラッキーだった！」

「じゃあ、ロビンソンもその海賊を見たわけじゃないの？　となると、黒いヒゲがあったかどうかわからないよね？」

「まあ、そうなるな。なあ、ジャック、ラロックばあさんの話をもっと聞かせてくれないか？　それと、きみの家族のことも。きみのお父さんは漁師なのか？」

「ううん、うちの家族は漁師町に住んでたわけじゃない。夏にはみんなで海に行ったけど、せいぜい二日か三日。きれいな砂浜までは、うちから馬車でもけっこう時間がかかるし、両親はいそがしかったから。でも、ぼくは海が好きだった。海辺でピクニックする日は一年でいちばんしあわせな日だった。

うちの親は、農場をやってるんだ。内陸にちょっと入ったとこで」

ジャックは、家族や故郷のことを話しはじめた。イングランドの木々や丘、農場にある灰色の石造りの家――ぼくはその家で生まれたんだよ。両親と妹のモリー、モーガンという馬、ネコのミンクス、愛犬のジャミー。クリスマスには、農場のある谷の外に広がる「ムーア」と呼ばれる原野もすっかり雪におおわれる。暖かい家で、ガチョウの丸焼きのいいにおいをかぎながらみんなでゲームをした……。

いったん話しはじめると、楽しかった思い出がとめどなくよみがえってきた。

やがてジャックの声はかすれ、言葉が出てこなくなった……ジャックは泣いていた。

「なあ、ジャック、どうして家を出たんだ？　しあわせじゃなかったのか？　おれにはきみの家は、それこそ楽園に思えるが……でも、きみは家出をした。そうなんだろう？」

ジャックはすぐには答えなかった。しばらくして鼻をすすってからうなずいた。

「家出なんかしなきゃよかった……ロビンソン、ぼく、どうしても家に帰りたい。ここに十九年半もいるなんて無理……ホームシックで死んじゃうよ。どうしたらいい？」

「ジャック、心配するな」ロビンソンはいった。「きみは家に帰る。まちがいなく帰る！　ボートはないが、いい作戦がある！」

14章　ビンの手紙作戦

次の朝、二人は泉のほとりの岩にすわって話していた。

「え、ビンに手紙を入れる？」

ジャックは、ロビンソンの言葉をおうむ返しにした。

「ロビンソン、きのういってた『作戦』って、それ？」がっかりしたのが声に出てしまった。

とてもじゃないけど、まともな計画とは思えない……。

「ああ、手紙を書いてビンに入れて、コルクで栓をして海に投げるんだ」

「それをやると、どんないいことがあるわけ？」

「郵便みたいなものさ。助けをもとめる手紙だ。運よく通りかかった船のだれかがビンをひろう。きみの手紙を読んで、周辺の島をさがす手配をしてくれる」

ジャックには、いいアイデアだとは思えなかった。

「だれが海の真ん中で小さいビンを見つけてくれるの？　そんなことありえないよ！」

「可能性は低くはない。ビンは一本じゃない、何百本も流すんだ。何百通もの『助けをもとめる手紙』だ！　そのうち一通くらいはとどくはずだ。だいじょうぶ、空きビンはいやというほどある」

ジャックは洞穴の外にある空きビンの山を思い出した。

「何しろ〈ニューホライズン号〉には《ビン。あつかい注意！》というラベルの木箱がいっぱいあったからな。まだ何年も飲めるほどだ！」

そういわれても、ジャックは乗り気になれなかった。

「手紙を書くための紙もたくさんある。白紙ではないが、本がたくさんあるから、ページをやぶりとって余白に手紙を書けばいい」

「本がたくさんあるの？」ジャックは不思議に思った。ロビンソンが読んでいる本は見たが、ほかにも本があるのだろうか？

「ああ、洞穴の奥にりっぱな図書館がある。一冊くらい、なんてことはない」

りっぱな図書館？　ロビンソンの洞穴はいったいどうなってる？

「手はじめに、この本のページを手紙に使おう」

ロビンソンは砂の上の本を手にとった。はじめて会ったときに読んでいた本だ。ロビンソンの名前も、その本の登場人物からもらった。

「おれは読みおわったから、次はきみが読むといい。で、読みおえたページから順番にやぶりとって手紙に使おう。どうだ？」

ジャックは、まだ乗り気になれなかった。

「鉛筆もちゃんとある」ロビンソンはズボンのポケットから短いものをとりだした。「これはかなりちびているが、短い手紙なら何通か書けるだろう。鉛筆はまだまだある」

それからロビンソンは、足もとの空きビンをしめした。

「ほら、ビンもある。必要なものはそろっているんだ。やってみる価値はあるだろう？　さあ、さっそく始めよう！」

ロビンソンは本をジャックに手わたそうとした。

「この本はおもしろいぞ。いっただろう？　孤島に漂着する話だ。最初の二ページを読んだら、そこをやぶりとって最初の手紙を書こうじゃないか」

ジャックはすこし赤くなった。こまったような顔をしたかと思うと、急にふきげんになった。

「読むなんて、できないよ」ジャックは小声でいった。

「何ができないって？」

「最初の二ページを読むなんて、できない。最初だけじゃない、どのページも読めない。ロビンソン、ぼく、字が読めないんだ！」

「ああ、そうか……」

ロビンソンはちょっと間をおいてから、こういった。

「じゃあ、おれが教えよう。読めると便利だぞ！　あの手下の二人だって読めたらよかったのになあ。ラム酒のビンがまちがって大量にすてられたとわかったら、船長はおこっただろうな」

ロビンソンは本を開いて、一行目を指さした。

「ジャック、これはなんて書いてある？　ちょっといっしょにやってみないか？」

「読みたくない。習いたくないんだ。今はそんなことしてる場合じゃない。ぼくは家に帰りたいんだよ。それに、『ビンの手紙作戦』なんてうまくいきっこない。バカげた作戦だよ！」

ジャックは泣きだしそうだった。

ロビンソンはしばらくだまってから、こういった。

「おれは、やってみる価値（かち）はあると思うがなあ。なんかこう、感じるんだ、ぜったいにうまくいくって」

ロビンソンは最初のページを声に出して読みはじめた。

「わたしは一六三二年にヨーク市で生まれて――」

ジャックはむすっとしてそっぽを向いた。でも耳はかたむけていた。何しろロビンソンはジャックのとなりで、持ち前のよくひびくいい声で物語を読みあげているのだから。

ジャックは最初、「ロビンソンの物語なんかぜったい聞くもんか」と思っていた。しかしすぐに物語に夢中になってしまった。主人公のロビンソン・クルーソーはジャックとよく似ていた――家がいやで、船に乗りこんだのだ。

ロビンソンは読んでいるところを指さしながら読みすすみ、ときどきむずかしい言葉のところでは読むのをやめて、言葉の意味を説明した。

二ページ目のいちばん下の行を読みおえると、ロビン

ソンはその紙を、本からきれいにやぶりとった。

「さあ、これで最初の手紙を書こう！」

ロビンソンは足もとの砂に、指で《たすけて》と書いた。

「ほら、これが《たすけて》だ。短くてわかりやすいだろう？　最初の手紙にぴったりだ。これを紙に写すといい」

ジャックは肩をすくめた。

作戦がうまくいくとは思えないけど、やってみても損はないか……。

ジャックはやれやれとため息をついてから、下じき用にひざに置いた本の上に、やぶりとった紙をのせた。ちびた鉛筆をロビンソンから受けとると、砂の上の文字を見ながら、紙に《たすけて》と写しとった。

文字が読めないジャックは、もちろん字を書いたこともなかった。だが、はじめて写しとった言葉は、まさに心の底にある思いそのものだった。

「いい出来だ！」ロビンソンは大げさにほめた。「じゃあ、これをまいてビンに入れて、コルクで栓をしよう」

まもなく、ジャックは海に行って、ビンをできるだけ遠くへ投げた。

ビンはくるくるまわりながら大きな弧を描き、白くくだける波の向こうにポチャンと落ちた。ビンは波に乗ってすこしずつ沖へ運ばれていき、しまいには遠い波間にガラスのきらめきがちらちら見えるだけになった。

やがて、そのきらめきも大海原に消えていった。

15章　りっぱな図書館

「それ、なんなの？」

ジャックは洞穴の入り口から、奥のチェストを指さしてたずねた。

そのチェストは中身が多すぎるようで、引き出しがきちんとしまっていない。

ロビンソンは、チェストの上に置いてある小さなボウルから何かをつまみだしたところだった。

「針だよ！」

ロビンソンは大きな手で針をかかげた。

「ジャック、これはこの洞穴でいちばん貴重なものの一つだ。人類が生みだしたすばらしい発明品！　これぞ文明の第一歩さ！　つまり針とは――」

「ごめん、針のことじゃなくて」ジャックはロビンソンの演説をさえぎった。「ボウルのとな

りにあるガラスの壺だよ。中身はなんなの？」

「ああ、これか……」ロビンソンはガラスの壺から中身を手のひらに出した。「謎めいたものなんだ」

ジャックはロビンソンの手にあるものを見た。

やけに小さいカメの甲羅が十枚——どれもジャックの爪くらいの大きさだった。

「あ、こういうの、ぼくもきょう一つ見つけたよ」

ジャックは朝、砂浜で同じように小さいカメの甲羅を見つけて、あの巨大なカメとの大きさのちがいに、かなりおどろいたのだった。

ジャックは朝ひろった甲羅をポケットからとりだして、ロビンソンに見せた。

「巨大ガメの赤ちゃんの甲羅だと思う？　こんなに小さい赤ちゃんガメが、カリバンみたいに大きくなるのかなあ？」

「ふつうはそう考えるよな」と、ロビンソン。「でも、ちがうんだ。この甲羅は巨大ガメの赤ちゃんのものにしては小さすぎる。それに、よく見るとわかるが、赤ちゃんガメの甲羅らしく

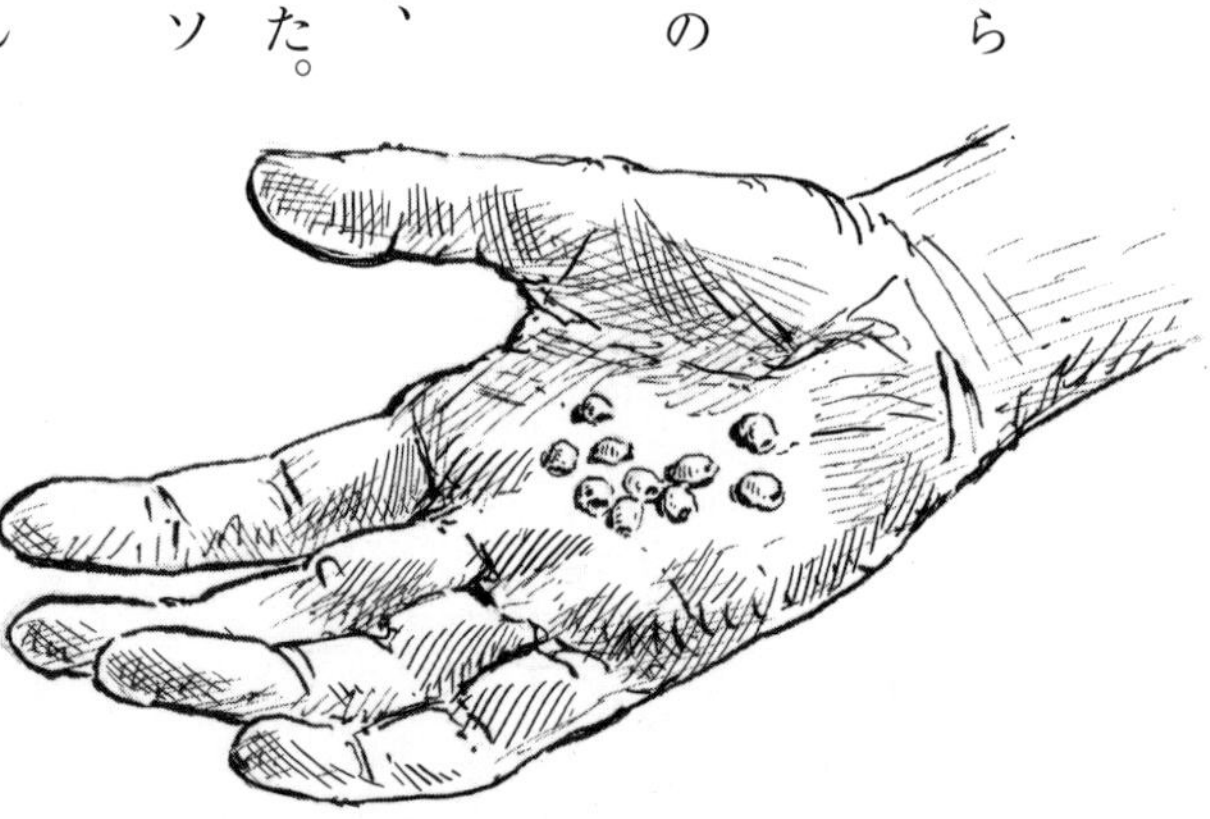

ない」

ジャックは手のひらにのせた甲羅をよく見てみた。

「傷だらけだ！　サイズは小さいけど、赤ちゃんガメの甲羅っぽくないね。年よりガメの甲羅みたいだ」

「おれも、これは年よりガメの甲羅だと思う。どうやらこの島には、カリバンみたいな巨大ガメだけでなく、ちっこいカメもたくさんいたようなんだ」

「小さいカメはもういないの？」

「いない。少なくとも、生きたちっこいカメは一匹も見たことがない。こういう小さい甲羅が落ちているだけだ。もう一つ不思議なのは、巨大ガメの甲羅が見つからないこと。カリバンのほかにも巨大ガメはいたはずなのに、そいつらはどうなったのか、それも謎だ」

ジャックはしばらく考えてからいった。

「たぶん大きなカメは島の外へ連れさられたんだよ。船乗りたちが殺して食べたんじゃないかな」

「おそらくそうなんだろうな。だからカリバンはあんなに人間ぎらいなのかもしれない」

ロビンソンはいいながら小さな甲羅をサラサラとガラスの壺に入れ、壺をチェストの上にもどした。

「さて、きみのシャツのやぶれをかがろう。だが、その前に見せたいものがある！」

ロビンソンはランタンに火をつけ、暗い洞穴の奥へとジャックを連れていった。

二人は廊下のようにせまいところを通り、大きな空間に出た。ランタンの光がつくりだす二人の影が、岩壁に大きく映っていた。

奥のほうで何かがきらきらとかがやいている。ジャックは一瞬、動物の目かと思った。近づくと、きらめいているのはビンだった。何百本もある！

ロビンソンは自慢気にいった。

「ここは、おれのラムの酒蔵だ！　だが、きみに見せたいのはこれじゃない」

もうすこし行ったところに、本の山があらわれた。ロビンソンの背の高さぐらいまで本が積みあがっている。ロビンソンがランタンを左右に動かすと、本の山が広い部屋を埋めつくし、洞穴の奥の暗がりまでずっと続いているのが見えた。

「すごいだろう？　ここがおれの図書館だ！」ロビンソンは誇らしげだった。

ジャックはこれほどたくさんの本を見たことがなかった。世界じゅうの本を集めても、こんなにたくさんあるとは考えたこともなかった……。

「すばらしいだろう?」
ジャックは小さくうなずいた。たしかにすごい……。

「どんな内容の本だってあるぞ。歴史、科学、医学、哲学。地図帳や暦の本、地理も幾何学も数学の本もある。ジャック、人類の知恵と知識がここにあるんだ! 少なくとも、これまでに本に書かれた知識はな……。そのうえ、物語の本もある。夢みたいな物語、美しい物語、これまでに書かれた価値ある物語のほとんどがある。『世界』が丸ごと、ここにあるようなもんだ!」

熱く語るロビンソンの声はふるえていた。本がものすごく好きなんだろう。聞いているジャックの心も熱くなった。ジャックはそれまでそんな熱い思いを心の中に感じたことがなかった。本のことで熱くなるなんて、もちろんはじめてだった。

しかし、ロビンソンが語りおえると、ジャックの熱もすっと冷めた。

ジャックは肩をすくめていった。

「でも、本はただの本でしょ? 『世界』っていうのは本の中じゃなくて、ぼくらのまわりに『ほんとにあるもの』のことだよね?」

ロビンソンはがっくりと肩を落とし、ため息をついた。

「ジャック、今はそう思うだろうが、字を読めるようになったらわかる。本はただのモノじゃないってことが。本には魔力がある。どんな魔法の薬より強い力で、人を夢中にさせる。人を支配することもできるんだ」

「本が人を支配する？　どうやって？」ジャックは顔をしかめた。

　ロビンソンは、本の山から一冊を手にとった。

「たとえばこの本は、おれをこの島にひきずってきたようなものだ。その力といったら……ほら、月は遠くから潮の満ち干をあやつるだろう？　あれくらい強かったんだ！　これはイングランドのウィリアム・シェイクスピア（十六、七世紀のイングランドの劇作家、詩人）という人が書いた芝居の本で、タイトルは『テンペスト』、嵐という意味だ。じつはこれも漂着者の話なんだ！　プロスペロという男が漂着する。

　おれは昔、ある町の広場で、旅まわりの一座の役者がこの芝居を暗誦しているのを聴いた。役者はいろんなことを語った。

――薄い空気の中にとけだしていく精霊たち、雲までとどくような高い塔、きらびやかな宮殿やおごそかな神殿、やたらと大きな球体……その球の上には何もかもがのっかっていて、全部が霧みたいにすこしずつ薄れて消えていく、というんだよ。おれたちはみんな、その霧みたいに薄れて消えていく夢みたいなものでできている。おれたちのつまらない人生は永遠の眠りにつつまれているらしい――。

すごくいい役者で、やつのセリフはおれの心に深くささった。

だが、しばらくして気づいた――心にささったのはシェイクスピアの書いた言葉がすごいからだって。役者もうまかったが、やはりセリフがよかった。シェイクスピアが書いた言葉が、おれの想像力に魔法をかけたんだ。シェイクスピアの言葉は、役者がいなくても、本を開けばそこにあるわけだろう?

おれは、シェイクスピアの言葉に気持ちを根こそぎ持っていかれて以来、こう考えるようになったんだ。もしかしたら本というのは、金貨のつまった海賊のトランクやなんかより価値があるのかもしれない……。

その後、おれは住む家もなく、世界じゅうをさまよった。ある雨の夜、波止場をうろついて乾いた寝場所をさがしていたとき、倉庫の窓がこわれているのを見つけた。倉庫にもぐりこむと、中は木箱でいっぱいだった。

次の朝、そばにあった木箱のラベルに『本』と書いてあるのに気づいた。どうしても中身が見たくなって、倉庫のすみにあった金てこを使って木箱をこじあけた。何もかもが防水の茶色い紙につつまれていた。

おれはとりあえず包みを一つあけてみた。そうしたらなんと、この『テンペスト』が出てきたんだ。おれがどんなにおどろいたかわかるだろう？

そのとき、男たちが倉庫に入ってきて木箱を運びはじめた。

おれはつかまりたくなかったから、本を木箱にもどしてフタをした。見つからないように窓から倉庫の外に出たが、おれは倉庫のそばを離れられなかった。木箱が船に積みこまれていくのを、かくれて見ていたんだ。

船の名前は〈ニューホライズン号〉。これまた『テンペスト』に出てくる船と同じだ。なんだか縁起がいいじゃないか！　こんな偶然はめったにないと思って、おれはこっそりその船に乗りこんだ」

ロビンソンはそういうと、本を持ったまま洞穴の入り口のほうへひきかえしはじめた。

「晩めしのあとで、この芝居を読んでやるよ」

ロビンソンはいったとおり、読んでくれた。いや、実際には読んだのではなかった。すべての役を声色を変えて演じてくれたのだ。

ロビンソンはすばらしい役者だった！　ジャックは、物語の要所要所で思わずハハハッと笑い、ハラハラドキドキして手に汗をにぎり、恐怖やおぞましさに身ぶるいした。

読みおえるとロビンソンは、芝居の終わりに役者が舞台でやるように、深くおじぎをした。

ジャックはいった。

「カメのカリバンの名前は、この『テンペスト』からとったんだね！　主人公のプロスペロの召使いの名前、カリバンだったよね？　悪いことをして追放された魔女、名前はシコラクスだっけ？　その魔女の子どもがカリバン」

「そのとおり。プロスペロがカリバンにいったセリフをおぼえているか？

おい、出てこい！　やってもらう用事がまだあるのだ。
ぐずぐずするな、このカメ！　遅いぞ――」

16章　語り部ロビンソン

次の日の夕方、砂浜(すなはま)にすわっているとき、ロビンソンがいった。

「あの『アセルナミ』の『あせる』は、『よせる』と書こうとして、まちがえたんだろうか？」

ジャックはわけがわからず、おうむ返しにした。

「『よせる』と書こうとして、まちがえた？」

「ほら、あの紙切れに書いてあった『アセルナミ』だよ」と、ロビンソン。

「ああ！」ジャックはやっとわかった。

「おれは、あれは航海日誌(にっし)の一部じゃないかと思う。船長は、航海中は毎日、日誌(にっし)をつける。日誌(にっし)にはまずその日の船の位置を書

きこむ。あの紙のいちばん上の数字は、おそらく船の位置だ。位置のほかには、なんでもいいからその日にあった興味深いことを書いておく。そのとき、どこかの浜辺か浦にいて、波がよせていたのかもしれない」

　ロビンソンはポケットから紙切れを出して焚き火のほうにかがみこみ、紙に書かれた文字が、ジャックにも自分にもよく見えるようにした。

「やっぱり、『ヨ』でなく『ア』と書いてあるな。波があせる？　波にあせったのか？　それに、これが航海日誌なら、どうして、島の砂に埋もれていた骨の手に、切れはしがにぎられていたんだろう？　謎だ……」

　ジャックにもわからなかった。ジャックはもともと謎ときが大好きなので、紙切れを発見して以来、しょっちゅう考えていた。

　ロビンソンは紙切れをたたんで、またポケットにしまった。

「何もかも風がわりで謎めいているなあ」ロビンソンはそういいながら、焚き火に小枝を二、三本投げいれた。

「まあ、この世は、理屈では説明できない不思議なことだらけだからな。おれもこれまでに、いろいろな不思議に出くわしてきたよ」

ロビンソンは、中でもとくに不思議で信じられなかったものについて、ジャックに語ってくれた。ジャックは夢中でロビンソンの話に耳をかたむけた。とちゅうで何回か思わず「えっ、うそ！」とつぶやいてしまう。

ロビンソンはそのたびに「本当だ。うそは一つもない」といった。

ロビンソンはかつて、ジャックと同じように船の乗組員だった。どうやら世界の海を航海してきたようで、船の上では、コックから、捕鯨船のへさきに立ってクジラに銛を打ちこむ役目まで、あらゆる仕事を経験していた。ロビンソンは最後に、モップで巨大なサメをつかまえた話を聞かせてくれた。

ロビンソンの冒険の話はどれもすばらしかった。声も耳に心地よくて、ひと晩じゅうでも聞いていられそうだった。

だが、日が沈むと、ロビンソンは「もう寝たほうがいい」といってゆずらなかった。

ジャックが島に流れついてからの何日か、ロビンソンは毎日、夕方になると砂浜でいろいろな冒険物語を次から次へと聞かせてくれた。ジャックはロビンソンの話にすっかり心をうばわれた。

漂着後の何日か、ロビンソンの語ってくれる物語がなかったら、おそらくジャックの心はこわれていただろう。

だが、ロビンソンが物語を語るあいだ、ジャックは恐怖や不安をわすれ、恋しくてたまらない故郷のこともわすれていられた。おかげでジャックは夜、ぐっすり眠ることができた。

ジャックは毎晩ロビンソンの冒険を夢の中でもう一度体験していた――。

17章　流木

ロビンソンは毎朝、ロビンソン・クルーソーの物語をすこしずつジャックに読んで聞かせた。むずかしくない言葉はジャックにも読ませたので、ジャックはすこしずつ字が読めるようになっていった。

ロビンソンは二ページ読みおえるたびにそこを本からやぶりとり、ページの余白にジャックがメッセージを書くのを手助けした。二人は毎日、書いたメッセージをビンにつめて海に流した。

その日も二人はいつもどおり砂浜へ行き、ビンを海に投げた。

ジャックは足首まで水につかって、投げたビンが波間にかくれたり顔を出したりしながら沖へ運ばれていくのをながめていた。

そのとき、すねに何かが当たった。

足もとを見ると、波がひいたあとのぬれた砂に、小さな流木があった。長さ三十センチくらいの古びた木切れだ。ずっと海水につかっていたせいか青いペンキがはげて、ところどころ白っぽくなっている。

流木をひろおうとしたジャックの手は、ふるえはじめた。先に砂浜をのぼっていたロビンソンが、上から声をかけた。

「何を見つけたんだ?」

ジャックはすぐには返事ができなかった。

「ジャック?　どうした?」ロビンソンは心配になってひきかえしてきた。

ジャックは青ざめてその場に立ちつくしていた。

「破片だよ……ぼくのボートの」ジャックは小さくつぶやいた。

ロビンソンは、かわいそうに、と思った。乗っていた船

の破片をまた一つ見つけてしまったのか……きっと嵐や難破の恐怖がよみがえっているのだろう。

いっしょに砂浜をゆっくりのぼると、ロビンソンは乾いた砂の上にそっとジャックをすわらせた。

ロビンソンがとなりにすわってジャックの小さな肩に腕をまわしたとき、ジャックのほおにつーっと涙が流れた。ロビンソンはどうしていいかわからなかったが、しばらくして小声でこういった。

「なあ、ジャック、もうだいじょうぶだ。今きみは、ここで安全だ」

二人はただだまって砂の上にすわっていた。

やがて、ようやくジャックが口を開いた。ところが、話しはじめたのは嵐や難破のことではなく、もっとずっと昔のことだった。

「あれはぼくの五歳の誕生日だった……」

ジャックの小さな声はふるえていた。

「みんなで荷馬車に乗って近くの漁師町に出かけた。その日、生まれてはじめて海を見たんだ。小舟がたくさん見えた。そこは砂でなく、小石だらけの砂利の浜だった。海岸線にはのろ

（鉱石をとかす炉の上にたまるカス。塗ると防水になる）で白く塗ってある小さな家が並んでた。海藻やカニを見たのも、あの日がはじめてだった。

　岩場に潮だまりがあってね。ぼくはまだ海のことを何も知らなくて、そこに浮かべた……そしたら、すぐ大波にさらわれたんだ。ぼくはわあわあ泣いて、つかまえようと海に飛びこんだ。父さんがぼくの名前を何度も呼ぶのが聞こえた。水にひきずりこまれて死ぬかと思ったけど、父さんがぼくをつかまえて浜にひきあげてくれた。でも、これをつかまえるのは無理だったんだ」

　ロビンソンは、ジャックがなんの話をしているのかまったくわからず、やさしくたずねた。

「なあ、ジャック、今、なんのことを話しているんだ？」

「おもちゃのボートのことだよ。父さんが誕生日につくってくれたおもちゃの、青い小さなボート。赤い帆が何枚もついてた。〈ラッキーペブル号〉って名づけたのに大波にさらわれて……小さな赤い帆が沖に消えていった。もらったその日になくしたんだ」

　ロビンソンはあいかわらずわけがわからなかった。

　ジャックは、ひろった流木を持ちあげて、ロビンソンに見せた。

「これ、そのボートの破片なんだ」

18章　小さな黒い石

「きみのおもちゃのボート？」ロビンソンはまだよく話がのみこめず、顔をしかめた。

ジャックは大きくうなずいた。

ロビンソンはジャックの手にある流木を見つめた。

たしかに青いペンキが残っている。すこし出っぱっている部分はマストの名残なのかもしれない。

「ジャック、これはたしかにボートの破片らしい。だが『きみのボート』のじゃないだろう？　海は広いし、島はたくさんある。きみのボートがこの島に流れつく可能性はどのくらいあると思う？　これはたぶん『きみのボートに似たボート』の破片だ」

ジャックは、ちがう、と大きく首を横にふった。ロビンソンがよく見えるように流木を高く持ちあげ、そのはしを指さした。

ロビンソンは身をかがめて、ジャックが指さしているところに目をこらした。

はげかけた青いペンキの上に、白くかすれた文字があった。

《ラッキーペブル号》

ロビンソンは、はっと目を丸くした。

「なんてこった！　これはまさに『きみのボート』じゃないか！　でも、どうしてこの名前に？　小石(ペブル)は水に沈(しず)むのに」

「ぼく、〈幸運の小石(ラッキーペブル)〉を持ってたんだ。父さんは、その名前をつければボートもぼくも幸運にめぐまれると思ったのかも。笑えるよね」

「ラッキー」と名のつくものを持っていたのに難破(なんぱ)したなんて皮肉なものだと思って、ジャックはやれやれというように頭をふった。

「きみは〈幸運の小石(ラッキーペブル)〉を持っていたのか……」と、ロビンソン。

ジャックはうなずいた。

「その小石は、本当に幸運(ラッキー)を呼(よ)ぶものだったのか？」

「ずっとそうだと思ってた。

ぼくは道で黒く光る小さな石をひろったんだ。『これ宝石(ほうせき)？』って母さんにきいたら、『宝石(ほうせき)

よりずっといい、小さな幸運のかけらだ。世界全体より価値があるよ。これは魔法の小石だ』っていって、石についての物語を聞かせてくれたんだ。

かしこい小人のドワーフたちが〈ラッキー〉という名の宝をもとめて地中深くまで掘りすすむ物語だった。ドワーフたちは、見つけた〈ラッキー〉をけっして売ったりせず、重要人物だけにあげたんだ。

母さんはいってた。『重要人物ってのは、王さまとか女王さまとか、そういうえらい人のことじゃないんだよ。ほら、おとぎ話によく、親を亡くした子やおてんばなお姫さま、いじわるな継母に育てられる子なんかが出てくるだろう？　ああいう子たちこそ重要人物さ。ああいう子には〈ラッキー〉が欠かせないんだよ。

おとぎ話にはそこまでちゃんとは書いてないかもしれないけど、そういう子たちはみんなポケットに小さい〈ラッキー〉のかけらを入れている。だからおとぎ話はいつも、めでたしめでたしで終わるのさ。さあ、ジャック、その石をポケットに入れて、なくさないようにするんだよ！』母さんにそういわれてから、ずっとポケットに入れてるんだ――」

ジャックはズボンの右ポケットから小さな黒い小石をとりだした。

石はきらきら光っていた。

「こんな石、役に立たない……ぼくのどこが幸運？　ぼくはたぶん『世界一不運な子』だ」

ジャックは、海に向かって小石を投げた。

「ジャック、何をするんだ!?」ロビンソンはうろたえた。小石が落ちた水ぎわ近くに駆けていき、ひざをついて小石をさがして、ひろいあげた。

ジャックは浜の上のほうからさけんだ。

「ロビンソン、その小石、ぜんぜん〈ラッキー〉じゃないからね！」

それから、おもちゃのボートの破片を持ちあげて、つけくわえた。

「このボートも、ぜんぜん〈ラッキー〉じゃなかったし」

ロビンソンは信じられないというように頭をふった。

「ジャック、わからないのか？　きみの船は難破したのに、きみは生き残った。たった一人の生き残りだ！　それでも

幸運じゃないというのか？　きみは大海原に放りだされたのに、この島に流れついた。それでも幸運じゃないと？　たしかにここは砂と岩しかないちっぽけな島だが、冷たい真水の泉がある！　それでも幸運じゃない？　もっとあるぞ。茂みには、がまんすれば食べられるフルーツがなっている。それでも幸運じゃないのか？

あと、まあこれは大したことじゃないが、島にはさほどツンケンしていない男が先に来ていて、きみはそいつといっしょにすごしている！

きみのボートだって同じだ。考えてみてくれ、そのボートがどれほどすごい航海をしてきたか。ふつう、おもちゃのボートがここにたどりつけるとは思えない。嵐で大波にもまれたはずだ。マストのつけ根にある傷はサメにかじられた跡だぞ！　サメはなんでも食うからな。おれがモップでしとめたやつなんか、バケツを丸のみしたんだ！　だが、

このボートはサメにのみこまれなかった。たぶんマストがのどにひっかかったんだな。そのときマストが折れた。

とにかく、きみの〈ラッキーペブル号〉は生き残った。何日も何か月も何年も航海して、大海原に星の数ほどある島の中で、よりによってこの島に打ちあげられた。それも、まさにきみの足もとに！

ラッキーじゃないだと？　ジャック、きみの頭の中は、現実(げんじつ)と真逆(まぎゃく)になっているみたいだ。もしかして、大男のおれのことを、ちっこい女の子だとでも思ってるんじゃないか？　なあ、ジャック、おれが見たところ、きみは『世界一幸運な子』だぞ！」

ロビンソンはひろった小石をそっとジャックの手のひらにのせた。それから、さっきジャックが話してくれた母親の口調をまねていった。

「『さあ、ジャック、その石をポケットに入れて、なくさないようにするんだよ！』」

19章　ブタに食べさせた

手のひらにのった小石を見つめていたジャックは、こうきいた。

「ねえ、ロビンソン、これ、本当に幸運のお守りだと思う？」

「ああ、思う！　ジャック、〈幸運の小石（ラッキーペブル）〉の力を信じるんだ！　世界じゅうが敵（てき）に見えるとき、すべての望みが消えたと感じるとき、ポケットの小石をにぎりしめるんだ。そして、最後には何もかもうまくいくってことを思い出せ」

ジャックは小石をポケットに入れた。

「ジャック、きみのお母さんはいろいろなことがよくわかっている人らしい。お母さんのことを話してくれないか？　お父さんのことも聞きたい。すばらしいご両親みたいじゃないか。どうしてきみが家出して船に乗ったのかわからないよ。いったい何があったんだ？」

ジャックは手の中のおもちゃのボートをこねくりまわしていたが、小さく肩（かた）をすくめてから、ようやく口を開いて話しはじめた。

「……たぶん、ぼくがバカだったんだ。ラロックばあさんの海の物語は、スケールが大きくてすごくわくわくした。でも農場はちっぽけで、毎日おんなじで」

ジャックは自分で自分がわからないというように頭をふり、悲しげにため息をついた。

「ああ、あそこにもどれたらいいのに。農場のすべてが恋しいんだ。母さんがオーブンでパンを焼くにおい、妹がティーセットを置くカチャンって音、父さんが帰ってきてドアがきしむ音……農場にいたときにはなんとも思わなかったものが、今はいちばん恋しい。農場に帰れるなら、なんでもあげるのに！」

ロビンソンは何もいわず、ただジャックの肩にそっと腕をまわした。

「ねえ、ロビンソンは何かが恋しくならない？　ここに来る前の、昔の暮らしのことを考えたりしない？　若いころのこととか。もどりたいと思うことはないの？」

「ないな」ロビンソンは一瞬もためらわずに答えた。「恋しい人もいないし、恋しいものもない。おれはきみとちがって、家や家族を知らないで生きてきた。人生のしあわせは、すべてここに来てから見つけたよ。なあ、ジャック、まだ家出のわけを教えてくれてないぞ。ラロックばあさんの物語のせいだけじゃないだろう？」

ジャックは肩をすくめた。

「しかられたんだ。父さんがぼくだけをすごくおこって……」

ジャックはちょっと間をおいて、ロビンソンから目をそらし、こう続けた。

「だっておかしいよ、ぼくだけが悪いなんて。妹は、父さんと母さんのお気に入りだった。年下で女の子だってだけなのに。農場の仕事はぼくばっかり。それと、妹は本を読めるようになった。それがなんだよ？　ぼくが父さんといっしょに馬屋をそうじして牛の乳をしぼって干し草を積みあげてるあいだも、妹はなんにもしないで本を読んでた。

ある日、妹が本をなくしたんだ。そしたら、父さんも母さんも『ジャックのせいだ、ジャックがとった』って。ブタ小屋で本が見つかったとき、二人とも『ジャックがひどいことをした』っていって、ものすごくおこったんだ。だから家出した」

ロビンソンは、きみがどう感じたかはよくわかるよ、というよう

に大きくうなずいた。それから、こうきいた。

「で、きみは、妹の本をとって、ブタに食べさせたのか?」

ジャックはしばらくだまっていたが、ようやく返事をした。

「……うん」

20章　手紙の書き方

島に漂着してからの日々を、ジャックはいつのまにか一日単位でなく、一週間単位でかぞえるようになっていった。

そのころには、島での生活にだんだん慣れてきた。あいかわらず故郷に帰りたくてたまらなかったが、最初の二、三日に感じたするどい胸の痛みは、すこしずつ薄れていった。

ロビンソンは、ジャックに銛の使い方を教えた。夕食の魚を捕ってくるのは、今ではジャックの役目だ。そのあいだにロビンソンが火をおこす。

ジャックは一人で食料集めにも出かけるようになった。海藻や貝を集めてくるのだが、ときには海鳥の卵を持ってかえることもあった。島の自然にも親しみを感じはじめた。そのうちジャックの島についての知識は、島を親友のように知りつくしているロビンソンにもせまるほどになっていた。

ジャックはときどき、岩や茂みでカリバンに出くわした。カリバンは、のそのそと気だるそうに歩きまわり、たいてい〈オエッの実〉を食べていた。首を目いっぱいのばしても実をつけた枝にはとどかないからか、カリバンは地面に落ちた実を食べていた。

地面に落ちた実はどれも腐りはじめて、黒くどろっとしていた。その味は、ジャックには想像もつかなかった。よく熟した実があんなにまずいんだから、腐った実はきっとひどい味だろう。吐いちゃうかも……。

ある日ジャックは、カリバンとお近づきになろうと思い、枝から〈オエッの実〉を何個かとって、贈りものとしてカリバンの目の前に置いてみた。

カリバンは、贈りものにまったく興味をしめさなかった。それどころか、腐っていない実をさげすむような目で見ると、くるりと向きを変えて、のそのそと歩いていってしまった。

ジャックはロビンソンに、その話をした。

「試しにエサをあげてみたけど、食べなかった。ぼくら人間からは、もらいたくないんだ。あいつ、『こんなもの食べるぐらいなら自分の鼻を切りおとすほうがましだ！』って顔してた。ほんとにツンケンしててガンコなやつ！」

ジャックとロビンソンは、カリバンにはなるべくかかわらないことにした。

カリバンのほうも、二人にかかわってこなかった。

ジャックは毎日朝食のあと、泉のほとりでロビンソンに「読み方」を習った。

すぐに「文字」をおぼえ、声に出して読めるようになった。

次に、文字が組みあわさった「言葉」が、すんなり読めるようになった。

その次には、一つひとつの言葉が鎖のようにつながった「文」が読めるようになった。

ジャックは、いくつもの文を続けて読むようになり、文の並べ方によって、いい文とそうでないものがあることもわかるようになった。

やがて「話し方」まで変わり、ジャックは頭や心の中にあるものを言葉にできるようになった。

ジャックはいつのまにか、魔法使いが呪文をとなえるように、すらすらと話すようになった。

ジャックが語る物語は、魔法にかかっているもののように生き生きしていた。ついでに、ジャック自身まで生き生きとしてきたようだった。

ジャックは読み方だけでなく、「書き方」も習った。読みおえたページの余白——白い部分に書く手紙は、しだいに長くなってきた。

最初のうち、手紙はこんなふうだった。

たすけてください、ぼくのなまえはジャック・ボビン。なんぱして、ちいさな、あれたしまにいます。

ロビンソンが「手紙の書き方」を教えてくれたので、しばらくすると、こんなふうに書けるようになった。

はいけい　この手紙をひろってくださってありがとう。ぼくは小さな島に流れついた人です。その島はあなたの船のそばにあるかもしれません。近くの島々を見にいってくれませんか？ぼくがいるかもしれません。あなたのご協力に、心からかんしゃいたします。けいぐ　ジャック・ボビン

ジャックは島をさがす助けになりそうな情報(じょうほう)も手紙に書きこんだ。

この島はすごく小さくて、かなりペッタンコです。この島は大西洋のどこかにあります。大

きなヤシの木が生えていたら、立ちよらなくていいです。その島はハズレだから。この島に高い木はありません。ここに生えているのは、トゲのある低い木だけです。島の真ん中にはごつごつした岩山があります。あと、真水のわく泉もあります。なので、飲み水がいるときは、どうぞ来てください。大かんげいします！　近いうちに会えるといいなあ。ジャック・ボビン

やがてジャックは、一度に何ページも読むようになった。おもしろい本を一ページしか読まないでやめるなんてできるわけがない。読みおわったページを全部ていねいにやぶりとって、余白に手紙を書いた。

一本のビンに一通の手紙を入れてコルクで栓をすると、ロビンソンといっしょに浜へ行って海に投げた。手紙を入れたビンが多すぎて一回では運びきれず、浜まで何回か往復する日もあった。

二人はいつも、ビンが波間を浮いたり沈んだりしながら沖へ去っていくのを見守った。ビンをたくさん投げたときのながめは、まるでビンの船団だった。

ロビンソンは景気のいい声でいった。

「どうだ、大したものだ、まるで手紙の艦隊じゃないか！　ジャック、あれを見すごす人がい

ると思うか？　かならず、だれかが目にするはずだ！」

しかし、だれも目にしなかったらしい。もしかしたら、目にした人はいたのかもしれないが、その人はジャックをさがしに来なかった。

何週間もすぎた。

ジャックの心にあった「ビンの手紙作戦」への希望は、すっかりしぼんでしまった。まあ、最初からそれほど大きな希望ではなかったが。

けれどもロビンソンは、まったくあきらめていなかった。

「なあ、ジャック、気長に待とうじゃないか」

ジャックは肩（かた）をすくめて答えた。

「とにかく、この本を読みおわるまでは続けるよ。それまでに何も起こらなかったら、別の方法を考える」

ロビンソンはいった。

「わかった、この本を読みおえるまでだな。しかし、この方法はうまくいくと思うがな」

ジャックはときどきひどく悲しくなることがあった。そんなとき、ロビンソンが見ていないと、ジャックはちょっと投げやりな手紙を書いた。こんな感じだ。

ぼくにはわかっています。この手紙は最後には海の底へたどりつく運命なんです。だから、だれかがこの手紙を読むとは思っていません。でも、念のために書いておくと、ぼくの名前はジャック・ボビンです。船が難破して――

ついに本を読みおえる日がやってきた。ジャックは物語を楽しんだが、読みおえてしまうのが残念だというほどではなかった。もうほとんどカバーだけになってしまった本から、読みおえたばかりの最後のページをやぶりとる。二四一ページだ。その紙に、記念として、はじめて書いた手紙と同じように《たすけて》とだけ書いて、ビンにつめて海に投げた。

去っていくビンを見つめながら、ジャックはいった。

「これでおしまい。気がすんだよ。もうビンの手紙は、やーめた！」

「そうか。では、あとは何かが起こるのを待つだけだな。かならず何か起こるぞ！」

何かが起こったのは、かなり時間がたってからだった。

21章　洋服だんすといかだ

島での暮(く)らしを一週間単位でなく、一か月単位でかぞえるようになったころ、ジャックの考え方が変わってきた。

最初ジャックにとってこの島は、何もない荒(あ)れた土地だった。けれどしだいに、ジャックは島のあちこちに自然のすばらしさや美しさを見いだすようになってきた。

早朝、脚(あし)の長い赤いクモが枝(えだ)のあいだに巣をかけていく。ジャックはそのようすをじっと見つめていることがあった。クモの糸は、朝の光を受けて金色にかがやいていた。

日がのぼってすこしたつと、泉(いずみ)のそばの岩の上で、黄色と緑のきれいなトカゲが日光浴をする。夕方の砂浜(すなはま)では、臆病(おくびょう)でめったにすがたを見せない小さなネズミたちが、しっぽを立てて走りまわるのを見た。ジャックは海に入って、サンゴのあいだを泳ぐ美しい魚たちに見とれることもあった。

お気に入りの岩もできた。家にお気に入りのイスがあるのと同じようなものだ。お気に入りの木かげもできたし、ひなたぼっこに最高の場所も見つけた。島での日々はジャックにとって心地いいものになってきた。そう、ジャックも島の暮らしを楽しみはじめたのだ。

こうした楽しみは、そもそもロビンソンが教えてくれたものだった。島を誇りに思っているロビンソンの気持ちが、ジャックにもだんだんわかるようになってきた。

ただジャックは、ロビンソンのようにこの島を故郷だと思うことはできなかった。ジャックは毎日、海のかなたの家族と小さな農場を思った。ふとしたきっかけで何気ない思い出が一気によみがえってきたりすると、ジャックは一瞬、息ができなくなった。くちびるはふるえ、涙で目がちくちくした。

時がたつにつれて、ジャックは故郷の思い出をなんとか心に封じこめるやり方を身につけた。ほかのことを考えて気をまぎらすのだ。

いっぽうで、ジャックはあいかわらず洞穴にある洋服だんすなどの大きな家具が気になっていた。分解すれば、じょうぶないかだがつくれる……でも、あんなにすばらしい家具を「いかだに使わせてほしい」なんて、とてもいえない。ロビンソンのことだ、きっと迷わず「もちろん使ってくれ！」というだろう。けれど、ジャックの頭の中にはすぐに、がらんとした洞穴にたった一つ残ったイスに腰かけているロビンソンのすがたが浮かぶのだった。

とてもいいだせない。すくなくとも、今はまだ、そのときじゃない……。

22章　ぶちぎれボブと宝の地図

ジャックが島に流れついてから一年がすぎたころ、ロビンソンがいった。

「ジャック、今夜はきみの番だ。さあ、おもしろい話を聞かせてくれ」

　ジャックはそのころにはもう、故郷イングランドのコーンウォールで友だちとやってのけた冒険のことも、農場の暮らしのことも、嵐にあう前の〈ウェセックス号〉での単調な毎日のことも、洗いざらいロビンソンに話してしまっていた。

　一言ひとことときっちり暗記しているラロックばあさんの物語の数々も、ほとんどすべてロビンソンに話していた。まだ聞かせていない物語はあと一つだけだ。

「じゃあ、『ぶちぎれボブと宝の地図』の話をしよう。ラロックばあさんが話してくれたのと

まったく同じようにやるね」

　ジャックはそういうと、すわったまま背すじをすっとのばし、調子をつけて物語を語りはじめた。


一つ目で一本脚、腕も一本でヒゲがない、そうとも、ぶちぎれボブは海賊のくせに、そのあごは赤んぼのおしりみたいにつるっとしてたのさ。

　これは、遠い昔、ぶちぎれボブがまだ若かったころの話だ。そのころのぶちぎれボブは、まだ両目があったし、脚も二本、手の指も十本そろっていた。

　ぶちぎれボブはそのころ、ロジャー・ホークス卿という海賊のもとで一等航海士をやっていた。海賊どもはホークス船長のことを、かげで「赤毛のロジャー」と呼んでたよ。長い髪と、もじゃもじゃのヒゲが赤毛だったから。船の名前は〈スカーレットボア号〉で、船体には船の名前にちなんで赤い雄ブタの絵が描いてあった。そう、「スカーレット」は「赤」、「ボア」は雄ブタのことさ！

　ある夜、赤毛のロジャー船長は、海賊船〈スカーレットボア号〉の錨を小さな岩だらけの島の沖合におろさせた。乗組員が酔っぱらってぐっすり眠りこんじまったころあいを見はからって、赤毛のロジャーは一等航海士のぶちぎれボブをゆすって起こした。

ロジャーとボブは二人して、船にそなえつけの手こぎボートをそーっと海におろした。それから重い船員用のトランクを船長室から運んできて、手こぎボートの真ん中にそーっと置いた。二人はトランクの前と後ろにすわってボートで島をめざした。

トランクの中身は、赤毛のロジャーの全財産。小さな岩だらけの島のどこかに、それを埋めておこうというわけさ。

重いトランクを帆船からボートにおろすのも、島でボートから浜におろすのも一人ではできない。赤毛のロジャーはどうしても、ぶちぎれボブの助けが必要だった。

ところが海賊どもときたら、おたがいをまったく信用していない。

どうしてかって？　それはまあ、この話を最後まで聞けばわかるってもんさ。

その夜いったい何があったのか、本当のところはだれにもわからない。だけどデッキで当直をしていた男によると、島のどこかからずっと歌声が聞こえていたそうだ。
「ありゃ、まちがいなくボブの声だった。歌は、錨をあげるときによく歌うやつ。ボブはおんなじ歌をうんざりするほど何回も歌ってた。夜明けまぢかにやっと歌がやんで、手こぎボートが船にもどってきたよ」

ところがおかしなことに、行きは二人だったのに帰りは一人。ボートをこいでいるのはぶちぎれボブで、赤毛のロジャー船長とそのお宝は影も形もなかった。

船にもどったボブはみんなに向かって、「船長は『不幸な事故』にまきこまれた」といった。ボートから海に落ちておぼれちまったというんだ。こうなったら、一等航海士のぶちぎれボブが、かわりに船長になるしかない。

まあ、海賊どもはだーれも「不幸な事故」なんて話を信じちゃいなかった。

でも、だーれも新船長のぶちぎれボブに「そんな話は信じられねえな！」といいかえす勇気がなかった。ぶちぎれボブは若いころから恐ろしい男で、体はでかいし力はあるし、根性がねじまがってるうえに、残忍でキレやすかったからね。

海賊どもが「そうにちげえねえ」と思っていたことが二つある。

一つは、赤毛のロジャーがお宝を埋めた場所については、ちゃんとした地図があるはずだってこと。

もう一つは、その地図はぶちぎれボブが肌身離さず持っているってこと。どうやら海賊どもの思っているとおりだった。

というのも、ぶちぎれボブは船長になってから、昼も夜もぜったいにコートをぬがなかったんだ。コートにはかくしポケットがあって、そこに折りたたんだ紙が入っていた。

何年もがすぎ、ぶちぎれボブはますます力を増したから、だれも地図にさわれやしなかった。数々の戦いで、ボブは脚と手を一本ずつなくし、一方の目が見えなくなった。かわりに手に入れたのは、性悪のオウム一羽と、「カトラスを使わせたら、あいつの右に出る者はいねえ」という恐ろしい評判さ。

だけどねえ、悪どい海賊にもスランプはある。そう、だれにでもうまくいかない時期があるもんなのさ。ある年、海賊稼業があんまりうまくいかないもんで、ぶちぎれボブは島にかくされた赤毛のロジャーのお宝を掘りだすことにした。ボブはコートのかくしポケットから地図をとりだして、船長室のテーブルに広げた。

紙のしわをよーくのばして地図をのぞきこむと、ぶちぎれボブの眉間に深ーいしわがよった。ボブは見えるほうの目をぎらつかせてしばらく地図をにらみつけていたが、やがて自分の目がどうかしたんだと考えた。

オウムのブースビー卿も細っこい首をのばして地図をのぞきこみ、おったまげてものすごいキイキイ声をあげた。

次にものすごい声をあげたのは、ぶちぎれボブ本人だった。

怒号というのはまさにあのこと。だれも聞いたことがないような恐ろしい吠え声が、船全体をぶるぶるふるわせた。その音で、海賊どもは一人残らず数センチ浮きあがったっていうから、すごいだろ！

さて、地図には何が書いてあったのか？

それはまさに「神のみぞ知る」、いや、「ぶちぎれボブのみぞ知る」だった。というのも、ボブはだれにも地図を見せなかったんだ。

ぶちぎれボブはそれから何時間もデッキを行ったり来たりした。木の義足が床を打つカッ、カッ、カッという休みない足音は、まるで大きな柱時計が時をきざむようだった。迷信深い海賊どもは不吉な足音だといって、だれも船長に近づかなかった。

ぶちぎれボブはときどきふところに手を入れて、ポケットから紙切れをとりだしては、それに向かってののしっていた。

ほら、お湯がわいたらやかんが「シューッ！」というだろう？　ぶちぎれボブもあんなふうに、ときどき怒りを吐きだしていた。それからまた「カッ、カッ、カッ」が始まる、そんな調子だった。

海賊どもはみんな、「あの紙切れは宝の地図にちげえねえ」と思っていた。

それにしても、ぶちぎれボブはいったい何をぶつくさいっていたのか？

海賊どもはだれも船長のつぶやきが聞こえるほど近くまで行けなかったが、そのつぶやきをちゃんと聞いてたやつはいた。そう、オウムのブースビー卿さ！

オウムは、船長の肩の上ですべてを聞いていた。オウムってやつは、聞いた言葉をあっというまにおぼえて、くりかえすものだ。ブースビー卿はキイキイ声でくりかえした。

「ヨッツノオモチャノウラ、ヨッツノオモチャノウラ、ヨッツノオモチャノウラ！」

海賊どもは、いつもはオウムのいうことなんか気にしちゃいない。だがこのときばかりは、しっかり耳をかたむけた。

「おい、あいつ、船長の言葉をくりかえしてるぜ……」

どうやら〈四つのおもちゃの浦〉といっているようだ。これは、海賊どももはじめて聞くものだった。でもみんな、赤毛のロジャーが宝を埋めた島の地名だろうと、ぴんときた。

わからなかったのは、どうして船長が地図を見てあれほどいらいらしてるのかってことだ。海賊どもはみんな、なんとしても地図が見たかった。でもあいかわらず、だれも怒れる船長に近づけなかったし、地図についてたずねることもできなかった。

だがついに、地図に何が書いてあるかわかる日が来た！　それはこんなふうに起こった。ある日、乗組員の一人が帆桁にのぼって帆の調整をしていたとき、偶然その真下で船長が立ちどまって地図をとりだしたんだ！

その乗組員は、上から見おろすかっこうで地図をちらっと見た。いや、ちらっとどころか、じっくり見ることができた。

紙のいちばん上に、文字が一行だけ書いてあった。

上からのぞいたその男は、じつは字が読めなかったが、一行目に書いてあるのは島の名前だろうな、と思った。その下は……なんと、何もなかった！

地図だと思っていた紙は、ほとんど真っ白けの紙だったんだよ。

だからぶちぎれボブは、最初に地図を見たとき、あんなにすごい声をあげたのさ。地図だと思ってた紙に、たった一行だけ。それであんなにいらついてデッキを行ったり来たりしていたんだ。

こうして、船長がいらだっているわけが、乗組員全員にわかってしまった。

ぶちぎれボブは、なじみのない地名を何度もくりかえしていた。まるでその名前に秘密がかくされているみたいに。くりかえしている理由は、だれにもわからなかった。

あの夜、〈四つのおもちゃの浦〉で何が起きたのか、海賊どもはだいたいこんなふうに見当をつけた。

島に上陸した赤毛のロジャーは、宝をこっそり埋めようと一人でトランクをひきずって島の中心部へ向かった。当時まだ一等航海士だったぶちぎれボブのことは、ボートで待たせておいた。ボブはひまつぶしに歌いながら待っていた。

宝を埋めたあと、船長はすわりこんで、掘りだすときのために地図を描こうとした。

ぶちぎれボブはたぶん、どこか近くからこっそり船長をのぞき見していた。で、船長がもう地図を描きおえたと思って、船長を殺し、地図をむしりとった。そして地図を見もしないで、たたんでコートのかくしポケットにしまったんだろう。

ぶちぎれボブ、おろかなり！　死んだ赤毛のロジャーは、地図を描きおわるどころか、まだ描きはじめてもいなかった！

今、ぶちぎれボブの手にあるのは、いちばん上に浦か入り江の名が書いてあるだけの紙切れだ！　小さい島だから、緯度（いど）や経度（けいど）がちゃんとわからなきゃ、見つけようがない。それでも、ぶちぎれボブはさがしつづけたんだよ、そう、何年も何年も何年も……。

　ここでジャックは口をとじた。

「それからどうなった？」と、ロビンソン。

「ラロックばあさんは、ちょうどここで話を切ったんだ。『もう遅（おそ）くなったから、話の続きは次のときにしよう』って。でもぼくは家出したから、話の続きを聞けなかった。だからきょうまで、この話をしなかったんだ」

「おい、そりゃあないぜ」ロビンソンはがっかりしてため息をついた。「だが、とちゅうまででも、すばらしい物語だということはよくわかった。きみの語りもすごくよかった。それにしても話の最後が知りたかったなあ！　終わりがこういうふうだったらすごいと思わないか？　最後には、ぶちぎれボブがついに宝（たから）のトランクを見つける。フタをあけたらスペインのダブロ――」

　ロビンソンはいいかけたことに自分でぎょっとして急に話をやめ、ジャックの顔をまじまじと見つめた。真ん丸になったその目には、焚（た）き火（び）のゆれる炎（ほのお）が小さく映（うつ）っている。ある考えが、ロビンソンの頭に浮かんでいた。

ジャックはジャックで、口をあんぐりとあけたまま、ロビンソンを見つめかえしていた。ジャックの頭に浮かんでいたのも、きっとロビンソンの考えと同じだ。

ジャックはズボンのポケットに手をつっこみ、ガイコツを埋めなおしたときに見つけたあの金貨をとりだした。

それから、ロビンソンがいいかけていた言葉を、ジャックが最後までいった。

「スペインのダブロン金貨……」

23章　赤毛のロジャーの全財産(ぜんざいさん)

ジャックとロビンソンは焚(た)き火(び)をはさんで向かいあっていた。二人とも無言で、ダブロン金貨という言葉から思いうかんだ、とほうもないことについて考えをめぐらせている。

ついにロビンソンが口を開いた。

「おれたちが埋(う)めなおしたあの男が、赤毛のロジャーだと思うか?」

ジャックはだまってうなずいた。

「ということは、この島が〈四つのおもちゃの浦(うら)〉の島なのか……」

「うん、赤毛のロジャーが宝(たから)を埋(う)めた島だ!」

ロビンソンはさっと立ちあがり、焚(た)き火(び)のまわりをぐるぐる歩きはじめた。興奮(こうふん)のあまり、スキップするような足取りになっている。

「そうだ……そうだな！」ロビンソンは声をあげた。「おそらくラロックばあさんは、物語の終わりを知らなかった。だから最後まで話さなかったんだ。ぶちぎれボブはけっきょく、島も宝も見つけられなかった！　宝はまだこの島にあるのかもしれない！」

ジャックもロビンソンと同じくらい興奮していたが、期待しすぎないようにしようとも思っていた。

「ロビンソン、でも別人かもよ。だって、死んだときポケットにダブロン金貨が一枚入ってるなんて、わりとありそうなことでしょ」

「たしかに。しかし、この島は小さい。それに岩だらけだ。そこは物語とぴったり一致する。とにかくよく考えてみよう。あの夜、何があったのか、想像しようじゃないか」

そういうと、ロビンソンはジャックのとなりに腰をおろした。

「船長のほかに、手下がもう一人、この島に来た。そこまではいいよな？　船長が一人でトランクをひきずっていって埋めたというのも、ありそうだ。それに……」

「だけど、変じゃない？」ジャックが口をはさんだ。「ぶちぎれボブは、どうして船長をつけていって、宝を埋める場所をちゃんとたしかめなかったんだろう？」

「たしかに変だ。いや、待てよ……歌だ！　船長はぶちぎれボブに、大声で歌いつづけるようにいったんだ。そうしないと、裏切られて、こっそりあとをつけられる。船長が穴を掘って宝を埋めるあいだもずっと、ボブに大声で歌わせておけば、やつがどこにいるかわかる。声が遠くから聞こえていれば、遠くにいるとわかる」

「でも、ぶちぎれボブはとちゅうで歌うのをやめて、船長を裏切ったんだよね？」

「おそらく、赤毛のロジャーは宝を埋めおえて、浜にもどって地図を描いていたんだ。そのときに、ぶちぎれボブが『船長、もう歌をやめてもいいですか？　そろそろのどが痛くなってきました』とかなんとかいったんだろう。で、ロジャーは『ああ、もういいぞ』といった」

　ジャックもうなずいた。

「うん、それならぶちぎれボブが大声で歌ってたことの説明がつく」

　ロビンソンは推理を続けた。

「ともかく、赤毛のロジャーは一人で島の内部に入って宝を埋めた。埋める穴を掘るために、シャベルも持っていったかもしれない……」

「そうだね。それから？」と、ジャック。

「シャ、シャ、シャベルだ!!」ロビンソンはいきなり大声をあげた。「ロジャーがシャベルを持っていたのはまちがいない。そしておれの、というか、ガイコツを埋めなおすときに使ったあのシャベルは、〈ニューホライズン号〉の積み荷じゃない、あれは前から島にあったものなんだ。浜辺の砂に半分埋まっていた。場所は、きみがガイコツを見つけたのとほぼ同じところだ！」

「えーっ！　じゃあ、あれは赤毛のロジャーのシャベルってこと？」

ロビンソンは大きくうなずいた。

「わかったぞ。ぶちぎれボブは後ろからしのびよって船長を殺した。それから、船長がにぎっていた地図をむしりとった。これが真相にちがいない！」

「ロビンソン、一つわすれてるよ」

「なんのことだ？」

「むしりとったのは地図じゃなかった。ほとんど何も書かれてなかったよね？　ぶちぎれボブはどうして船長が地図を描きおえたと思ったんだろう？」

「たしかにおかしいな」

「ぶちぎれボブは、あれは地図だと心の底から信じてた。ちゃんと見もしないでポケットに入れて何年も見なかったほど」

ロビンソンは、ちょっと肩をすくめた。

「なぜそこまで信じていたのか、本当は何があったのか、けっきょくはわからずじまいかもしれない。だが、おれたちが埋めなおしたのは、おそらく赤毛のロジャー船長だ。それに、船長の宝は、まだこの島のどこかにある可能性が高い！」

ジャックも大きくうなずいた。

「あと一つ、確実なことがあるよ」

「なんだ？」

「ぶちぎれボブが死んだ赤毛のロジャーの手からむしりとったのは、地図の一部だけだったってこと。小さな紙の切れはしがロジャーの手に残された。そしてその紙切れは、今ロビンソンのポケットに入ってる」

ロビンソンは、えっ？　とびっくりして立ちあがり、ズボンのポケットに手を入れた。

そして折りたたまれた小さな紙切れをとりだして広げ、もう一度ジャックのとなりに腰をおろした。

焚き火はすでに白い熾になり、たきぎの芯だけがちろちろと赤く燃えていた。

その弱い光で紙切れを読もうと、二人は火のほうに身を乗りだした。

書いてあることは、以前と同じだった。

まずは緯度と経度——これは自分たちがいるこの島の位置である可能性が高いとわかった。

その下、紙のちぎれ目にある「アセルナミ」という言葉も、以前と同じだった。

二人は顔をしかめた。

あいかわらず意味不明だ。

「もう一つの言葉とつなげてみたらどう？」と、ジャック。「ぶちぎれボブが持っていた紙切れにあった言葉と、この言葉をつなげてみよう」

ロビンソンはうなずいた。

「《あせるなみ、よっつのおもちゃのうら》……だめだ、ぜんぜんわかんない」ジャックは大きく首を横にふった。

「二つの言葉を逆にしてみたらどうだ？《よっつのおもちゃのうら、あせるなみ》……だめだ、やっぱり意味が通らない。赤毛のロジャーは、いったい何を書こうとしていたんだ

ろう？」

二人はしばらく無言で紙切れを見つめていた。

やがてロビンソンがいった。

「今夜はもう無理だ。それに、解読（かいどく）する必要はないのかもしれない。ともかくこの島は小さい。宝（たから）を見つけるのはそれほど大変じゃないはずだ！」

24章　宝さがしの始まり

次の朝、ジャックとロビンソンはいそいで朝食をすませ、浜辺の墓まで行った。

ロビンソンは柄の長いシャベル——赤毛のロジャー船長のシャベルをかついでいた。

砂が盛りあげてあるところに着くと、ロビンソンはシャベルを砂につきさし、墓石の前にひざをついた。

とがった石で名前を消し、そばに新しくわかった名前をきざみこんだ。

~~ビリー・ボーンズ、~~ここに眠る
赤毛のロジャー

それから、ロビンソンはやっと口を開いた。

「さて、もし船長がここにすわって地図を描いていたなら、宝を埋めた場所からここまで、ほぼまっすぐおりてきたと考えられる。そう思わないか？」

まっとうな推理だと思い、ジャックはうなずいた。

「ジャック、ここから奥に入ったところの地面を見てみないか？」

二人は、赤毛のロジャーがたどったと思われる跡をさがしはじめた。

ジャックは最初、興奮と期待ではちきれそうだった。しかし、砂浜が切れて茂みが始まるところまでのぼっていっても、トランクが砂から顔を出していたりはしなかった。

宝のトランクなんか影も形もないや……ジャックはがっかりした。

このあたりは、島のほかの場所とくらべて岩が少ない砂地だ。船長が砂の上でトランクをひっぱったなら、わりとらくに動かせたはずだ。となると、どこまでひきずっていったのか見当もつかない。

ジャックは目の前の風景をながめているうちに、この島のどこかに海賊の宝が埋まっているという考えそのものが、バカげたものに思えてきた。

きのうの夜わくわくして「まちがいない！」と思った話はすべて、消えかけた焚き火の弱い光の中で生まれたものだった。今、朝の強い日ざしをあびたとたん、何もかもが一気に蒸発してしまったように思えた。よく考えれば、宝が埋まっているなんて、ありえないじゃないか……。

「ねえ、ロビンソン、本当に宝が埋まってると思う？」ジャックの声には疑いがこもっていた。

「えっ？　もちろんだ、自信がある！　さあ、宝をさがそう！」ロビンソンはシャベルをかつぎ、左右を見ながら茂みのあいだを歩いていった。

　その自信満々なようすに、ジャックもすこし気をとりなおして、ロビンソンの後ろを歩きながらたずねた。

「だけど、何をさがせばいいのかな？　トランクが砂から顔を出していると思う？」

「それはないな。しっかり埋めてあるだろう。近くに何か目印になるものがあるはずだ。たとえば岩とか。目印がないと、埋めた本人がもどってきたときに宝を見つけられない」

「じゃあ、全部の岩の下を掘ってみるの？」

「そういう手もあるが、目印はふつうの岩ではないはずだ。見たらすぐにわかるような変わった形の岩……たとえば、あれだ！」

ロビンソンは、ピラミッドのようにも見える岩を指さし、その岩をごろりと転がしてどかした。そして、岩があった場所の砂に穴を掘りはじめた。ロビンソンが掘りすすむと、穴の横に砂の山ができてきた。山が高くなるにつれて、ジャックは胃のあたりがそわそわして落ちつかなくなってきた。

しかし、地面からは何も出てこなかった。穴の深さが一メートルぐらいになったところで、ロビンソンがいった。

「ほかの場所を掘ってみよう」

ジャックの頭にある考えがひらめいた。

「ねえ、その場所のこと、赤毛のロジャーが〈四つのおもちゃの浦〉って名づけたんじゃない？ロジャーは、入り江の近くに、おもちゃみたいに

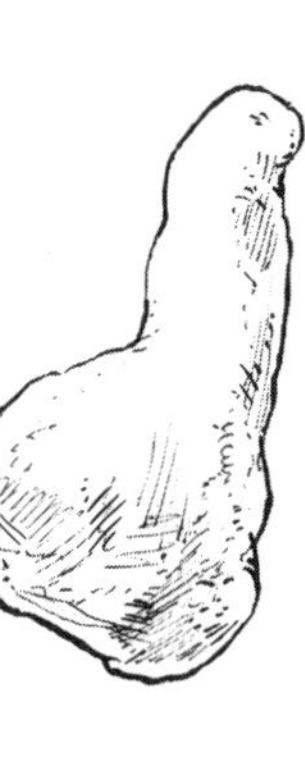

見える岩を四つ見つけて、それを宝の目印にしたとか？」

「ジャック、それだ！　きっとそうだ！」ロビンソンは興奮してさけんだ。「これでさがすものがはっきりしたぞ！　手わけしてさがさないか？　きみはあっち側、おれはこっち側」

ジャックとロビンソンは二手に分かれ、おもちゃに似た形の岩がないかとさがしはじめた。

「なあ、ジャック、この石はぬいぐるみのキリンっぽく見えないか？」

ロビンソンは、長い首がつきでたような形の岩を持ちあげていった。

「それと、これは真ん丸だからボールだよな？　それに、これは木馬っぽくないか？」

ジャックには、どの岩もおもちゃの形には見えなかった。

ロビンソンは試しに、変わった岩があった場所をそれぞれ掘ってみたが、何も出てこなかった。

気温があがるにつれて、暑さと疲れで、二人のやる気は落ちてきた。

おもちゃに似た形の石はさっきの三つだけで、四つ目の石も見つ

からない。

　ロビンソンが声をあらげた。

「くそっ、この岩はさっきも手にとって、ちがうとわかったやつじゃないか！　もう手にとるのは三回目だ！　このやり方じゃだめだ。ちゃんと計画的にさがさなければ！」

　ジャックは、この島はたしかに小さいけど、宝さがしはロビンソンがいったほどらくじゃなさそうだと思いはじめた。

「地図がいるね」と、ジャック。「地図があれば、同じ場所を掘りかえしたりしないで計画的にさがせる。ぼくがつくるよ。地図づくりは得意なんだ」

　ジャックは家にいたころ、よく農場とそのまわりの土地の地図を描いていた。そのころはまだ字が書けなかったが、目印は地図の上に小さな絵で描いていた。

「地図か！　いい考えだ！　よし、きょうの宝さがしは終わりにしよう。暗くなる前に魚を捕らないと。地図はあした描きはじめればいい」

25章　〈コールドカット〉

次の朝ロビンソンはジャックに、大きくて何も書かれていない白い紙をわたした。

「これは地図帳の『遊び紙』だ。ほら、本の最初と最後にあるページの紙だよ。地図帳からとったから、島の地図を描くにもいいだろう。この島でいちばん大きな白紙でもある」

地図づくりの道具として、大きな白紙、鉛筆、描くときに下じきにする大きな地図帳の三つを持って、ジャックは出発した。

まず、高い場所から始めた。中庭の上にそびえる大岩〈スキトルズ〉にのぼり、そこから見えるものすべてをざっくりと地図に描いた。それから海岸線にそって島を一周し、島の輪郭をていねいに描いていった。

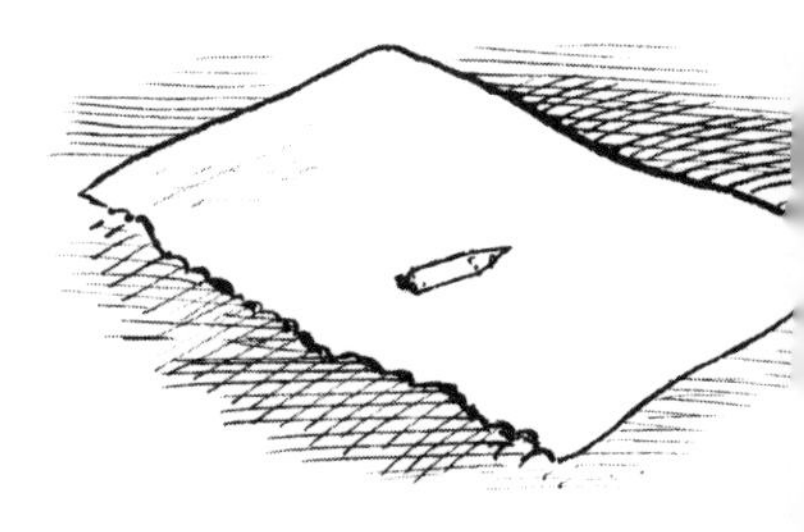

歩いていくとちゅうで目についたものも、地図に描きくわえていった。

地図を完成させるのに、三日かかった。

茂みをかきわけたり、岩だらけの歩きにくい海岸線をたどったりするせいで、ジャックは一日の終わりにはへとへとだった。体じゅうにあざとすり傷もできたが、ジャックの心は満たされていた。宝さがしという仕事があって本当によかった、とジャックは思っていた。

ロビンソンは、ジャックのがんばりに感心していた。

完成した地図を見せると、ロビンソンはいった。

「ジャック、これはすばらしい地図だ！　地名もすべて正しく書けている」

「ほら見て、全体に四角いマス目をひいたんだよ」

ジャックは地図を見せながらロビンソンに説明した。

「これからは、宝さがしをしたら、地図の四角いマス目を一つずつつぶしていく。島の地面を、この地図と同じように四角く区切って、一つの区画内をじっくりさがすんだ。終わったら、となりの区画にうつる。まず、この前掘るのをやめた場所から始めようよ」

こうしてジャックとロビンソンは、島の地図を見ながら、宝さがしを再開した。

ジャックは四本の棒と長いひもを使って、地図の一マスと対応するように、この前掘った場

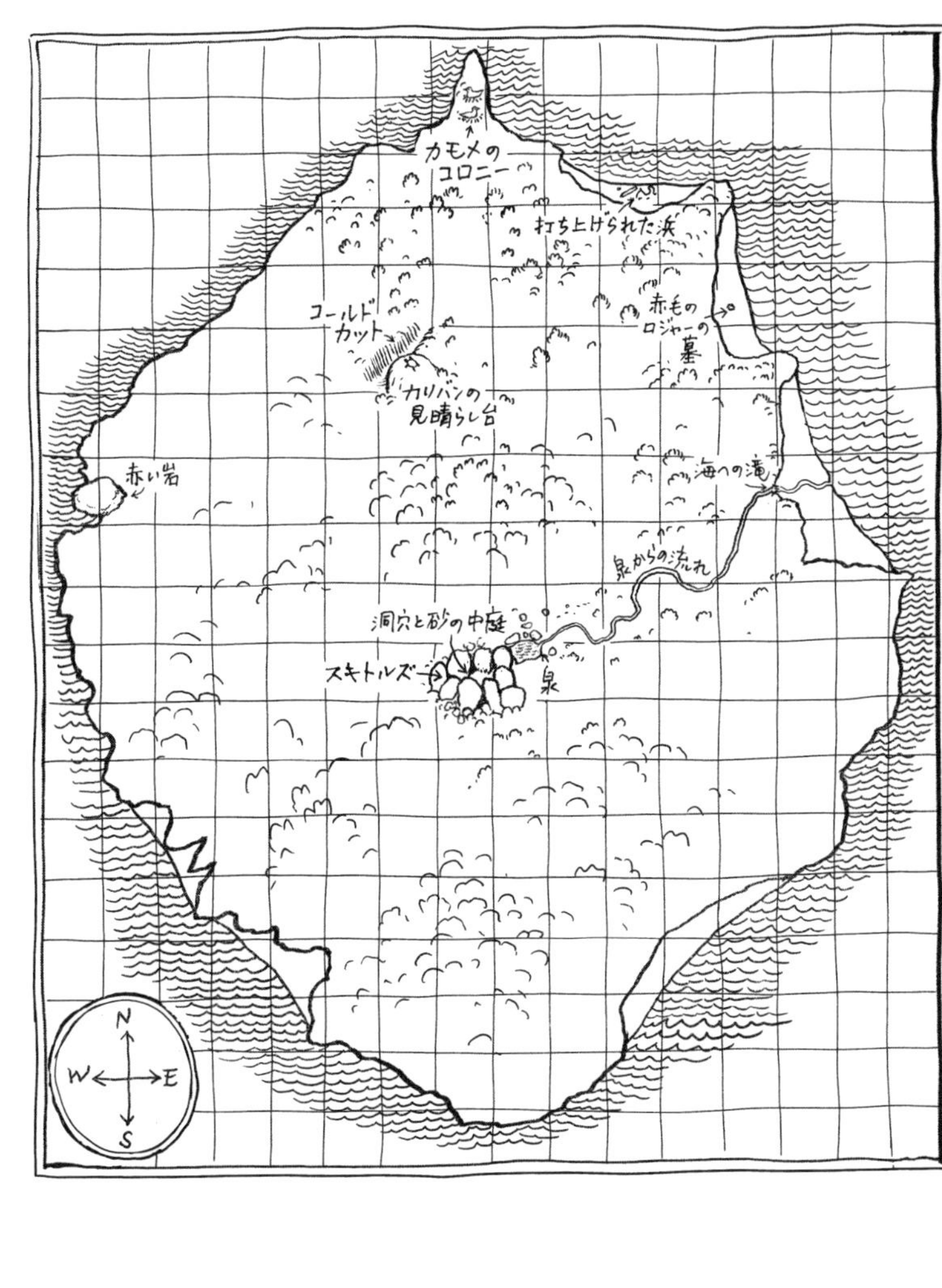

カモメの
コロニー
打ち上げられた浜
赤毛の
ロジャーの
墓
コールド
カット
カリバンの
見晴らし台
赤い岩
海への滝
泉からの流れ
洞穴と砂の中庭
スキトルズ
泉
N
W
E
S

所のとなりを四角くかこんだ。

「この区画が、きょう掘るところだよ」と、ジャック。

柄の長いシャベルは背が低いジャックにはあつかいにくいので、ロビンソンが使った。ジャックは地面にひざをついて、手で岩や砂をどけていった。

日が暮れるまでに、二人でその区画に二十ほどのかなり深い穴を掘り、宝がないことがわかった。ジャックは、地図のその区画のマス目に、バツをつけた。

次の日、ジャックはきのうの四本の棒のうち二本だけを移動して、きのう掘った場所のとなりを四角くかこんだ。二人でまた二十ほどの穴を掘ったが、ジャックはまた地図のマス目にバツ印をつけることになった。

三日間というもの、二人は掘りつづけたが、ジャックは三日とも地図のマス目にバツ印を書きこむことになった。

二人とも、身も心もへたばってきた。

一日の終わりに、くたくたになって岩に腰をおろしたロビンソンがつぶやいた。

「宝さがしはかんたんだなんて、どうして思ったんだろう？　こりゃあ、何か月もかかりそうだな……」

ジャックは地図をながめていた。

たくさんあるマス目のうち、五つにバツがついている。ほとんどのマス目はまだ手つかずだ。島の上のマス目は百五十以上ある。何か月もかかるはずだ……。

宝さがしで大変なのは、穴を掘ることだけではなかった。一つの区画を掘ったあとは、すべての穴を埋めもどさなければならないのだ。穴をそのままにしておいたら、ロビンソンとジャックが歩きにくいだけでなく、カメのカリバンがまったく歩きまわれなくなってしまう。

こうした苦労をしながら、ロビンソンとジャックは穴を掘りつづけた。

しかし、宝が見つかるきざしすら感じられない日が続き、二人のやる気はしぼんでいった。

それでも、ジャックのほうにはまだ熱意が残っていた。宝さがしはしだいに「ジャックの計画」という感じになり、ジャック一人で先に作業を始める日が多くなった。ロビンソンは一、二時間遅れでやってきて、穴を掘りはじめる。

その朝も、ジャックが先に現場に着いた。

そこは、ロビンソンが「カリバンの見晴らし台」と呼んでいる岩だらけの塚だった。カリバンはあきらかにその周辺を自分の領地だと思っていて、よく塚の上からわがもの顔であたりを見おろしている。

〈カリバンの見晴らし台〉の裏はちょっとした崖で、下は狭い溝だった。溝の底は細長い砂地で、〈見晴らし台〉から見おろすと、まるで地面にぱっくりあいた傷口みたいに見えた。砂地には、長さ二メートル、幅一メートルくらいの黒っぽい石がある。崖をつたいおりて砂の上にある黒い石にさわると、石はいつも冷たい。それでロビンソンはその場所を「冷たき傷口」と呼んでいた。

石が冷たいのは、そこにまったく日光がさしこまないせいだった。そうとわかってはいても、〈コールドカット〉にはどことなくいやな雰囲気がただよっていた。ロビンソンは「ここに来るといつも背すじがぞくっとする」といっていた。

カメのカリバンは暑い時間帯はいつも涼しい日かげで休んでいる。だが、〈コールドカット〉の砂地にはけっして入らない。いつも涼しい場所だというのに、だ。

きょうの区画は〈カリバンの見晴らし台〉の裏側だ。塚は岩だらけで掘ることができないので、ジャックはしかたなく崖をおりて、〈コールドカット〉の砂を掘りはじめた。ジャックもロビンソンと同じで、ひんやりした空気に鳥肌が立ち、冷たい砂に手を入れるたびに背すじがぞくっとした。

時間がたつにつれて、ジャックはしょっちゅう肩ごしに後ろをふりかえるようになった。

だれかいるような気がする……。もちろんいるはずがない。なのに、どうしても、だれかいるような気がしてしかたがない。

ジャックは何回か大声でロビンソンを呼び、返事を待った。

返事はない。

ジャックは砂を掘りながら考えた。

ここは溝の底の小さな砂地……あるのはこの黒っぽい石だけだ。さっきから感じているのは、もしかしたらこの石の気配？

その思いがしだいに大きくなり、ジャックにのしかかってきた。

この感じは、いったいなんなんだ？　わけがわからない……見たところ、石に特別なところはない。形が何かに似ているわけでもない。ただ、ふつうの石とは何かがちがうような気がする……。石にひきよせられているような、それでいて「近づくな！」と石にはねつけられているような、みょうな気分だった。

ジャックは何度も、もう掘るのをやめて〈見晴らし台〉でロビンソンを待とうと思った。

しかし、そのたびに小声で自分にいい聞かせた。

「バカらしい！　おい、ジャック、おまえ、あれこれ考えすぎだぞ」

そのうち、こんな考えが浮かんできた――。

このぞくっとする感じこそ「直感」というやつで、じつはここに宝が埋まっているんじゃないか？

たぶんそうだ！　そう、この黒い大きな石の下にあるんだ！

ジャックは意を決して、石のそばにひざをついた。

いよいよ石の下の砂を掘ろうとしたとき、上で何かが動いた気がした。

いや、気のせいじゃない、

上の塚にだれかいる！　ジャックはさっと顔をあげた。

カリバンが、崖の上からおどすようにジャックを見おろしていた。カリバンの顔はひどく不安そうに見えた。

と、カリバンはさっとすがたを消した。

あいかわらずツンケンしたやつ……ジャックは一瞬、顔をしかめたが、緊張がとけて、小声でつぶやいた。

「なんだ、カリバンじゃないか。だれかいると思ったら、カリバンだったとは」

ジャックは気をとりなおし、砂をかきだそうと右手を石の下にさしいれた。

ところが、手に触れたのは砂ではなく、だれかの手だった。

26章　石の下で

その手は氷のように冷たく、指は骨ばっていた。

ジャックは反射的に手をひっこめようとした。

その瞬間、相手がまちがいなくジャックの手をにぎりしめた！

ジャックはあわてふためき、立ちあがると、崖をよじのぼろうとじたばたした。あやうく、ちょうど崖をおりてきたロビンソンをつきとばすところだった。

「おい、カリバンに何かあったのか？　すごいいきおいで歩いていったぞ。やつがあんなに速く動くのははじめて見たよ！」

「手が！」ジャックはロビンソンにしがみついた。「いるんだ……だれかが……石の下に」

ジャックは息もたえだえで、顔は真っ青だった。

ロビンソンはジャックの肩に手を置いて、やさしく声をかけた。

「ジャック、落ちつけ。幽霊を見たような顔をしているぞ。……人の骨が埋まっているのかもしれないな。たぶんこの石は墓石なんだ。話したよな、『おれが来るずっと前に、だれかがこの島にいたようだ』って。きっとそいつの骨だろう」

「でもロビンソン、あれは……あれは……」

「なんだ？」

ジャックは「死人の手がぼくの手をにぎってきた！」といおうとしたが、その言葉を頭の中でいってみて、口に出すのをやめた。そんなはずはない……ジャックははげしく首をふった。

「いや、なんでもない。びっくりしただけ」

ロビンソンは持ってきたシャベルを置き、石のそばの砂にひざをついた。

「石の下にいるのがだれか、調べてみよう」

すっかり怖じ気づいたジャックは崖をよじのぼると、上からロビンソンの作業を見ていた。

ロビンソンは、さっきジャックが掘ろうとした場所の砂をどけ、すぐに顔をしかめた。砂にしりをつけてすわると、こういった。

「おい、これはめずらしいぞ。ジャック、見に来いよ」

ジャックはおりてきて、ロビンソンの後ろから肩ごしに恐るおそるのぞきこんだ。

「うわっ、気持ち悪い……」

石の下から手がつきだしていた。

曲がった指は動物の鉤爪のよう、しわしわの肌はところどころ黒く変色している——ミイラになった人間の手だった。

ロビンソンは小さく息を吐いた。

「どうやらこの御仁は、いい死に方をしなかったようだ。よく調べよう。石を持ちあげてみないとな」

「本気!?」ジャックはためらった。

ロビンソンはジャックにかまわず、石の下のへこみに指をつっこんだ。脚を広げて腰を落とし、ウッと声に出して力むと、石が数センチ持ちあがった。ロビンソンはさらに、しぼりだすようにウーッとうなりながらすこしずつ石を持ちあげ、ついには石をバタンと裏がえした。大きな石は、やわらかい砂の上に落ちるとき、「ズンッ！」とにぶい音を立てた。

石があった場所には、ミイラが横たわっていた——。

肌はしなびて、体のところどころには色あせた布がまとわりついている。骨はおしつぶされ

てほぼ平らになっていたが、左手だけは何かをつかもうとするように曲がっている。

頭の骨は左を向いていて、大きく開かれた口は音のないさけびを発しているかのようだ。あごの骨はくだけて、そばに歯が散乱している。白髪まじりの髪は砂の上におうぎ形に広がっていた。

ミイラは、恐ろしい事故の犠牲者のようだった。

ジャックは驚きのあまり凍りついたように動けなかった。

ロビンソンは、ミイラになった人にどんなひどいことが起こったのかを思い、心底ぞっとしたのか、ゆっくりと頭を横にふっていた。

やがてロビンソンは、上の〈カリバンの見晴らし台〉に目をやった。

「この石は、あの上に立っていたんだろうな。ある日、ここへ落ちてきて、あわれなこの人はつぶされてぺしゃんこになった。前から、ここには何かあると思っていたよ。とくにこの石には。

なあ、ジャック、過去のできごとを記憶している場所というのがあるんだよ、そう思わないか？　いわば『場所の記憶』だ。このミイラの悲劇の記憶は、まだこの場所に残っている」

ジャックはだまってうなずいた。

一刻も早く逃げだしたい気持ちだった。ロビンソンのいう「場所の記憶」のせいというより、目の前のミイラがいやだった。

死んだ人の怨念が、このぺしゃんこになった体にまだ宿っていたら？

さっき手をにぎりかえされた感触がよみがえり、ジャックは身ぶるいした。

砂の上の手を見おろすと、その下に何かが見えた。

でも、ジャックは、自分ではとてもたしかめられなかった。

「ロビンソン、その手の下を見て。あれは何？　カメの甲羅かな？」

ロビンソンはミイラの手をそっと持ちあげ、その下にあるものを一つ、つまみあげた。落ちていた小さな小さなものは、カメの甲羅だった。

「この人が甲羅をひろおうとしてかがんだとき、石が落ちてきたということか？」

「そんな感じだったのかも。ねえ、これを見て！」

ジャックは、死んだ人の首のまわりにあるものを指さした。

三十枚以上のものすごく小さな甲羅だった。一枚一枚に穴があいていて、そこに細い糸を通してネックレスにしてある。糸は何かの繊維をよりあわせてつくったもののようだ。甲羅は、われてしまっているものもあるし、砂にめりこんだせいでわれなかったものもある。

「アクセサリーだろうか。この人は女の人かもしれない」と、ロビンソン。

二人はしばらく言葉が出なかった。

やがてジャックがまた別の、何か黒いものを見つけた。

「あれはなんだろう？　毛が生えてる？」

黒いかたまりは、骨にまとわりついた色あせた布に半分かくれていた。

ロビンソンは身をかがめて布をめくり、黒いかたまりを手にとった。

「これは本だ！　カバーは黒い動物の皮……毛があちこちに残っている」

本を開いたとたん、ものすごいにおいが二人の鼻をついた。

あまりの臭さに、ロビンソンは本をパタンととじた。

ちらっと見たかぎり、ページは手書きの小さな文字でびっしりと埋まっていた。その上から何かの液体が飛びちったのか、一面に黒っぽいシミがあった。

「仕事の日誌か、日記なのかもしれないな」と、ロビンソン。「しかし、なぜこんなに臭いんだ？　ともかく、これをよく調べてみよう。この人物がだれで、どうしてこの島に来たのか、わかるかもしれない」

ロビンソンは、黒い本をいったん砂の上に置いた。

ほかにも何か手がかりになるものがないか、二人でミイラをもう一度よく観察した。

だが、ほかには何も見つからなかった。

二人ともミイラをひっくりかえしてみる気にはなれなかった。

「ねえ、ロビンソン、この人、どうする？　このままにしては帰れないよね。石を体の上にもどしておく？」

「それは不人情だろう。きちんと埋葬してやろう。しかし、ミイラだからなあ、赤毛のロジャーの骨のように手にとって動かすのはおれだって気がすすまない……。

そうだ、『石積みの墓』にしよう！　墓穴を掘るかわりに、遺体の上に砂を盛りあげてから全体を石でおおうんだ」

ロビンソンはシャベルでミイラの上に砂をかけていった。ジャックは、そのあいだに石を集めた。

ミイラの上に高さ一メートル弱の砂山ができると、二人はそれを石でおおっていった。

なだらかな形の石積みの墓ができた。

ロビンソンは平らな板のような石をさがしてきて、こんな言葉をきざみつけた――。

カメの甲羅を集めた者、ここに眠る

ロビンソンはその石を、墓の上に置いた。

27章　黒い本

次の朝、ジャックはいつものようにひもで新しい区画をかこんだ。地図の〈カリバンの見晴らし台〉と〈コールドカット〉のマス目にはバツ印をつけないことにした。ほかの区画をすっかり掘っても何も見つからなかったら、またここにもどってこよう。あのミイラの記憶が薄れてからなら、もどってこられるかもしれない……。

しかし、気味の悪いミイラの記憶はいつまでも強烈なままだった。そのせいで、ジャックの宝さがしの熱はかなり冷めてしまった。

穴を掘ろうと砂に指を入れるたびに、目の前にミイラの手があらわれ、冷たい手がにぎりかえしてくる感触までよみがえるのだ。

そんなわけで、ロビンソンがもっぱら一人で掘ることになった。

ジャックは毎朝、棒とひもで新しい区画をかこみ、区画内の動かせる岩をどけた。あとは、

一日の終わりに地図のマス目にバツ印をつけるのがジャックの仕事だった。

そうなると、宝さがしはゆっくりとしか進まなかった。

ある日の夕方、疲れはてたロビンソンが、シャベルをかたづけながらいった。

「なあ、ジャック、宝さがしは一日おきにやることにしないか？　毎日掘るのは、ひどく骨が折れる」

こうして、宝さがしをやるのは一日おきになった。

一日おきはやがて一週間に一回になった。

そのうち、宝さがしは、たまにやることになった。

ジャックのつくった地図のバツ印は、ゆっくりとしかふえていかなかった。それでも二人は宝さがしを完全にあきらめたわけではなかった。

カリバンは、ミイラ発見から一週間近く、ふっつりとすがたを消していた。

ひさしぶりにあらわれたとき、カリバンは何かにおびえていた。目にいつものするどい光がなく、首をしきりにふって肩ごしに後ろを気にしているようだ。

ジャックは、カリバンは石の下の死体のことを知っていたんだと思った。しきりに後ろを気にするカリバンのしぐさは、あの日のジャックと同じだった。

ある日、カリバンはのろのろと〈見晴らし台〉にのぼってきた。ロビンソンとジャックが見ていると、カリバンはやけに用心深い動きで首をつきだし、崖の下の暗い砂地をのぞきこんだ。その場所でかなり長いことじっとしていたあと、ようやく満足したのか、カリバンは〈見晴らし台〉を去っていった。

ミイラのそばにあったあの臭い黒い本のことを、ロビンソンはあとまわしにした。当面は洞穴のすみに置いておき、後日、あの臭いにおいの記憶がすこしやわらいでから、じっくり調べるつもりだった。

数週間後、ロビンソンはやっと黒い本を調べる気になった。

明るい光のさしこむ中庭へ本を持ちだし、片手で鼻をつまんでおいて、空いているほうの手で本を開いた。

においはあいかわらず強烈で、たちまち涙がにじんできた。ぱちぱちと何回かまばたきをしてから、ロビンソンはやっとそのページを読みはじめた。

手書きの文字は小さすぎて判読できないところも多かった。ページ全体に何かの液体が飛びちっていてシミだらけなので、よけいに読みにくい。それでもすぐに、書いてあるのは何かのリストだとわかった。

ロビンソンは、においをかがなくてすむように息をとめてから、黒い本にぐっと顔を近づけた。ところどころ読みとれない部分はあるものの、書いてあるのは何かをつくるための材料のリストなのはたしかだった。料理のレシピか？　もしそうなら、シミがたくさんあることにも説明がつく。

持ち主は、ちらかし屋でよくソースをこぼす料理人だったのか？　それにしても、材料がいちいちヘンテコだった。

コウモリの羽根、ヘビの舌、ベラドンナの根、カエルの目玉――

そこまで読んだロビンソンは、はっとしてひざを打った。なんの本かわかったのだ。

ロビンソンは中庭から、上の〈スキトルズ〉の岩の一つに腰かけているジャックに声をかけた。

「おーい、ジャック、わかったぞ！　こいつは魔法の薬と呪文の本だ！　おれたちが石の下で見つけた人物は、魔法使いだったんだ！」

ジャックはおどろいたが、同時に、なんとなく納得できた気もした。魔法使いのミイラだから、あんなにいやな感じがしたのかも……。

ジャックは岩をつたって中庭におりた。

「見てくれ、これはイボをとる呪文だ！」

ロビンソンは黒い本をいったん顔から離し、しっかりと鼻をつまみなおした。

「イボをつくる呪文もある！」

ジャックとロビンソンは、においをもろにかがないですむように、黒い本のページをそうっとめくっていった。

一瞬でだれかを好きになる呪文、一瞬でだれかをきらいになる呪文、人をきれいにする呪文や醜くする呪文、ハゲや頭痛をなおす呪文、人をオオカミ男に変える呪文まであった。

ロビンソンは悪臭にたえられず、とうとう本をとじてこういった。

「どれもくだらんな。おれはこういう魔術のたぐいは信じない。どうせ迷信だろう」

しかし、自分で「信じない」といったくせに、ロビンソンはその本のとりこになっていた。

その週も次の週も、ロビンソンはしょっちゅう〈黒い本〉を手にとり、さすような悪臭に目をしょぼしょぼさせながらページをめくっていた。

ロビンソンは本のいちばん最後のページに「ラム」という言葉を見つけた。

ラム酒も魔法の薬の材料になるのか……。

そのページは、上のほうがひどくよごれていて、ラム酒をどんな魔法に使うのか、だいじなところが読めなかった。ページの下のほうにある呪文は、どことなく船乗りたちが酒を飲みながら歌う歌に似ていた。

「ラム、ラム、あま〜いラム！　あま〜い、うま〜い、あま〜いラム！」

こんな感じで何行か続いている。ロビンソンはこの呪文を何回かとなえているうちに、すっかり暗記してしまった。

ある日の夕方、ジャックはロビンソンにたずねた。

「ねえ、さっきから何をぶつぶついってるの？」

「〈黒い本〉の最後のページにあった呪文だ。ラムの呪文がどうしても頭から離れない」

何日かして、ロビンソンのさけび声にびっくりして、ジャックは洞穴から走りでた。

「ロビンソン、どうしたの？」

「ジャック、なんと、シコラクスだったんだ！」

ロビンソンは自分の発見に自分でおどろいていた。

「この本は、魔女シコラクスのものだ！　表紙に名前が書いてある。今見つけたんだ！」

ジャックはわけがわからず、その名前がどうしたの？　というように肩をすくめた。

「ジャック、シコラクスをわすれたのか？　シェイクスピアの『テンペスト』に出てくる魔女の名前だよ！　ほら、プロスペロとミランダが流れついた島に、先に住んでいた魔女がいただろう？」

　ジャックはやっと思い出し、それからしばらくだまって考えていた。

　この島に魔女シコラクスの本がある？　それってどういうことなんだろう……？

「ロビンソン、それってつまり、シェイクスピアの芝居は全部本当だってこと？　それで、この島はプロスペロの島だっていいたいの？」

「いや、芝居はシェイクスピアが自分でつくりだしたものだが、芝居が書かれた当時、島流しの刑になった魔女

がいたのかもしれない。その魔女の名前をシェイクスピアが芝居にとりいれたということはありうる。つまり、おれたちが見つけたあのミイラが、本家本元のシコラクスなのかもしれない。もしそうなら、すごいと思わないか？」

たしかにすごい……この島がシェイクスピアのあの芝居と関係あるなんて、すごい偶然だ。ロビンソンはそれから何日もにやにやしていた。ときどき、たまげたなあというように首をふって、つぶやいていた。

「もしあのミイラが魔女のシコラクスなら、ここにあとから流れついたおれは、プロスペロみたいじゃないか。ハハハ、こりゃすごい！」

ジャックのほうは、海賊の言葉の謎のことで頭がいっぱいだった。一つは、赤毛のロジャーの骨がにぎっていた地図の切れはしの言葉「あせるなみ」。そしてもう一つは、宝の地図の物語に出てきた「よっつのおもちゃのうら」という言葉——。

ジャックは中庭でひがな一日、砂に指で二つの言葉を書いては、ああでもないこうでもないと考えつづけていた。見れば見るほど、ちぎれた紙の言葉の謎をとくことが、宝さがしの近道だという気がした。

「あせるなみ、よっつのおもちゃのうら、あせるなみ、よっつのおもちゃのうら……」

同じ言葉を何度もくりかえしているうちに、ふと、ちがう言葉に聞こえてくることがある。

このときのジャックが、まさにそうだった。

「よっつのおもちゃのうら」が別の言葉に聞こえたとき、ジャックの頭の中で、パズルのすべてのピースがカチッとはまった――。

28章　ジャック、謎（なぞ）をとく

ジャックは中庭の砂（すな）の上で大きくとびあがり、

「ヒャッホーッ！」とさけんだ。本を読んでいたロビンソンは、声にびっくりしてジャックを見た。

「ジャック、どうした？」

「わかったんだ！」

ジャックはロビンソンに駆（か）けよった。

「答えがわかった！　地図の謎（なぞ）がとけたんだ！　ねえ、来て！　カリバンを見つけなきゃ！」

ジャックはそういうと駆（か）けだした。

「カリバンだって？　カリバンと地図に、どういう関係があるんだ？」ロビンソンは読みかけの本を置いた。「なあ、ジャック、どこへ行く？」

ロビンソンはジャックを追って走りはじめた。ジャックはもう五十メートル近く先に行っていて、ちょっと立ちどまってさけんだ。

「〈カリバンの見晴らし台〉！　あいつ、よくあそこにいるから」

ジャックはまた駆けだした。

数分後、ジャックは〈カリバンの見晴らし台〉にいた。でも、肝心のカリバンがいない。

ロビンソンはハアハア息を切らしてジャックに追いついた。

「しかし、どうしてカリバンを見つけなきゃならないんだ？」

「地図があるからだよ！　やつはちゃんと地図を完成させてたんだ！」

「やつって、カリバンか？　カリバンが地図を？」

「ちがう、赤毛のロジャーだよ！　地図は紙の上じゃなく、別の場所に描いたんだ。だからあの紙は、ほとんど真っ白だった！　ぶちぎれボブは、『あの紙に地図を描いた』と思いこんでしまったんだろうけど」

「そうか。で、それとカリバンがどう関係してくる？」

「ロビンソン、ぼくたち、かんちがいしてたんだ！　海賊たちも聞きまちがえてた！　オウムのブースビー卿のキイキイ声のせいかも。それか、ぶちぎれボブのだみ声のつぶやきを、最初からオウムが聞きまちがえたのかも。そもそも『四つのおもちゃ』じゃないんだよ。紙はちぎれていたんだから、変なところで切れてたのかもしれないんだ」

そこまで聞いたロビンソンは、はっとひざを打った。

「二つはくっついてたってことか」

「そうなんだよ！　くっついてたし、言葉の切れ目がちがってるんじゃないかな」

ジャックは、指で砂（すな）に文字を書きながら自分の考えを話しはじめた。

「いい？　まず全部くっつけて、とちゅうに区切りを入れるよ」

ジャックは砂（すな）の上に書いた文字のあいだに線を二本入れた。

　あせるな｜みよ｜っつのおもちゃのうら

「おお、『あせるな、みよ』になった！」

「赤毛のロジャーはこの紙を、自分にだけわかるように書いたはずだよね。だからまず、自分に向けて『あせるな』って書いているんだと思う」

「たしかに。それで、何を『見よ』なんだ。次はどうなる？」

ロビンソンはわくわくしてきた。

「『よ』が前の言葉とくっつくなら、残りの『っつのおもちゃのうら』はおかしい。それに、島でおもちゃの形に見える岩なんて見つからなかった。だから、ここはオウムや海賊（かいぞく）たちが聞きまちがったところじゃないかって思ったんだ。でね、何回もこの言葉をつぶやいているうちに、前のほうは『つのをもつ』って聞こえてきたんだ」

「うーん、だが、『角（つの）を持つ』のあとに、『の浦（うら）』だぞ？　それってなんのことだ？」

ロビンソンが疑問（ぎもん）をぶつける。

「そう、ぼくが考えた聞きまちがいは、もうひとつある」

ジャックは、砂（すな）の上にこう書いた

あせるな―みよ―つのを―もつ―ゆうら
こ

「こんなふうに『のうら』は『なになにの浦（うら）』っていう地名じゃなくて『こうら』の聞きまちがいだったとしたら、どう？　『こうら』といえばカメだ。ここは、カメのことを指してるんじゃないかな？」

「いや、『角を持つ』とつながるんだろ？　カメに角はないぞ」

「うん、もちろんカメに角はない。でも角のあるカメが、この島にはいる」

　ジャックはきっぱりといった。

「は？　どういうことだ？」

「ぼくが島に流れついたとき、カメのカリバンを大岩とまちがえたことや、角みたいな爪におどろいたことを思い出したんだよ。ロジャーもカリバンに出くわしたとき、カリバンの爪を見て、角みたいだとおどろいたんじゃないかな。そんな特徴のあるカメなら、あとでやってきてもすぐにわかる。赤毛のロジャーは、宝のありかをしめす手がかりを何かの形でカリバンにたくしたんだ。そして、自分だけにわかるように『つのをもつこうら』と書いた……」

　ロビンソンは、ひとつひとつうなずきながら聞いていた。

「なるほど……そうか……たしかにカリバンの爪はすごい。ふむふむ、その推理、合っているかもしれないぞ！　で、カリバンが宝の隠し場所とどう関係してるんだ？」

　ロビンソンはうーんといいながら首をかしげていたが、はっと目をかがやかせていった。

「そうか、カリバンの甲羅の上か！」

29章　地図はカメの背（せ）に

ロビンソンは目を丸くし、ジャックの顔を穴（あな）のあくほど見つめていた。

「ああ、おれはマヌケだ……それに、これはじつにうまいやり方だ。この島とカリバンのことを知らないかぎり、だれもあの紙と宝（たから）の場所の関係がわからない。天才的なアイデアだ！」

「だよね！　さあ、早くカリバンをさがそう！」

ところが、ジャックとロビンソンは、昼ごろまでカリバンを見つけられなかった。のどがかわいた二人がしかたなく泉（いずみ）にもどると、カリバンは泉（いずみ）のそばで眠（ねむ）りこんでいた。

二人は、カリバンのそばにひざをついて、甲羅（こうら）をじっくりと見ていった。

甲羅（こうら）には、すり傷（きず）がたくさんあった。カリバンはかなり長いこと生きてきたにちがいない。もともとある甲羅（こうら）の分かれ目や盛（も）りあがり以外に、あとからついた傷（きず）がたくさんありすぎる。

「地図みたいなものが見える？　どれが地図の線で、どれがただの傷か、見わけがつかないよ！」ジャックは顔をしかめた。

　ロビンソンは立ちあがって、眠っているカメの周囲を歩きまわり、あらゆる角度から甲羅を見ていった。それから首をふってため息をついた。

「おれにも、地図らしきものは見えない」

「地図はないってことなのかな……謎をといたっていう自信があったのに……」ジャックはうなだれた。

　ロビンソンは目をとじてヒゲをなでながら無言で何か考えていたが、しばらくして声をあげた。

「わかったぞ！　おれたちは一つ、だいじな

ことをわすれていた」

「何？」

「時間だ！」

「時間？」

「赤毛のロジャーが宝を埋めてから、たぶん三、四十年はたっている。カメの甲羅は、ほかの動物の骨と同じように成長するんだ！　赤毛のロジャーが地図をきざみつけたときから、甲羅も成長したはずだ」

「昔は甲羅に地図が描いてあったけど、今はなくなったってこと？」

「いや、地図はある。ただ、甲羅のようすが昔とすこし変わっているはずだ」

「どういうこと？」

「本で知ったことだが、カメの甲羅の一枚一枚を『甲』という。甲は層になっていて、成長すると、すぐ下にすこしだけ大きくて新しい層ができるんだ。『甲』を上から見ると、木の年輪みたいに何本も輪があるだろう？　あれは、新しいすこしだけ大きな『甲』が、今の『甲』の下にできているからだ。

　赤毛のロジャーが地図を描いてから、新しい『甲』はすこし大きくなっている。だから、ロジャーが描いた地図の『線』には、今では切れ目が入っていて『点線』みたいになっているんじゃないかと思う。わかるか？」

「うん、たぶんわかったと思う。でも、切れ目が入ってるなら、もう地図には見えないんじゃない？」と、ジャック。

「そうでもないさ。地図を見るとっかかりさえ見つかれば……あ、ほら、これを見てくれ！」

ロビンソンはカリバンの甲羅のてっぺん近くを指さした。

ジャックがよく見ると、そこに小さなXのマークがあった。

「きっとここが宝を埋めた場所だ！」と、ロビンソン。

「かもね。でも地図の残りの部分がないと、さがしようがない」ジャックは肩をすくめた。

「残りの部分も見つかるはずだ。地図をきざみつけてから時間がたっているから、すこし線が薄れているかもしれないが、よく見れば見つかるさ。ジャック、洞穴へ行って、きみが描いた島の地図をとってきてくれないか？　本の白紙のページも何枚かほしい。鉛筆もたのむ」

ジャックは洞穴へ走り、自分が描いた地図と白紙の紙を数枚と鉛筆、それと、下じきになる大きな本も持って、二、三分でもどってきた。

「おお、ありがとう！　Xマークのまわりに、それっぽい傷をいくつか見つけたぞ。ほら、ここだ。ジャック、年輪みたいな線も、傷っぽい線も、すべてをなるべく正確に描いてくれ」

ジャックは、眠っているカリバンのそばの岩に腰かけて、ひざに大きな本を置くと、その上に紙をのせた。そしてロビンソンにいわれたとおり、カリバンの甲羅のようすをこまかく写しとっていった。

ジャックが写しおえた紙をロビンソンにわたしたちょうどそのとき、カリバンが目をあけた。

カメは、自分の甲羅をながめている人間を見てぎょっとし、いやそうな顔をしたように見えた。すぐに立ちあがると、カメの最高速度で去っていった。

ジャックはカリバンを追いかけようとしたが、ロビンソンはすわったまま、ジャックが描いた

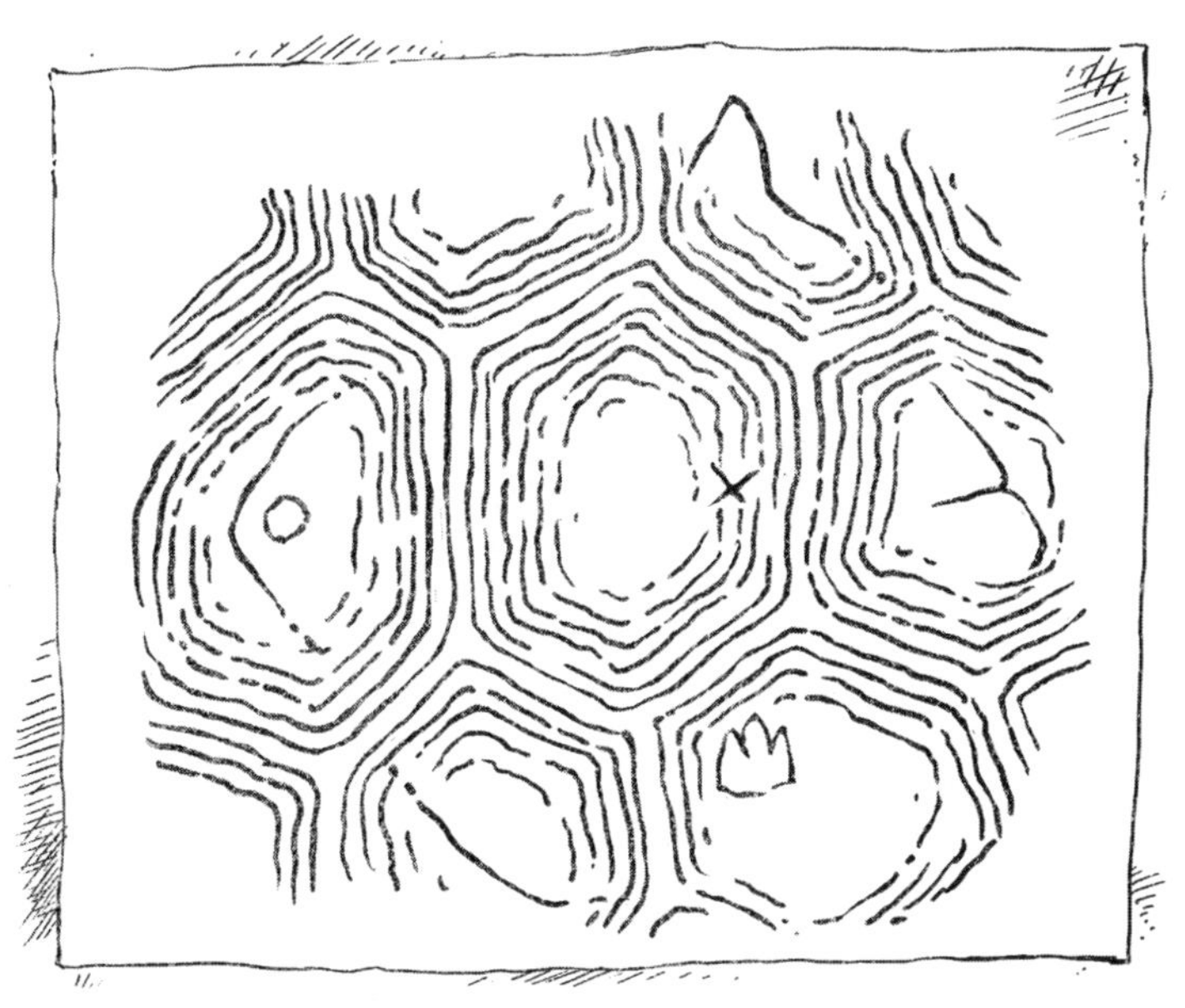

ものをじっと見つめていた。

「ロビンソン、カリバンを追いかけなくていいの？」

「いいよ、このスケッチがある。地図は、甲のいちばん上の層に描かれているはずだ。いちばん古い層だから。わかるだろう？　つまり、ここと、ここと、ここと、ここだ！」

　ロビンソンはいいながら、ジャックのスケッチのいくつかの部分を指さした。

「ジャック、このあたりの線をなぞって濃くしてくれるか？　それがすんだら、新しい紙に、濃い線だけを写してくれ。そのとき、甲が大きくなったせいで今はとぎれている線を、描かれたときのように、できるだけつなげてみてくれ」

　ジャックはいわれたとおりに写し、新しいスケッチをロビンソンに手わたした。

「おお、ついにやった！　赤毛のロジャー船長の宝の地図を手に入れたぞ！」ロビンソンは誇らしげにいった。

　新しい地図は、島の形をおぼろげになぞったもので、中央にXマークがあるだけだった。

「ロビンソン、こんな地図じゃ、Xがどこかぜんぜんわかんないよ。赤毛のロジャーは月の光だけで大いそぎで描いたのかもね。描くあいだ、カリバンはじっとしてなかったろうし。こんないいかげんな地図が役に立つとは思えない」

「ジャック、本当にそう思っているのか？」

ロビンソンは、やれやれというように頭をふった。

「赤毛のロジャーはさすがベテランの海賊だ。ちゃんとやるべきことをやったと、おれは思うがなあ。この地図は、宝のありかを正確にしめしているじゃないか」

「ええっ、そう？」

「ほら、ちゃんと目印がある。西のこの出っぱりは〈赤い岩〉だ。東のこの線は、まちがいなく泉からの流れが海に落ちる〈海への滝〉だ。北の岬は〈カモメのコロニー〉だし、この山マークは〈スキトルズ〉だ」

ここでロビンソンは、鉛筆を手にした。

「いいか？　島を東西に走るこういう線があるとしよう」

ロビンソンは東と西の目印を直線でつないだ。

「そして南北にも、こういう線があるとしたら――」

ロビンソンはいいながら、南北の二つの目印も直線でつないだ。

「さあ、ジャック、二本の線が交わる場所は？」

「あ、Xだ！」

「そのとおり！　これでわかっただろう？」

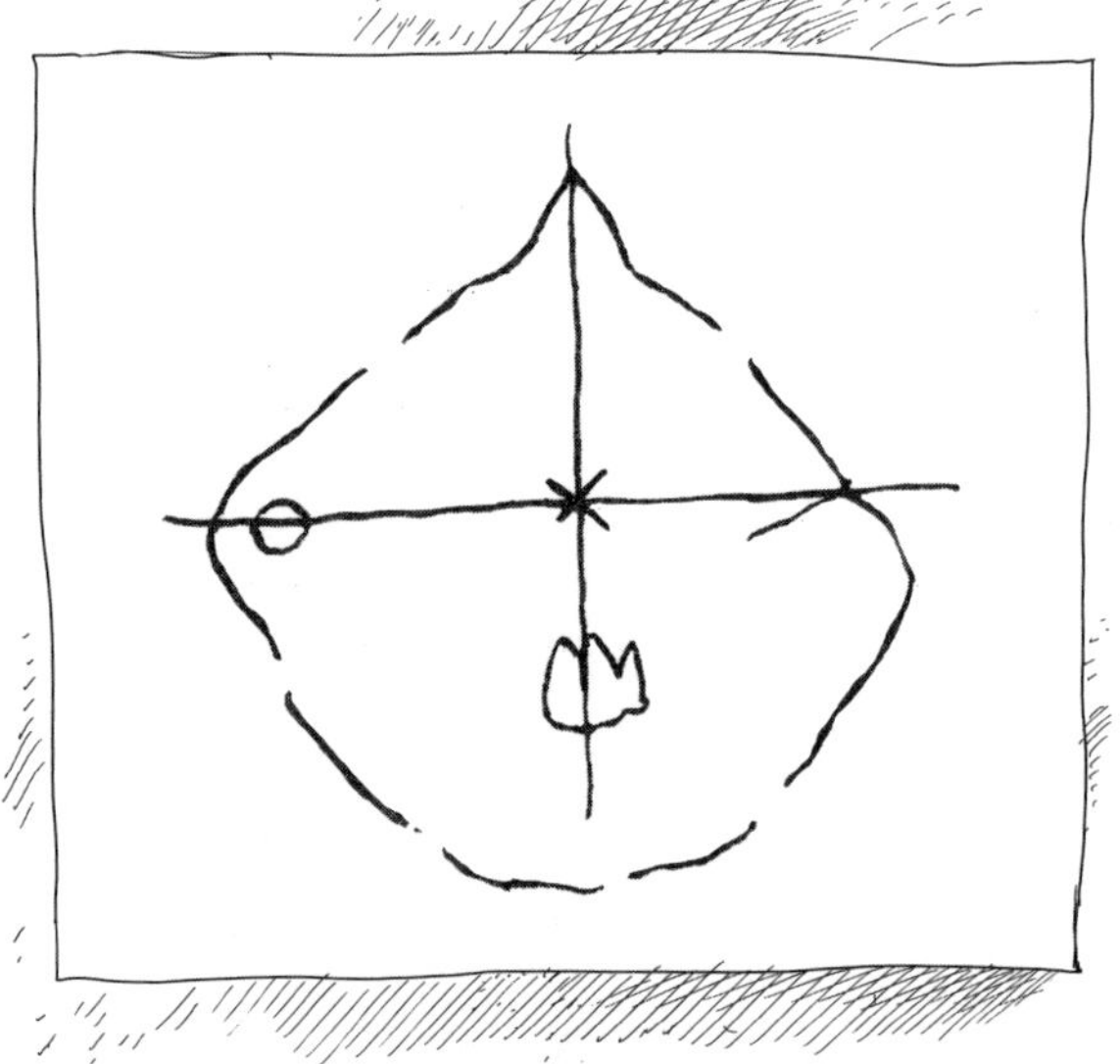

30章　宝(たから)を掘(ほ)りだす

十分後、ジャックとロビンソンは、鬱蒼(うっそう)とした茂(しげ)みの中にある小さな砂地(すなち)に立っていた。

ここへ来るまでに、低木のトゲで二人とも服はぼろぼろ、体はすり傷(きず)だらけだった。

長身のロビンソンが茂(しげ)みから頭をつきだして、東西南北を見やっている。

何歩か左にずれたり、前に出たりして、ロビンソンはついに、しっかりと照準(しょうじゅん)を合わせた。一本は、西の〈赤い岩(レッドロック)〉と東の〈海への滝(たき)〉を結ぶ線、もう一本は、北の〈カモメのコロニー〉と南の〈スキトルズ〉を結ぶ線、この二本の線がちょうど交わるところを見つけたのだ。

「ここだな！」

ロビンソンはそう宣言(せんげん)して掘(ほ)りはじめた。シャベルの刃先(はさき)を砂(すな)にさしいれ、刃(は)の反対側に足をのせてぐっとふみこむ。

ジャックはどきどきしていた。ロビンソンがシャベルをふみこむたびに、かたいものに当たる音がしないかと、耳をそばだてた。

しかし、ロビンソンが何回ふみこんでも、シャベルの刃は音もなく砂にのみこまれるばかりだった。それでもロビンソンは掘りつづけた。

穴はどんどん深くなり、掘りだした砂でできた砂山はどんどん高くなっていった。ジャックの心に、「宝なんてあるわけないよ」という疑いの声がくりかえし聞こえるようになった。

十分くらいたつと、ロビンソンは穴を横へ広げはじめた。さっきの照準にズレがあることを考えてのことだった。そもそも赤毛のロジャーが地図を描いたとき、小さなズレがあったことも考えられる。

次の十分間で、穴は深さ一メートル弱、幅は広いところで二メートル弱になった。それでもまだ、宝のトランクはあらわれない。

ジャックは無意識にズボンのポケットに手を入れて、赤毛のロジャーのガイコツのそばで見つけたダブロン金貨をさわっていた。

ふと指が、金貨ではないものに当たった――〈幸運の小石〉だ。

　ジャックは小石をポケットからとりだし、ぎゅっとにぎりしめて祈った。

……本当に幸運の小石なら、たのむから幸運を運んできて！

　穴はどんどん深くなるのに、シャベルはなんにも当たらなかった。

「ねえ、ロビンソン、ここじゃないんじゃない？　赤毛のロジャーがこんなに深く埋めたと思う？」

　ジャックの声にはあせりがあった。

　何も出なかったら立ちなおれ

ない……赤毛のロジャーの話がただのいかれた物語だったら？　この島が物語とぴったり合うなんて虫がよすぎるんじゃないかな？　あの物語には真実なんかこれっぽっちもなくて、最初から宝なんてどこにもないのかも……。

しかし、ロビンソンは掘りつづけていた。

「かなり深くなったな……ウッ！」

深い穴の底から砂をシャベルで外に投げあげるのに、ロビンソンは一回ごとに「ウッ！」とうなって力をこめていた。

「だれかが先にここへ来て、ウッ！　掘りだしてしまったってこともありうるな、ウッ！」

「えー、そんなのひどいよ！」ジャックは情けない声を出した。「だれが来たっていうの？　その人、どうやってここに宝があることを知ったと思う？」

「それはおれにもわからんが——ハア！」

息を切らしたロビンソンは、砂につき立てたシャベルの柄に手をのせて、ひと息ついた。

「『だれかに先をこされた可能性が高い』とはいっていない。『可能性は低いが、ありうる』ということだ」

先をこされた可能性は低いというわりに、ロビンソンの口ぶりは深刻そうだった。

ジャックはうめいた。宝をだれかにとられたのかもしれないと思うとがっくりだった。

そのときロビンソンが、穴の底ですっくと背すじをのばした。何か思いついたのか、目がかがやいている。

「たしかに、赤毛のロジャーはこんなに深く埋めなかったかもしれないな」

「どういうこと？」と、ジャック。

「長い年月で、トランクは深くもぐったのかもしれない」と、ロビンソン。

ジャックはぽかんとしてしまった。意味がわからなかった。

「トランクがもぐる？　どうやって？」

「宝のトランクが自分で深くもぐるわけはないが、砂は風で移動する。そのせいで、トランクの上に砂がたくさん積もったんじゃないか？　トランクが埋められた当時はこんな茂みもなくて、地面は今より一メートル以上低かったかもしれない」

「それだ！」ジャックはいきおいこんだ。「じゃあ、もっと深く掘ればいいんだね！」

ロビンソンはふたたびシャベルの刃に足をのせて、ぐっとふみこんだ。

ゴッ！

シャベルがにぶい音を立てた。何かかたいものに当たったのだ。

ジャックは興奮のあまり、息をするのもやっとだった。

「よし、ここに何かあるぞ！」

ロビンソンは落ちついた声を出そうとしたが、手はふるえていた。

ジャックは穴にとびこんだ。

ロビンソンは、さらに何回かシャベルを砂につきさした。

ゴッ！

ゴツッ！

ゴツン！

ロビンソンは一歩さがってシャベルを置いた。

「ジャック、先に調べるといい。宝さがしはきみの計画だし、謎ときは全部きみがやったんだから。おれは、ちょっと掘っただけだ」

ジャックは砂にひざをつき、ふるえる手で砂をどけていった。
二、三分で、砂の中から黒っぽいものがあらわれた。さびた鉄のバンドがついている。
「お、それっぽいじゃないか！」ロビンソンが、ジャックの肩ごしにのぞきこんでいった。

さらに砂をどけていくと、ついにカーブを描く木のフタがあらわれた。船員用のトランクにしか使われないものだ。

ジャックはトランク全体が見えるまでどんどん砂をどけていった。

やがて、ロビンソンがヒューッと口ぶえをふいた。

「これはどう見ても海賊の宝だな。もし『これは海賊の宝じゃない』というへそ曲がりがいたら、おれはそいつに『それならおれは、ちっこい女の子だ！』といってやる、ハハッ！」

ヒゲの大男ロビンソンが「おれはちっこい女の子だ！」なんていうので、ジャックは思わずふきだした。

ジャックとロビンソンは、ついに海賊の宝を見つけたのだ。

けっきょくのところ、ぶちぎれボブと宝の話は「いかれた物語」でも「虫がよすぎる話」でもなかった。事実だったのだ。

トランクはそれほど大きくはなかった。幅およそ九十センチ、奥行およそ四十五センチ、高さはおよそ六十センチで、本体とフタは三本の鉄のベルトでつないであった。左右には鉄の持ち手があり、前面のかけ金に大きな鉄の南京錠がかかっていた。

ジャックは持ち手をにぎってトランクを持ちあげようとしたが、ぎっしり中身がつまっているらしく、びくともしない。

ロビンソンはジャックの横にひざをついて、南京錠を調べはじめた。

「ぶちぎれボブは鍵を持っていたんだろう……赤毛のロジャーを殺して、地図だけでなく鍵もうばったにちがいない。だが、この南京錠はすっかりさびて鍵穴がふさがっている。しかたない、南京錠そのものをぶっこわせないか、やってみよう！」

「石がいるね！」ジャックはいったん穴を出ると、石を手にして穴に飛びこんできた。

ロビンソンは石を頭上高く持ちあげ、南京錠めがけて力いっぱいふりおろした。

ガシャン！

さびた南京錠は、一撃でばらばらにこわれて砂に落ちた。

「これでよし！　ジャック、中を見たいだろう？」ロビンソンは、にっと笑った。

ジャックの手はふるえていた。落ちつかなきゃと大きく息を吸い、かけ金をはずしてから、フタの両はしを持っておしあけた。

心の中で、「もし砂(すな)や岩がつまっているだけだったら?」という小さな声がした。

しかし、そんなことはなかった——。

31章　ダブロン金貨だ！

トランクのフタのすきまからキラッと光るものが見えた。

金貨だ！

フタをすっかりあけると、海賊の金貨は、太陽の光を受けてきらきらとかがやいた。

かがやきは、ジャックの顔にも明るく反射している。

ジャックは最初おどろいてただ目を丸くしていたが、やがて、うれし涙があふれてきた。

ついに海賊の宝を見つけたんだ！

「こりゃあすごい！　ジャック、ついにやったな！　きみが見つけたんだ！」

トランクには、スペインのダブロン金貨がぎっしりつまっていた。縁ぎりぎりまである！

両手で金貨をすくいあげてトランクの中に落とすと、「チリリン！」といい音がした。

ジャックはさっと穴から出ると、穴のまわりをぐるぐるまわりながら、めちゃくちゃな喜びのダンスを踊り、さけんだ。

「うわーい！　やったあ！　やったあ！　やったあ！」

ロビンソンも「バンザーイ！」と手をあげ、スキップでジャックの後ろをついてまわった。

二人の喜ぶ声は、北の岬までとどいた。コロニーのカモメたちは空高く舞いあがり、二人に負けじと、けたたましく鳴きさわいだ。

しばらくすると、そばの茂みからカリバンがぬっと顔を出した。バカさわぎするジャックとロビンソンをじろりと見て、あきれたように首をゆっくり左右にふっている。

ジャックはカリバンを見て、ダンスを中断した。ロビンソンも動きをとめた。

カリバンの見くだすような視線に、二人とも

ちょっと恥ずかしくなったのだ。

しかしロビンソンは、カリバンにいどむように、ふたたび喜びの声をあげた。

「バンザーイ！　カリバンにどう思われようと、かまうもんか！　やつには、この気分はわからんよ。カメは金貨を使えないからな！」

ロビンソンはそういうと、即席でつくったこんな歌を歌った。

穴の底で　見つけたサ　死んだ男の　トランクだ
ヨーホーホー、今夜はラム酒を　がぶ飲みだ！
ホレ東西と　南北の　線がまじわるとこなのさ
ヨーホーホー、今夜は飲むぞ　もう一本！

歌はこんな調子で続き、終わりがないようだった。ジャックもいっしょになって歌い、二人の声はどんどん大きくなっていった。

ダンスはどんどん速くなり、しまいには二人ともすっかり目がまわってしまった。そしてついに、大笑いしながら、穴の横にできた砂山にたおれこんだ。

二人を見ていたカリバンは、「まったく感心しない」というようにもう一度首をひとふりすると、向きを変えて去っていった。

ロビンソンは肩で息をしながらいった。

「トランクを運ぶ体力を残しておかないとな。さあ、持ちあげられるか、やってみよう」

ロビンソンは穴に飛びこみ、トランクの持ち手の片方をにぎった。

ジャックももう一方の持ち手をにぎった。

もちろんジャックも渾身の力で持ちあげたが、トランクを穴からひきあげられたのはロビンソンのおかげだった。

二人でトランクをひきずって洞穴までもどるのに、三十分近くかかった。

二人ともくたくただった。赤毛のロジャーはいったいどれほど怪力だったんだろう。こんなに重いトランクを、一人で浜からあそこまでひきずっていったなんて……。

ジャックは洞穴の前で、トランクからダブロン金貨をとりだしながら、枚数をかぞえはじめた。

「ジャック、今や大金持ちだな！　イングランドに帰ったら、この金貨で何をするか、考えたのか？」

「えーと、今、二十五枚だったから……」ジャックは一瞬、目をとじて数に集中した。

「すまん、かぞえるじゃまをしたな」と、ロビンソン。

「だいじょうぶ。ねえ、金貨の半分は、ロビンソンのだからね」

「ジャック、それはだめだ。きみが全部とってくれ。おれは必要ない」

「え、でも……」

「おれは金貨を持っていても使いようがない。ここじゃ金貨は……なんというか……カメ並みに役立たずだ！」

ジャックはそのじょうだんに笑った。

ロビンソンのいうとおりだった。孤島で金貨がなんの役に立つ？

ジャックは、ロビンソンと分けるという考えをすて、金貨をかぞえつづけた。

全部をかぞえるのに一時間近くかかった。トランクがようやくからになったときには、あたり一面が金貨におおわれて、地面の砂が見えないほどだった。金貨のじゅうたんが光をあびてかがやいている――。

金貨は全部で四千五百八十二枚あった。イングランドではいくらになるのか見当もつかない。きっと、ものすごい額になるだろう。

ジャックはポケットから、赤毛のロジャーのガイコツのそばにあった金貨をとりだした。ほかの金貨といっしょにしようかと思ったが、やめてポケットにもどした。

ついでに、ポケットにあった〈幸運の小石(ラッキーペブル)〉をにぎりしめて、「ありがとう！」と小さくつぶやいた。

その夜、焚き火(たび)のそばにすわっているとき、ロビンソンはこうたずねた。

「ジャック、海賊(かいぞく)の金貨で何を買うつもりだ？」

ジャックは考えた――ほしいものはただ一つ、イングランドの家に帰ることだけ……。

「イングランドまで乗せてくれる船長がいたら、宝(たから)をそっくりあげるんだけどなあ」ジャックはいった。

「あれだけあれば、家まで何回でも乗せてもらえるぞ。ほかにもほしいものがあるだろう？」

ジャックはまた考えた。

かつて買いたいと思っていたものは何もかも、今はまったくほしくなかった。

しばらくして、ジャックはようやくこういった。

「わらにする。新しいわらを買うよ」

「わらって、あのわらか？」

「うん、家のわらぶき屋根を直したいんだ、雨もりしてたから。父さんはいつも屋根をふきなおす代金が高いといってた……それと、農場の荷馬車を新しくするよ。あと、母さんに新しいドレスと帽子(ぼうし)。妹には本棚(ほんだな)いっぱいの本を買ってやる。今はぼくも読めるしね」

ロビンソンは、思わずほほえんでいた。

32章　返事

ジャックはその夜、安らかな眠りについた。とうていできそうもないことをやってのけたのだと思うと、身も心も満たされた。

しかし、次の朝にはまったくちがう気分になっていた――。

ジャックは夜明け前に目をさますと、洞穴を出て〈スキトルズ〉のいちばん高い岩にのぼった。あたりはまだ暗かったが、どこに足を置けばいいかはちゃんとわかっていた。

岩のてっぺんに着くと、ジャックは東を向いてすわり、トゲのある茂みのいちばん高い枝に、最初の朝日が当たるのを待った。

〈スキトルズ〉の岩は、はじめは黒っぽいかたまりに見えていた。日の出のオレンジ色の光が当たると、へこんだところだけが黒く見えるようになり、岩はオレンジと黒にくっきり染めわけられていった。

ジャックはその場所で、一時間くらいじっとしていた。

ロビンソンが、水を飲みに下の泉に出てきた。

「ジャック、どうしたんだ？」ロビンソンはびっくりした。ジャックのほうが早く起きるのはめずらしい。

ジャックは返事をせず、ロビンソンのほうを見もしなかった。

「今、そこまであがっていくよ」と、ロビンソン。

ジャックは身じろぎもしなかったが、ロビンソンはとにかくのぼりはじめた。
二、三分後、ロビンソンはジャックのとなりに腰かけた。
「朝の空気は気持ちいいな」「海がきれいだ」「空の色が美しい」などと話しかけても、ジャックは返事もしない。

「ジャック、どうした？　何かあったのか？　しあわせなはずだろう？　あんなに金があって、イングランドに帰ればひとかどの人物になれるんだ」

と、ジャックはせきを切ったように話しはじめた。

「それがなんだっていうの？　『イングランドに帰れば』っていうけど、ぼくはぜったいイングランドに帰れないんだ！　一生孤島にいる人間が金持ちになったってしかたないでしょ？

なんで宝さがしなんてやったんだろ……完全に時間のむだだったよ！」

涙があふれそうになるのをまばたきしてなんとかこらえると、ジャックは岩をつたいおりた。ロビンソンはそこに残り、ジャックが茂みをかきわけてずんずん歩いていくのを見つめていた。

その朝、ジャックはどうしようもなく家が恋しくなって目をさました。それで、東のかなたにあるはずの故郷イングランドを思って、〈スキトルズ〉のてっぺんで東の空にのぼる朝日を見つめていたのだ。

母さん、父さん、妹……生まれてからずっと暮らした灰色の石造りの家、コーンウォールの緑、しぶきをあげて流れる小川、荒涼としたムーア――。何もかもが恋しかった。ジャックには、そういうもののほうが世界じゅうの海賊の金貨より価値があった。そのすべてを失ってしまったのだ。

ジャックはやっと気づいた。宝さがしに打ちこんでいたのは、さびしさをまぎらすためだったのだと。謎をといて宝を見つけた今、もとのさびしさが洪水のようにジャックをのみこんだ。

これから何をしたらいい？　何ができるっていうんだ？

〈ウェセックス号〉が難破して、ジャックが浜に打ちあげられてから、二年の月日が流れていた。ジャックは二歳年をとり、背は五センチのびた。かなりかしこくもなった。

それでもあいかわらず、自分は「世界でいちばん孤独な少年」だと感じていた。もうこれ以上、ここの暮らしに耐えられそうもない。ジャックはひどくみじめだった。

浜辺でひざをかかえてすわり、ひざにあごをのせて、海を見つめる。どうしても涙がとまらない――涙はほおからすねをつたい、やがて足もとの砂にしみこんだ。

しかし、しばらくすると、ジャックは急に泣くのをやめた。鼻をグズグズいわせながらシャツのそでで涙をふくと、その場ですっくと立ちあがった。

ついにそのときが来たんだ、とジャックは感じた。

だれかが助けに来てくれるのを待っていてもだめだ……ロビンソンにたのむしかない。「あのすばらしい家具をばらして、いかだをつくらせてほしい」とたのんでみよう！

こう決心したジャックは、いきおいこんで洞穴へもどろうとした。

まさにそのとき、ジャックの目は、白くくだける波のあいだに光るものをとらえた。朝の光を受けて、何かがきらきらとかがやいている。

それはビンだった。

え、ビン？　なんで……？　ジャックはわけがわからなかった。

だれかが、ぼくと同じようにビンに手紙を入れて流したの？

ジャックは砂浜（すなはま）を駆（か）けおり、しぶきをあげて海に入った。ところが、ビンをつかまえるより先に、冷たい手でほおを打たれたような気がして、ジャックは足をとめた。

もしかして、あれは、ぼくがはじめて出した手紙のビンなんじゃないか？『ロビンソン・クルーソー』の最初のページをやぶって、《たすけて》とはじめて自分で書いた紙をまいてつめた、あのビン……この二年、あのビンは島をぐるぐるまわってただけなんじゃないか？　それで浜（はま）にもどってきた？　ほかのビンもみんなそうなのかも？　ロビンソンは名案だっていったけど……。

そう思ったとたん、ジャックの心に怒（いか）りがわきあがった。何通も手紙を書いたのは、完全に時間のむだだったんじゃないか！

ジャックはまた泣きだしそうになった。腹だちのあまり、ビンをひろわずに帰ろうかとも考えた——自分が海にたくした手紙がだれにも読まれずにもどってきたんだったら、がっかりするなんてものじゃすまない。心のよりどころが完全に失われてしまう……。

それでもジャックは、やはりビンをひろわずにはいられなかった。

ビンを手にとるとすぐに、自分が投げたものではないことがわかった。中に、本のページではない手紙が入っていたからだ。紙はちゃんとした便せんみたいだった。くるくるとまいて真っ赤なリボンで結んである。

ジャックはしばらくだまってビンを見つめていた。

だれかがこんなふうに手紙を入れた？

ジャックは海からあがると、砂浜をすこしのぼったところにすわりこんだ。

ビンのコルク栓をはずし、逆さにして何回かふると、紙が砂の上に落ちた。ひろってリボンをほどき、便せんを広げはじめた。

十センチも広げないうちに、ジャックはおどろいて、すっとんきょうな声をあげることになった。

便せんのいちばん上に、住所が書いてある。

「イングランド　コーンウォール
クラブコーヴ　ペンウィンクル・コテージ」

「ええっ？　この住所、知ってる！」

クラブコーヴは、その名のとおり「カニ（クラブ）」がたくさんいる「入り江（コーヴ）」で、ジャックが生まれてはじめて海を見た場所だった。おもちゃのボートをなくしたのも、そこだった。そう、父さんがつくってくれた、あの〈ラッキーペブル号〉をなくした場所だ。

そしてペンウィンクル・コテージというのは、ラロックばあさんの暮（く）らす小さな家の名前だった。

ジャックは息をするのをわすれるほどおどろいた。

ラロックばあさんが、この手紙を書いた……？

ジャックは紙をもうすこし広げて、手紙のあて名のところを読んだ――。

「親愛なるジャック・ボビンさま」

33章　ジツニビミナリウム

いっぽうロビンソンは、ジャックが一人でずんずん歩いていってしまったあと、しかたなく自分も〈スキトルズ〉からおりて、泉のそばで〈オエッの実〉を一つとって洞穴にもどった。

テーブルには大きな赤い本がのっていた。最近になって図書館で見つけた『熱帯の果実――そのすべて』という本だ。

ロビンソンは、ゆうべジャックが金貨をかぞえているあいだに、洞穴の奥からこの本を持ってきておいた。開いてみると、本には大きくてきれいな絵がたくさんあり、熱帯でとれるフルーツについてくわしい説明があった。

ロビンソンは、この本を調べれば〈オエッの実〉の本当の名前がわかるかもしれないと思いついたのだ。

本をぱらぱらめくると、さがしているものはすぐに見つかった。とってきたばかりの〈オエッの実〉とそっくりの絵だ——絵の下に《図8》と書いてある。

ロビンソンは向かいのページにある説明を読んだ。

《図8》の果実は——。

〈アマウマの実〉

「ええっ？　そんなわけないだろう？　これは印刷のまちがいに決まっている。ジャックが〈オエッの実〉と呼ぶほどまずいこの実が『あまくてうまい』という名前だなんて！」

しかし、印刷ミスではなかった。

ロビンソンはじっくり読んでいった——。

〈アマウマの実〉（学名　ジッニビミナリウム）のいちばんの特長は味のよさである。あまりにもおいしいことから、昔から「食べれば老いることも死ぬこともない」といいつたえられ、「神々のフルーツ」と呼ばれることもある。

ロビンソンはますますだまされているような気がしたが、読みつづけた――。

　この植物は、熱帯のいくつかの島ではひじょうによく育つ。しかし、ほかの場所にうつして栽培しようとする試みは、すべて失敗している。

　もともと生育していた島でも、実のとりすぎにより、大きな茂みが一気に枯れた。以来、長年にわたり、〈アマウマの実〉の目撃情報はない。

　ほどよく熟した果実は、色はあざやかなライムグリーンで、味は恐ろしくまずい。

　しかし、腐りはじめると味は劇的に変化する。〈アマウマの実〉は腐敗するほど味がよくなる。黒く変色してドロリと液状化したものをスプーンですくって味わうのが最上の食し方。

　ここまで読んだロビンソンは、思わず大声で自分を笑ってしまった。

「ハハハ！　おれはなんてバカだったんだ！　この二十一年、あの実が『神々のフルーツ』だとも知らず、恐ろしくまずいままで食べてきたとは！　それにひきかえ、カリバンはかしこい。腐っていない実をやったとき、あわれみと軽蔑の目でおれたちを見つめていたのも当然だ！」

　ロビンソンはさらに続きを読んだ。

〈アマウマの実〉の価値は味だけではない。この植物の生える島には、超自然の力があるとして果実を魔法の薬に使う者もいるという。

ロビンソンはここで強い胸さわぎを感じた。

おれは何か知っている気がする……。

ロビンソンの頭の中にこんな言葉がひびいてきた。

「ラム、ラム、あま～いラム！　あま～い、うま～い、あま～いラム！」

ロビンソンは、大きな植物の本をテーブルに置いて、魔女の呪文の本をさがしに洞穴の奥へ行った。本の最後のページを見ると、材料リストにこうあった――。

ラム、アマウマの実のしぼり汁

この二つだけ？　どちらも手近にある材料だ。この二つで魔法の薬ができるのか？

だが、どんな魔法の薬ができるというのだろう？

ロビンソンはページのいちばん上に目を走らせた。大きな茶色いシミがあって字が読みにくい。ロビンソンは目をこらした。

読めた瞬間、ロビンソンはつぶやいた。

「なんてことだ！　そんな魔法があるのか……」

34章　さけびたくなる手紙

そのころ、砂浜で手紙を読んでいたジャックの手は、ぶるぶるふるえていた。のどがからからだ。ジャックは顔をあげて、砂浜の左右に目をやった。

太陽はちゃんと空にあるし、波もちゃんと打ちよせてる。ほっぺたに風も当たってる。これは夢なんかじゃない！

それでもジャックは、まだ心のどこかで「これは夢だ」と思っていた。

自分あてに手紙が来るなんて……。

ジャックは、ビンに入っていた紙を広げ、手紙を読みはじめた——。

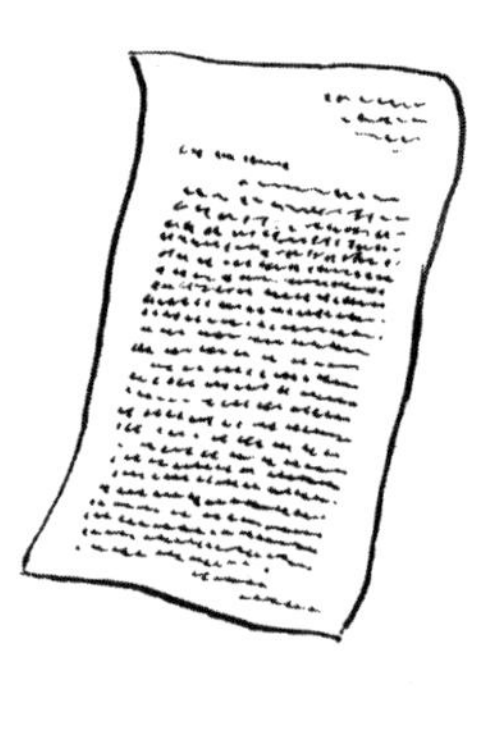

親愛なるジャック・ボビンさま

ごきげんよう！　この手紙がうまくあなたにとどくといいのですが。

あなたの苦しい状況を考えると、とどくことを強く願わずにいられません。

それに、海の上で時間がかかりすぎて返事があまり遅くなりませんように！

もちろん、今この手紙を読んでいるあなたは、ジャック・ボビンさんではないかもしれません（そういうことも、おおいにありえますよね？）。その場合は、どうかこの手紙をビンに入れなおして、もう一度海に流してください！

もしあなたがジャック・ボビンさんなら、まずは、あなたのお便りを心から楽しんだことをおつたえします。あ、ごめんなさい、「楽しんだ」というのは無神経ですね。

あなたの手紙に、わたしはとても心を動かされました。

わたしは、あなたの苦況にひたすら心を痛めております。わたしにできることがあれば、どんなことをしてでも、あなたを助けたい。ですが、あなたがどこにいるかまったくわからないので、お役に立てそうにありません。

大西洋は広いです。あなたが書いているとおりに近辺の島を一つひとつ捜索するのは無意味でしょう。わたしはイングランドのコーンウォールにおります。あなたはおそらく、はるかな熱帯の島にいるのですよね？

あなたが書いてくれた島についての記述をメモしました。

そして先日ファルマスへ行ったとき波止場に足をのばして、世界各地から来た船乗りで大入り満員の宿をいくつかまわって、「こういう島を知りませんか?」ときいてみました。

しかし残念ながら、あなたのいるような島は、大西洋のどこにでもあるそうです。

というわけで、あなたがどこにいるのか、あいかわらずわからないままです。

それでもわたしは、会って話をした船乗り全員に「次にこういう島のそばを通ったら、しっかり確認してください」とたのんでおきました。

運がよければ、何か起こるかもしれません。幸運を祈ります! それくらいしかわたしにできることがないのですから……。


手紙の最初に「あなたのお便りを心から楽しんだ」と書きましたが、じつは、楽しんだのは「ロビンソン・クルーソーの物語」です。なんてすばらしい本なんでしょう!

あなたからの最初のビンを海でひろって、コルク栓をあけて紙の表と裏、つまり最初の二ページを読みおえたときから、わたしはずっとあの物語のとりこです。

次の朝、二本目のビンを見つけたときには、胸がわくわくしました。ビンには次の二ページが入っていましたから！

その次の日も新しいビンがとどき、また物語の続きが入っていました。

わたしはこう思いました。

「目を皿のようにして海をよーく見ていれば、そしてビンがこの調子でとどきつづければ、わたしはロビンソン・クルーソーの物語を終わりまで読むことができる。何しろ毎日わたしあてに配達されるのだから！」

なんと、本当にそうなりました。この二、三か月、わたしの暮らすコテージの前の砂利の浜に、毎朝ビンが流れついたのです。

ときには一日に何本ものビンがとどくこともありました。物語が盛りあがったとき、あなたは、ビンをたくさんまとめて流してくれましたね。物語に夢中になってしまうと、どんどん読みすすんでしまいますものね。

あなたも、わたしと同じようにロビンソン・クルーソーの冒険を楽しんだのならいいと思っています。それにあの物語には、実際の役に立つ面がありますよね？　島にいるあなたなら、きっとそう思ったはず。

一つだけ、小さいことですが、気になっていることがあります。

一六一ページと一六二ページはどうなったのですか？　こちらにはとどいていません。送るのをわすれたのでしょうか？　来る日も来る日も海岸線をさがして歩いたのですが、見つかりませんでした。もしかしたら、海のどこかでなくなってしまったのかしら？

ひょっとしてまだそのページを持っていらっしゃるなら、送っていただけませんか？　物語のあの二ページで何かすごいことが起こったような気がするのです。

もう一つ気になっているのは、わたしの小さなコテージに一一九本のビンが積みあがっていることです（ロビンソン・クルーソーの物語のほぼすべてがとどいたのですから、まあ当然といえば当然ですが。この手紙を入れるのにビンを一本使ったので、今あるのは一一八本です）。

わたしは宿屋の女主人として、長年客に酒や食事を出してきましたが（もう引退しました）、自分ではずっとお酒は飲まずに生きてきました。それなのに、コテージに大量の空きビンがあるせいで、近所の人が「あの人は飲みすぎじゃないか？」とうわさするのです。

というわけで、どうかもうこれ以上はビンを送らないでください。あ、もちろん、一六一ページがまだそちらにあるのでしたら、それだけは送ってほしいですが。

あなたの幸運を祈りつつ

ミス・M・ラロックより

追伸（ついしん）　以前、ジャックという子がときどきやってきて、近所の子たちといっしょにコテージの外の石にすわって、わたしの語る物語を聞いていました。そのジャックを、ここ何年か見かけていないのです。

それで、ちょっとおかしな、ありそうもない考えが、頭に浮（う）かびました。

ひょっとして、あなたは、あのジャックですか？

まあ、そんなとほうもない偶然（ぐうぜん）が、現実（げんじつ）に起こるわけはないですね。物語の中ならわかりますけれど！

ジャックは手紙を読みおえた。

いろいろな気持ちがわきあがってきて、胸（むね）が張（は）りさけそうだった。驚（おどろ）き、失望、怒（いか）り、せつなさ、希望、落胆（らくたん）——。

ジャックは海の向こうのイングランドに向かってさけびたかった。

「ラロックばあさん、ぼくだよ！　あのジャックだよ！」

でも、さけんだからって、どうなるというのだろう？

ジャックは読みおえた手紙を胸におしあてた。まるで故郷を抱きしめているかのように。一瞬、故郷が近くに感じられた。

しかし実際には、故郷はあまりにも遠いところにあった。

35章　ラム酒と〈アマウマの実〉の魔法

泉にもどってきたジャックは、おかしな光景を目にした。

ロビンソンが、ぐっすり眠っているカリバンにおおいかぶさるように立っていたのだ。手には、明るい緑色の液体の入ったビンを持って、その液体をカリバンの甲羅にかけようとしているみたいだった。

「何してるの？」ジャックは浜から持ってきた空きビンを砂の上に置いて、たずねた。

ロビンソンはだまって人さし指を立ててくちびるに当てた。

静かに、カリバンを起こすな、ということ？

やがてロビンソンは、小声で何かつぶやきはじめた。

「ラム、ラム、あま〜いラム！　あま〜い、うま〜い、あま〜いラム…」

ロビンソンはぶつぶついいながらビンをすこしかたむけて、明るい緑色の液体をカリバンの甲羅に一滴たらした。

ポトッ！

ロビンソンはそれからたっぷり一分、ぶつぶつと何かをつぶやいていた。

ジャックはわけがわからず、ロビンソンは頭がどうかしてしまったのではと思いはじめた。

ついに、ロビンソンがつぶやくのをやめて、こういった。

「ああ、やっぱり……しょうがない、どうせ効くわけがないと思っていた！」

「何が効くわけがないの？」

そのとき、カリバンが目をあけた。

「ちょっとした魔法だよ」といいながら、ロビンソンはビンに栓をした。

「魔法？」

「ああ、魔法をかけるやり方がわかったんだ」

「今の『ラムラム』とかいうのは、なんだったの？」

「魔法の呪文だ。おかしな文句だが――」

「ロビンソン！」

「なんだ？」

「見て！　カリバンを見て！」

カリバンがすこしずつ小さくなっている――。

「おおっ！　こりゃあ、たまげた！　ちゃんと効(き)いたぞ！」

カリバンは首をのばして頭を持ちあげ、不安そうに目をぱちぱちやっている。何か起こっていることはちゃんとわかっているようだ。ただ、自分に何かが起こっているのか、それとも、まわりの世界に何かが起こっているのか、わからないようだ。

カリバンはもう逆(さか)さにした湯船ではなかった。逆(さか)さにした洗濯(せんたく)だらいくらいに、さらにバケツくらいに、そしてボウルくらいになっても、まだ小さくなりつづけた。カリバンの顔はいつもの仏頂面(ぶっちょうづら)ではなく、怖(こわ)がっているようにも見える。

ジャックとロビンソンは、あっけにとられて口をぽかんとあけていた。

「ロビンソン、カリバンに何をしたの？」ジャックはさけんだ。

「やつを、小さくしたんだ……」

どんどん小さくなるカメを見つめながら、ロビンソンは何かを恐(おそ)れるような小声でいった。「小さくする魔法(まほう)だ」

カリバンはみるみるうちにティーカップくらいになった。それがエッグカップのサイズに、そして、やがて指ぬきサイズになった。カリバンは今、おこったカブトムシみたいにぐるぐる走りまわっている。恐怖でどうしたらいいのかわからないのだ。

「ロビンソン、ひどいよ！　なんでこんなことしたの？　カリバンはたしかに、ちっともなつかないツンケンしたガンコじじいだけど、だからってこんなことしていいの？」

「よくない……きみのいうとおりだ」

ロビンソンはもごもごと反省の言葉を口にした。

「こんなこと、すべきじゃなかった。なぜやってしまったんだろう……おれは恐ろしいことをしてしまった……」

「岩かなんかを小さくすればよかったのに！」

「そうだな。ちょうど、よく眠っているカリバンが目に入って……あまりにもでかいから、つい……。魔法が本当に効くなんて、これっぽっちも思ってなかった」

「でも、効いたんだね。で、かわいそうなカリバンは、ぼくたちが甲羅を見つけたあの小さいカメみたいにされちゃった！」

「ジャック、そんなに責めないでくれ。心配ない、魔法をとく解毒剤があるんだ！　魔法が効いたから、解毒剤も効くはずだ。すぐにいつもの大きさにもどすよ！」

ロビンソンはそういうと、もう一本のビンを手にとった。

「解毒剤は、材料は同じだが配分がちがう。呪文も、同じものを後ろから逆にとなえるんだ。やってみよう」

ロビンソンはもう一本のビンの栓をぬき、かがみこんで、小さくなったカリバンの上でビンをかたむけた。

「あま〜いラム、うま〜い、あま〜い、あま〜いラム！　ラム、ラム……」

そのとき、ジャックがものすごい大声を出した。

「そうか！　これだっ!!」

ロビンソンはジャックの声にびっくりして、ビンの中身を全部小さなカリバンにかけてしまいそうになった。

「おい、ジャック、どうしたんだ？」

しかし返事はなかった。ジャックは、小さくなったカリバンがやろうとしていることに気づき、その場に釘づけになっていたのだ。

小さなカリバンは、ジャックがさっき砂の上に置いたビンに入ろうとしていた。おそらくどこかに身をかくしたかったのだろう。

ロビンソンに対するジャックの怒りは、ぱっと消えた。今ジャックは、顔をかがやかせてロビンソンを見つめている。

「さあ、早く呪文の続きをとなえて。効くかどうかたしかめないと！　ぼく、今すごいことを思いついたんだ」

「そうなのか？　どんなことだ？」

「まずは、かわいそうなカリバンをもどしてやって！　それから話すよ」

解毒剤も、ちゃんと効果があった。

カリバンは一分以内に、もとの大きさにもどった。大きくなったとたん、カリバンはトゲのある茂みにガサガサッと走りこみ、そのまますがたを消してしまった。ジャック

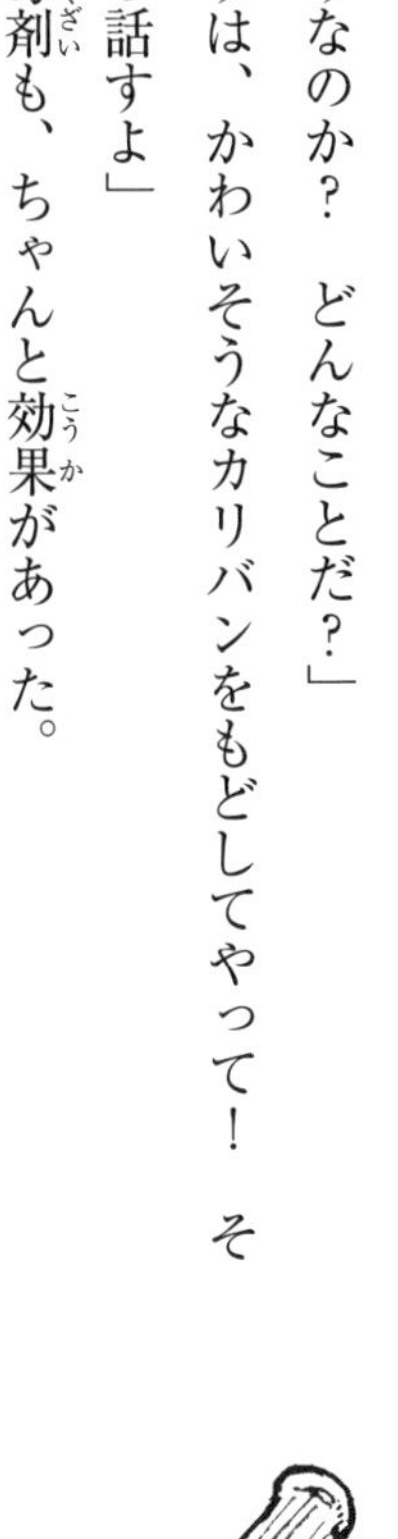

も口ビンソンも見たことがないほどの猛スピードだった。

「ジャック、おれは今や魔法使いだ！　プロスペロみたいだと思わないか？」

しかし口ビンソンの声は、ジャックの耳にとどいていなかった。

ジャックは空きビンをひろうと、岩に腰かけてビンを見つめながら、何か考えこんでいた。

「なあ、ジャック、さっきの『すごいことを思いついた』っていうのは、なんなんだ？」

ジャックは、口ビンソンに向かってビンをかかげ、自信たっぷりにこういった。

「これだよ！　これをぼくのいかだにするんだ！」

36章　いかれた考え

「なんのことだ？」ロビンソンは顔をしかめた。

「いったとおりだよ」

ジャックはいきおいこんで続けた。

「このビンをぼくのいかだにする！　いかだに乗って家に帰る！　ビンのいかだで海をわたるんだよ！」

ロビンソンはぎょっとした。

「ジャック、どうした、完全にいかれちまったのか！」

「そんなことない。ものすごくいい考えだよ！」

「まともじゃない！」

「まともだよ！　ロビンソン、今の薬でぼくを小さくして！　で、手紙のかわりにぼくをビンに入れて海に投げてよ!」

ロビンソンは、わけがわからないという顔をしていた。

「ジャック、きみがどうしてもイングランドに帰りたいのはわかっている。しかし、よく考えてくれ——」

「よく考えたんだってば! 食べものと水と解毒剤を持っていけば、あとは自分で大きくもどせるから、だいじょうぶ。すごくいい考えだと思わない?」

ロビンソンはしばらく、あいた口がふさがらなかった。

「……思わない。思うわけがないだろう? ビンの中では生きのびられないぞ! のどのかわきか飢えで死ぬ、さもなきゃ、おぼれ死ぬ。もしそういうことで死ななかったとしても、最後にどうなるかわかるか?」

「わかってる」と、ジャック。

「なんだと?」

「最後にどうなるか、ぼくにはちゃんとわかるんだ」

「ジャック、よく聞け、気まぐれな海流に運ばれて——」

「どこに流れつくか、ちゃんとわかるんだ。流したビンが全部、流れついた場所がわかったから」

「な、なんだと？」

「ぼくが出した手紙に、返事が来たんだよ、ほら」

ジャックは、ラロックばあさんの手紙をロビンソンに手わたした。

「その手紙、このビンに入ってたんだ。けさ海で見つけてさ……」

手紙を読みはじめると、ロビンソンの眉間のしわは、いっそう深くなった。

読みおえると、ロビンソンはもう一回最初から読みなおし、それからやっと顔をあげた。

「この手紙を書いたのが、きみが話してくれたラロックばあさんだっていうのか？」

ジャックは力いっぱいうなずいた。

「そう！　ラロックばあさんは、うちから数キロの入り江に住んでる！　その入り江に、ぼくの手紙が全部流れついたんだ。だから、ぼくもそこに流れつくよ、ぜったいに！」

ロビンソンは何もいわなかった。手紙を見ながら、ただただ頭を横にふっている。

ロビンソンはついに口を開いた。

「ジャック、やっぱりだめだ。きみを小さくするなんて、いかれた考えだ！　何が起きるかわからないだろう？」

「カリバンに何も起こらなかったのに?」ジャックは食いさがった。「もちろんカリバンはひどいショックを受けてたけど、大きくもどしたとき、だいじょうぶだったよね」

ロビンソンはまだ、かぶりをふっていた。

「小さくするのは問題ないとしても、ラロックばあさんのいうことを信じすぎじゃないか?　ばあさんは、本当にきみが流したビンを全部ひろったのか?　きみの手紙が全部同じ場所に流れつくなんて、話ができすぎていると思わないか?」

「なら、ラロックばあさんはどうしてそんなうそをつくっていうの?」

「わからんが、何もかもが、とほうもない。ありえないだろう!」

「ロビンソン、きみが話してくれた物語はどれも、とほうもなかった。けど、どれも本当の話だっていったよね?」

ロビンソンはうなずきはしなかったが、ジャックのいうとおりだった。

「手紙が、イングランドから海をわたってここまでとどくなんて、ありえないぞ」

「どうして?」

「潮(しお)の流れというのは、そういうものじゃないからだ!」

ロビンソンはいらだっていた。

「ジャック、いいか、潮っていうのは、いつも同じように流れるわけじゃない。急に逆向きに流れはじめたりする。きみの思うようにはいかないんだ！」

「大陸ぞいにぐるーっと大きくまわる『大海流』があるよね？　あれはどう？　たぶんこの島は、大海流のとちゅうにあるんだよ。で、ラロックばあさんの入り江も、同じ大海流のとちゅうにあるんじゃないかな」

ロビンソンも、ジャックのこの考えには反論できなかった。

「ともかく、これの前にも一度起こったわけだし、まったく不可能ではないはずだよ」

「ジャック、これの前にもって、なんのことだ？」

「前にも、あの入り江からこの島に流れついたものがあるからさ」

「なんだって？」

「ほら、ぼくのおもちゃのボートだよ。〈ラッキーペブル号〉」

「えっ？　ラロックばあさんのいる入り江は、あのボートをなくした場所と同じなのか？」

ジャックはうなずいた。

「たまげたな……信じられないようなめぐりあわせだ」

ロビンソンはもうすこしでジャックに賛成しそうになった。が、やっぱり首を横にふっていった。

「いや、だめだ。何もかも荒唐無稽すぎる」

「ロビンソンの魔法よりも荒唐無稽だっていうの？」

ロビンソンはため息をついた。

「きみのいうとおり、何もかも本当で、実現可能で、全部のビンがその入り江に流れついたとしよう……でも一六一ページだけはとどかなかったんだろう？　そのビンはどうしたと思う？」

「ロビンソン、一一九本とどいたんだよ！　成功の確率が一二〇分の一一九なら、ぼくは挑戦する！」

「けどなあ、やっぱりこれはいかれた考えだぞ。向こうに着けばいいわけじゃない、生きたまま着かないと意味がない。手紙は食べたり飲んだり息をしたりしないが、きみはちがう」

「食べものは持っていくよ。〈オエッの実〉と水のビンをいっぱい持っていく。体が小さくなるから、そんなに量もいらないだろうし」

ロビンソンは、ここでいきなり話題を変えた。

「そうだ、なあ、ジャック、おどろくなよ、あの実の本当の名前は〈アマウマの実〉だ」

「なんのこと？」

「〈オエッの実〉だよ。本当の名前は〈アマウマの実〉で、じつは世界でいちばんうまいフルーツなんだ」

「ええっ!?」

「まあ、そのことはあとで話すとして、ジャック、きみは旅のあいだも息をするだろう？　いくら小さな体でも、ビンの中の空気は長くはもたないぞ。海水が入らないようにコルク栓はしめておくしかない。海水が入ったら、ビンは沈むからな」

「そうだね……コルク栓にすごく小さい空気穴をあけたらどう？　空気は通すけど水はほとんど通さない、そういう大きさの穴をあければだいじょうぶだよ！」

ロビンソンはまだ首を縦にふらなかった。

とうとう、ジャックはこういった。

「ロビンソン、わかったよ、ぜったいに反対なんだね。ひとが見たら、きみはぼくをイングランドに帰らせたくないんだと思うかもよ。

『ビンの手紙作戦』は、ぼくがこの島を脱出するためのもので、ロビンソンの考えだったよね？　『ぜったいにうまくいく』って信じてたでしょ？　で、ロビンソンが正しかった。うまくいったんだよ！

あとほんのすこしなのに、今になってぼくを脱出（だっしゅつ）させたくないんだ……」

ロビンソンの声の調子が変わった。

「ジャック、それはちがう。もちろん、きみを脱出（だっしゅつ）させたいさ！　ただ、とほうもない計画だし、ひどく運まかせなところが――」

「でも、計画ってそんなものでしょ？　ぼくはうまくいくと思う！　前にぼくのこと、『世界一幸運な子だと思う』っていってくれたよね？　たぶんそのとおりなんだ！　何もかも、このためだったんだよ。ビンが全部コーンウォールに流れついたのも、魔法（まほう）の本を見つけたのも、本に小さくする魔法（まほう）が書いてあったのも……。

ぼくは幸運なんだ！　ねえ、ロビンソン、幸運を信じるでしょ？」

ジャックはここで口をとじ、ズボンのポケットから小さな黒い小石をひっぱりだした。

「それにほら、ぼくは〈幸運の小石（ラッキーペブル）〉も持ってる！　だから最後には何もかもうまくいくよ！」

ロビンソンはだまっていた。もうこれ以上、とめる理由を思いつかなかったのだ。

どんな問題点をつきつけても、ジャックは納得（なっとく）のいく答えを出してくるようだった。

たぶんジャックが正しい……。

ロビンソンはとうとう口を開いた。

「なあ、ジャック、今夜ひと晩、考えることにしないか？　きみもおれも、よく考えてみよう。あしたの朝、きみの考えが変わらなかったら、そうしたら、きみの計画を手伝うよ」

「ほんとに？」

「ああ、しっかり手伝うとも！」

ジャックはうれしくてうれしくて、ロビンソンのおなかに抱きついた。ほおをおなかにつけたままやっといえたのは、これだけだった。

「ロビンソン、ありがとう……」

ロビンソンは大きな手でジャックの頭をなでて、もごもごと返事をした。

「ジャック、いいんだ、大したことじゃない……」

37章　カリバン、新しい名前をもらう

それから昼までのあいだ、ジャックは泉のそばの岩に腰かけて航海の準備をした。苦労して木綿の糸に結び目をいくつもつくったり、コルク栓を半分に切ってから、針で小さな空気穴をあけたりした。

ロビンソンは〈スキトルズ〉の下の中庭で、魔法の薬を使った実験をしていた。呪文をとなえるロビンソンの声がジャックにも聞こえていた。

昼ごろ、呪文の声がやんで、ロビンソンが砂の小道にすがたをあらわした。大きな焼きもののボウルをかかえて、すたすたと北のほうへ歩いていく。

「ロビンソン、どこに行くの？」

ロビンソンはちょっとふりかえり、肩ごしに返事をした。

「カリバンをさがさないと！」

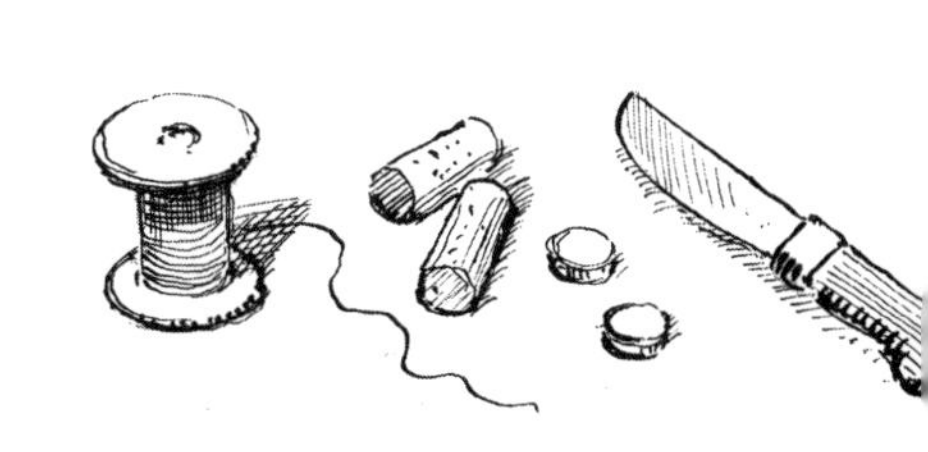

あいつの甲羅にまだ何か書いてあるのかなあと思いながら、ジャックは走ってロビンソンを追いかけた。追いつくとすぐにたずねた。

「ねえ、なんでカリバンをさがすの？　そのボウルは何に使うの？」

ロビンソンはジャックの質問は無視して、ひとりごとのようにつぶやいていた。

「わかったんだよ……かわいそうなカリバンが、どんなにひどい目にあってきたか……おれは、そんなあいつに本当にひどいことをしてしまった」

ロビンソンはつらそうにつぶやいた。

「カリバンだなんて！　おれはどうして、よりによってあんな名前をあいつにつけてしまったんだ？　『テンペスト』の芝居で、カリバンは魔女シコラクスの息子じゃないか！　あの気高いカメを、二度とそんな名前で呼ぶわけにはいかない。やつにふさわしいのは英雄の名前だ、オデュッセウスとかヘラクレスとか……あんなにかしこくて強いカメなんだから！」

ロビンソンがなぜ、カメの名前のことでここまでつらそうにしているのか、ジャックにはわからなかった。

しばらくすると、ロビンソンは四つん這いになって茂みに入っていった。

ジャックは、ロビンソンがカリバンを見つけたのかと思った。だが茂みをのぞきこむと、ロビンソンは腐った〈オエッの実〉、いや、〈アマウマの実〉をボウルに集めていた。それも、ひどく腐ったものばかりを選んでいる。

枝から落ちて時間がたった実は、黒く、形がくずれかけている。ベタベタする実を手にとると果汁がじわっとしみだし、ポタポタとしたたってくるほどだ。なぜかロビンソンは、そんな実ばかりを集めていた。

ジャックは思わずいった。

「ロビンソン、なんでそんなことするの？　うわっ、さわらないほうがいいよ！」

ロビンソンはジャックにかまわず、腐った〈アマウマの実〉を集めつづけた。

ボウルがいっぱいになると、ロビンソンは茂みから出てきて、こんどはベタベタになった自分の指をなめはじめた。

「ウッ、まずそう！　腐った実の汁なんかなめると、あとで気持ち悪くなるんじゃない？」

ジャックは顔をしかめていった。

ところが、ロビンソンはうれしそうに目をみはり、夢中になってなめている。

「うまい！　じつにうまい！　これまでの人生で食べたものの中で、いちばんうまい！
ジャック、ほれ、食べてみろ」

ロビンソンは黒く腐った〈アマウマの実〉でいっぱいのボウルを、ジャックのほうにさしだした。

ジャックはむっとして、だまってボウルをおしかえした。

「そうだな、きみは正しい。これはカリバン――いや、あの気高いカメのものだからな」

ロビンソンは、ジャックがおしかえした理由を、かんちがいしていた。

「それにしても、うまい実だ！　なあ、ジャック、おれたちは本当にバカだった、実がまだ緑色のときに食べていたなんて！　この実は、こんなふうに黒く腐ってからがうまいんだ！　だからあのカメは、緑の実を食べるおれたちをバカにした目で見ていたんだ」

「どうしてカリバンのために実を集めたの？　あ、名前は変えるんだっけ？」

「名前はヘラクレスにしようと思う。これからは、やつをヘラクレスと呼ぼう」

「どうして？」

「なんというか、おわびの贈りもの、かな……やつにひどいショックをあたえてしまったから、せめてもの罪ほろぼしだ。やつが喜びそうなものを、ほかに思いつかなかった。とにかく、やつはこの実を喜んで食べてくれるはずだ」

それからロビンソンは、魔女の本をもとに推測してわかったという、この島のカメの歴史を語りはじめた――。


この島にはかつて、巨大ガメがたくさんいた。カメたちはここで何千年も、だれにもじゃまされずに暮らしてきたんだ、あの魔女が来るまでは――。

魔女は「魔法の書」を持ってきたが、薬の材料は一つも持ってこなかった。それで、この島にあった〈アマウマの実〉と、壊血病の薬として船に積んであったラム酒を使って、新しい魔法の薬をあみだした。「小さくする魔法」の薬だ。

どうも、魔女は性格が悪かったらしい。やっとあみだした魔法の薬に使い道がないので、腹だちまぎれに、巨大ガメをかたっぱしから小さくして、残酷な喜びにひたっていたんだろう。

魔女は、桁はずれに大きくてりっぱなカメたちを、次から次へとちっぽけな虫サイズにしていった。島の支配者だったカメたちは、もっとも弱い立場につきおとされた。あんなに小さくされてしまったら、カモメやネズミにあっさり食われちまうだろう！　かわいそうなカメたち……。

ヘラクレスは、きょうだいやいとこ、おじやおばたちが次々に小さくされるのを目撃した。このままでは自分も同じ目にあう！

ところが、かしこいヘラクレスは、あることをやってのけたんだ！

巨大ガメというのは、日中は日かげに入るしかないと本に書いてあった。真昼の太陽をあびていると、甲羅の内部が高温になって、いわば蒸しガメになっちまう。島には一か所だけ、巨大ガメが集まって休める日かげがある。そう、あの〈コールドカット〉の砂地だ。あそこだけがけっして日光がささない場所だ。

巨大ガメたちは、日中はいつもあそこに集まっていた。その習慣は、魔法で小さくされてしまってからも続いていた。魔女はそこに目をつけた。残酷な魔女は、カメたちを小さくするだけでは満足できず、ちっこいカメたちの甲羅を集めて自分の力をしめす記念品にするようになった。ちっこいカメたちがどうやって死んだのかはわからないが、とにかく魔女は、死んだカメたちの小さな甲羅に糸を通して首かざりにした。首かざりはどんどん長くなっていった——。

いつのまにか、すべてのカメが小さくされてしまい、かつての大きさのまま生きているのはヘラクレスだけになった。ヘラクレスは、魔女が〈コールドカット〉の日かげに集まっている小さなカメたちを一気につかまえるのを見ていた。

運命のその日も、魔女は〈コールドカット〉に向かって歩いてきた。

ヘラクレスは、あそこを見おろせる場所にのぼっていった。そう、おれが〈カリバンの見晴らし台〉と名づけたところだ。いちばん上まで来たヘラクレスは、下の砂地を見おろすようにそびえる大きな岩に甲羅をおしあてて、そのときが来るのを待った——。

魔女が〈コールドカット〉にやってきた。腰をかがめて、小さくなったカメの甲羅をひろい集めている。

ヘラクレスは必死に岩をおした。文字どおり全身全霊でおしたんだろう。

岩がズッとずれ、そのうち、ぐらりとゆれた——。

そのあとどうなったかは知っているだろう？　ヘラクレスは魔女を殺して、わずかに生き残っていた仲間のカメを救ったんだ。そのときにはもう、もとの大きさでいるのは自分だけになってしまっていたがな――。

「それなのに、おれはけさ、やつに何をした？」

「……あいつを小さくした」と、ジャック。

ロビンソンは、悲しげな顔でうなずいた。

ジャックとロビンソンは、島の北のはしまで行って、やっとヘラクレスを見つけた。巨大なカメは、カモメたちが巣をかけている大きな岩にまぎれて、じっとしていた。

二人が近づくと、ヘラクレスの目にとてつもない恐怖の色があらわれた。

自分たちがやってしまったことを思って、ジャックの心は痛んだ。ロビンソンの心はもっと痛んだはずだ。

ヘラクレスは、その場から逃げさることもできただろうが、そうするかわりに、頭と手脚を甲羅の中にひっこめた。

ロビンソンは、カメの前にひざまずいて頭をさげた。黒く腐った〈アマウマの実〉が入ったボウルをそこに置いてから、話しかけた。ロビンソンの声には深い後悔がこもっていた。

「どうかゆるしてくれ……おれはひどいことをした。傷つけるつもりはなかったが、もっとよく考えるべきだった。魔法が本当に効くとは思っていなくて――」

ロビンソンはカメに切々と語りかけた。言葉にも声にも説得力があり、どんなにかたくなな心でもとろかして、「あなたを許します」という言葉がもらえそうだった。

だが、カメのヘラクレスは甲羅にひっこんだままで、ぴくりとも動かなかった。

カメが言葉を理解するとは思えないが、うったえるようなロビンソンの声は、言葉を知らないカメにも何かをつたえたはずだ。

それでもやはり、ヘラクレスは動かなかった。

「ねえ、きょうはもう甲羅から出てこないんじゃない？」ジャックがいった。

ロビンソンは悲しげにうなずいた。

「そうだな、出てくるはずがないよな……おれは今回のことで、やつの人間ぎらいを、よけいにひどくしてしまった。『人間は本当に悪いやつらだ！』とヘラクレスが考えているとしたら、おれは反論できない……」

二人は、ボウルをヘラクレスの前に置いたまま、洞穴に帰ろうと歩きだした。

五十メートルほど歩いてから、ジャックはちらっと後ろをふりかえった。

「ねえ、ロビンソン、見て！」

ロビンソンもふりかえった。

ヘラクレスは、頭をボウルにねじこむようにして、腐(くさ)った〈アマウマの実〉をむさぼり食っていた。

38章　ジャックのいかだ

次の朝ジャックが中庭に出ると、ロビンソンが一人でくすくす笑っていた。

「これを見てくれ！」

ロビンソンは、手のひらをジャックに見せた。

ジャックはのぞきこんだ――なんだろう？　大粒の砂か乾いた葉っぱ？

ジャックがぐっと顔を近づけて見ると、ロビンソンの手のひらには、小さくなった本がたくさん積みあがっていた。

「これは『聖書』（ユダヤ教とキリスト教の教典）で、これは「シェイクスピア全集」だ。これはホメロス（古代ギリシャの叙事詩人）が書いた『オデュッセイア』で、こっちは古代ギリシャの哲学者プラトンの本。それから、これは『イソップ物語』といって、ギリシャ人が書いた動物の寓話集だ。こっちはダンテ（十三、四世紀のイタリアの詩人）の『神曲』という本、チョーサー（十四世紀のイングランドの詩人）やミルトン（十七世紀のイング

ランドの詩人）が書いた本もある……だれが書いた本でも、小さくすれば、人類の叡智をポケットに入れて持ちあるくことができる。図書館が丸ごとポケットに入るんだ！　読みたくなったら解毒剤を一滴かければいい！　すごいだろう？」

「ロビンソン、すばらしいアイデアだね！」

ジャックはいちおうほめてから、ロビンソンにビンをつきつけた。

「ねえ、見てくれる？」

「やっぱり行く気か？」

ジャックはうなずいた。

ロビンソンは、小さな本の山を嗅ぎタバコの箱に入れて、ポケットにしまった。

「では、ビンを見せてもらおう」

ジャックはビンをロビンソンにわたした。

「木綿の糸をよりあわせて縄ばしごをつくったんだ。見える？　今のぼくには小さすぎて、あんまりきれいにできてないけど、小さくなってからなら、うまく直せると思う。こっちのはしは、ビンの首の外側にゆわえつけて、反対のはしはビンの中に垂らしたんだ。見える？」

「コルク栓はどうなった？」

ジャックはポケットからコルクをとりだした。四分の一の長さに切ったもので、ぐるりと糸がまいてある。糸のもう一方のはしには、ドーナツのように真ん中に穴が空いた石が結びつけてあった。糸はビンの高さよりすこし長く、ドーナツ石はビンの底にあった。

　ジャックは説明した。

「短いコルクでもちゃんと栓になる。コルクを切って短く軽くしたから、長いコルク栓とくらべて、栓のあけしめに必要な力はかなり小さい。もちろんぼくが小さくなってから、自分であけしめできるか実験する。このドーナツ石は、ビンの首のところをぎりぎり通る大きさなんだ。だから、コルクを下からおしあげてはずすとき、いきおいあまって海に落とすのをふせげると思う。どうかな？」

　ロビンソンはビンを顔に近づけて、コルク栓、木綿糸のロープ、ドーナツ石をじっくり観察した。それからようやくこういった。

「これなら、なんとかなりそうだ！　荷物を入れても水に浮くか、航海テストが必要だがな」

「ロビンソン、今すぐテストできない？　成功したら、ぼく、すぐ〈オエッの実〉を集めるよ。あ、〈アマウマの実〉って名前だったね！」

　ロビンソンに返事をするまもあたえず、ジャックは中庭から駆けだしていった。

航海テストは、ビンに砂を半分ほど入れて泉に浮かべるというものだった。ビンはみごとにコルク栓を上にしたままで水面に浮いた。

ジャックはさっそく〈アマウマの実〉を集めはじめた。

その日の夕方には、泉のそばに持っていく荷物の巨大な山ができた。大量の〈アマウマの実〉、干した魚をひもでたばねたもの、泉の水を入れたビンの数も、ものすごかった。

ジャックとロビンソンは、その量にぼうぜんとして言葉を失った。

ジャックは手に持ったビンと積み荷の大きな山を見くらべた。

「この山が全部このビンに入るのかな、ちょっと想像できない……」

ロビンソンはいった。

「もちろん入るさ、小さくすればな！　問題は、これで足りるかどうかだ」

「こんなにあるのに!?」

「ジャック、航海には一年かかるかもしれない。足りない分は、とちゅうで魚を捕るんだな」

ロビンソンは、足もとに置いてあった銛を持ちあげていった。

「えっ？　ロビンソンだって魚捕りの道具は必要でしょ？」

「おれはすぐに新しいものをつくれる。もちろん小さくなった体では、小魚しか捕れないだろうが、小魚でも一週間は食いつなげるだろう」

ロビンソンは、銛をほかの積み荷のそばに置いた。

次にロビンソンは、木の桶を持ちあげていった。

「これも必要になるぞ」

「えーと、もしかして……あれに使うの？」ジャックはいいにくそうだった。

「あれって……？　ああ、あれか！　いや、あれは、ビンの縁にすわって海に向かって出せばいいだろう。これは海水をくむためのものだ」

「海水をくむの？　飲めないのに？」

「飲むためじゃない。バラスト水、つまり重しだ。ビンを安定させる。

はじめのうちは、大量の積み荷がビンの底で重しになるから、ビンはしゃんと立つ。ちょうどいい重さの荷を積んだ船は安定しているだろう？　あれと同じだ。

だが、きみが飲み食いして積み荷が軽くなると、ビンは安定を失って横だおしになりやすくなる。だから軽くなった分は、この桶で海水をくみいれてビンを安定させるんだ。

桶は、ロープでビンの口に結びつけておけば、使っているときにうっかり落として波にさらわれることもない。

旅の最後のほうは、ビンの下半分は海水がたまっていることになるぞ。長い棒を何本か積んでおいて、ビンの中で足場を組み立てるといい。ずっと水の中にすわっているのはいやだろう？」

「さすが、ロビンソン、何もかもお見通しだね！」

「いや、おれたちが気づいていない大問題がきっとまだある。だが、ともかく、この問題には気がついたってことだ！」

ロビンソンはそういうと、円形の帆布のようなものをジャックに見せた。真ん中に穴があり、棒を何本も放射状に縫いつけてある。

「きみが〈アマウマの実〉を集めているあいだに、これをつくっておいた」

「これは何？」

「〈雨粒キャッチャー〉だ。雨が降ったらコルクをはずして、かわりにこれをセットする。真ん中の穴の下に飲み水用の小ビンを当てて、雨粒をキャッチしてためる。きみの飲み水の小ビンは本当に小さいから、雨粒一滴で満タンになるはずだ」

「ほら、やっぱりロビンソンは何もかもお見通しだ」

「いや、まだ何か見落としていることがあるはずだ」

「そんなことないよ。ロビンソン、この作戦はうまくいく！　さあ、そろそろ小さくする魔法を始めない？」

　始める前に、ロビンソンはいいだした。

「ジャック、金貨を全部持っていくことができないのはわかっているか？　あれは小さくしても重すぎる」

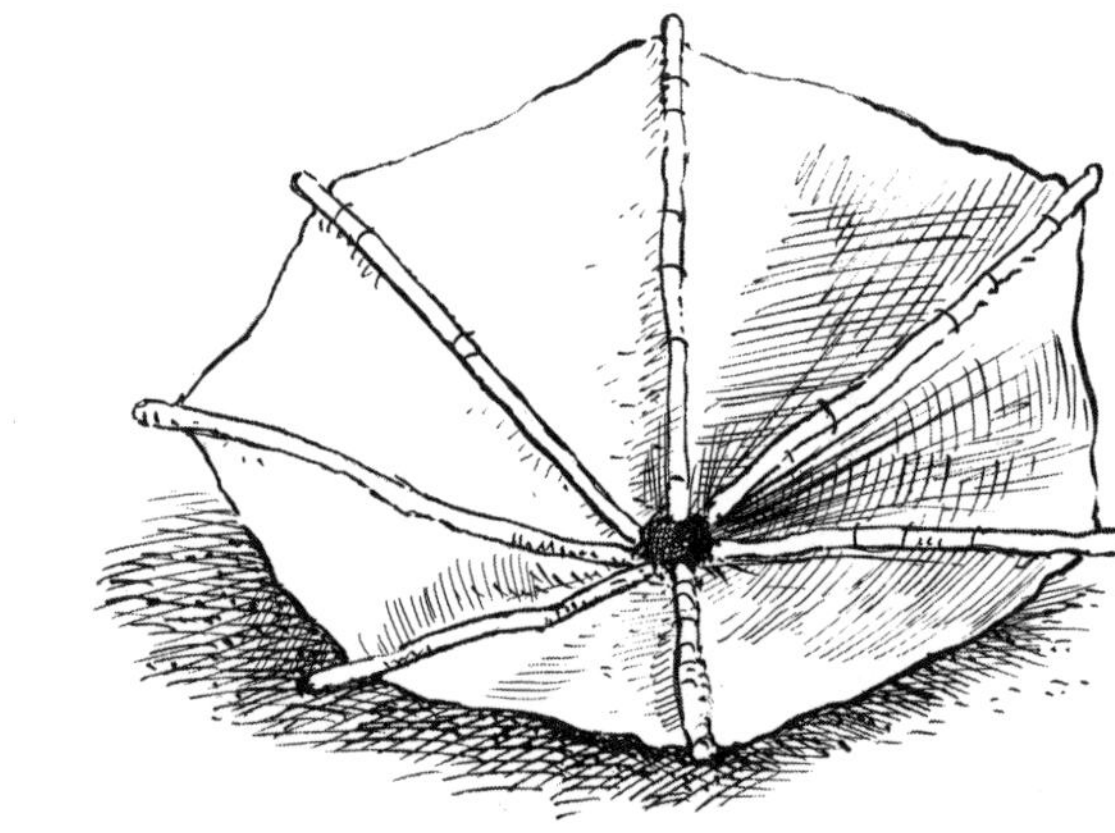

「わかってる。金貨はいらない。家に帰れれば、それでいい」

「二、三枚なら持っていけるぞ」

「いいんだ。ロビンソン、本当にいらないよ」

「このポーチに何枚か入れておいた。これだけは持っていけ。屋根のわらをふきなおして、新しい荷車やなんかを買えるだろうから」

ジャックがうなずいたので、ロビンソンはポーチを積み荷の山のそばに置いた。

いよいよ小さくする魔法をかけるときが来た。

思ったほど時間はかからなかった。というのも、〈アマウマの実〉を一つずつ小さくする必要がなかったのだ。もし一つひとつちぢめていたら、何日もかかったはずだ。同じ種類のものをひとまとめにして置いておけば、薬一滴と呪文一回でいっぺんに小さくできることがわかったので、二人は一時間もかからずに、すべての積み荷を百分の一サイズにしてビンに入れおえた。

積み荷を満載したビンを泉の水に入れてみたが、ビンはあいかわらず立って浮いた。

準備はすっかり整った。

「ぼくの番だね」ジャックはわくわくしていた。

「きみの番？」

「さあ、ぼくを小さくして！」

「今すぐちぢめろというのか！」

「だめ？」

ロビンソンは肩をすくめた。

「いや、べつに……覚悟ができるまで、二、三日待ったらどうだ？」

「もう覚悟はできてる。二、三日なんて待てないよ！　でもあしたまで待つことにする。ロビンソン、ぼく、あしたの朝、出発するよ」

ロビンソンには、ジャックはもう家に帰ることで頭がいっぱいなのがわかった。

「そうか……よし、じゃあ、あしたの朝だな」

夕方の浜辺で、ジャックとロビンソンはいつものように焚き火をはさんですわった。しかし、二人ともどこかぎこちなかった。いつもの打ちとけた雰囲気は消えてしまい、会話がほとんど続かない。しまいには二人ともだまりこんでしまった。

やがてロビンソンはジャックのとなりに移動し、ジャックの肩に手をまわした。そんなふうに並んで海を見ていれば、沈黙も気まずくなかった。

やがて月がのぼった。二人は焚き火に砂をかけて消し、それぞれの寝床へ行った。

夜がふけても、ジャックはまったく眠れなかった。ロビンソンも眠れないらしいのを感じとって、ジャックは声をかけた。

「ねえ、ロビンソン」

「ジャック、どうした？」

「ぼくといっしょに行かない？」

ロビンソンはすぐには返事をしなかった。

「……ここがおれの家だ。ジャック、おれはここで文句なしにしあわせなんだ」

「わかるけど、もしかして――」ジャックは何かいいかけたが、とちゅうでやめた。

「ジャック、心配しなくていい、おれはだいじょうぶだ」

ロビンソンはいった。

「それに、あのビンは二人で航海するには小さすぎる。積み荷も二人分は入らない。おれみたいにでかいのが乗ったら、沈んじまうよ！」

39章　〈ラッキーボトル号〉

次の朝、二人で浜辺に立っているとき、ロビンソンがいった。

「ジャック、ビンにも名前が必要だぞ。船にはかならず名前がある。〈ラッキーボトル号〉というのはどうだ？　その名のとおり、ぜったいに『幸運なビン』じゃないとこまるからな！」

ジャックも、これ以上いい名前はないと思った。

二人の足もとの砂の上には、ジャックが乗りこむビンの船のほかに、三本のビンが並んでいた。小さい二本のうち、一本は赤いガラス、もう一本は緑色のガラスでできている。三本目はたっぷりラムが入ったすこし大きいビンだった。三本はまとめて小さくした。

「船に名前をつける儀式では、船首にワインのビンをぶつけてわるのが決まりなんだ。だが、島にワインはないし、このビンの船にビンをぶつけたら、両方われるかもしれない。かわりに、

ラムをちょいとかけてやるのでどうだ？」

そうすることになり、ロビンソンは儀式用に持ってきたラム酒のビンの栓をあけて、ジャックの船にラムをすこしふりかけながら、願いをこめて、こう宣言した。

「きょうここに、この船を〈ラッキーボトル号〉と名づける。船にも、そしてジャック・ボビンにも、幸運がたっぷりありますように！」

それからロビンソンは、船とジャックの健闘を祈って「フレー！　フレー！　フレー！」とさけんだ。

「さあ、ジャック、この二本をポケットに入れるんだ」

ロビンソンは色つきの小さな小さなビン二本を手わたした。一本は小さくする薬で、もう一本は解毒剤、つまり、もとの大きさにもどす薬だった。

「たくさんは必要ない。一滴でじゅうぶんだ。いったん小さくなれば、もう小さくする薬は必要ないと思うが、念のためにわたしておこう。いいか、赤いほうが小さくする薬、緑のほうが大きくもどす薬だ。わかったか？」

ジャックはうなずいた。

「おれなら、この二本は左右のポケットに分けて入れる。ポケットの中でビンとビンがぶつかってわれるとまずい。右に赤、左に緑というふうにするといい」

ジャックはそのとおりにした。

次にロビンソンは、ジャックに小さくした紙切れをわたした。

「これが、薬を使うときにとなえる呪文だ。おれなら暗記する。紙をなくすこともありうるからな。くりかえしが多いから暗記するのはかんたんだ。さあ、準備はいいか？」

ジャックはまたうなずいた。

「確認するぞ。あの紙はどこだ？」

ジャックはポケットに手を入れて、小さなビンと折りたたんだ小さな紙をとりだし、ロビンソンに見せた。

ロビンソンは、よし、とうなずいた。

「さて、あと二、三、話しておくことがある。ゆうべ考えた例のビンの中の足場だが――」

ロビンソンはそういうと、ポケットから何かをつつんだハンカチをとりだした。

広げると、ハンカチの上には棒が数本あった。それぞれ長さ二十センチ前後で、太さは、鉛筆より細い。

「この棒で足場を組んで、それにハンカチを結びつければハンモックになるだろう。ハンカチのあまった部分は、毛布になる。夜や北の海は冷えるから、防寒用に綿も用意した。それから、きみのおもちゃのボート、〈ラッキーペブル号〉もちぢめておいた。あ、そうそう、ラムのビンも〈アマウマの実〉もあるから、うっかり薬をなくしても自分でつくれるぞ。つくり方はさっきの呪文の紙に書いてある。それと……あれ？　どこだ？　ああ、あった！

ジャック、これが見えるか？」

ジャックは、ロビンソンが指さしているあたりに目をこらした。すごく小さい何かが、日の光を受けてきらきらとかがやいている。

「ナイフだよ！　なくてはならないだいじなものだぞ！」

本当にそのとおりだとジャックは思った。どうしてナイフのことを思いつかなかったんだろう。ナイフもなしに、ぼくはどうやって航海を生きぬくつもりだったんだ？

ロビンソンは、ハンカチの上のこまごましたものを〈ラッキーボトル号〉の口から中へ入れると、ハンカチそのものもビンにおしこんだ。それからビンを足もとの砂の上に置いた。

すべての準備は整った。

「やっぱり行くのか？」

「うん」

ロビンソンは右手をさしだした。

「ジャック、きみと知りあえたことは、このうえない喜びだった！　この二年間は最高にすばらしかった。おれの人生でいちばんの時間だったよ！　だが、きみなしでも、おれはなんとかやっていく。しばらくは、ひどくさみしいだろうがな」

二人はしっかりと握手をした。

ジャックは、わっと泣きだしてしまいそうで、何もいえなかった。かわりに一歩ふみだして、ロビンソンをぎゅっと抱きしめた。

「ありがとう！」

涙があふれてきて、ジャックはそういうだけで精いっぱいだった。

ロビンソンも泣いていた。涙をぬぐって、ロビンソンはいった。

「よし、用意はいいか？」

「うん」

ロビンソンはポケットから小さくする薬のビンをとりだした。コルク栓をぬこうとしていると、ジャックがさけんだ。

「ねえ、あれ見て！」ジャックは、砂浜のいちばん上、茂みとの境界を指さしている。

茂(しげ)みから大きなカメがあらわれて、波うちぎわにいる二人を見おろしていた。

ジャックはそちらに向かって手をふった。

「ヘラクレス、さようなら！　友だちになれなくて残念だけど、宝(たから)さがしを助けてくれて、ありがとう！　おまえがいなかったら、金貨はぜったいに見つからなかったよ！」

ヘラクレスは首をのばして頭をあげさげしている。

「ロビンソン、見て！　ヘラクレス、うなずいてる！　いつもイヤイヤみたいに頭を左右にふるのに、今は上下にふってるよ！　ぼくに『さようなら、幸運を！』っていってるんだ！」

「たしかにそういっているみたいだなあ！」ロビンソンも目を丸くした。

ロビンソンはそれから薬のビンの栓(せん)をぬき、ビンをジャックの頭の上に持ちあげた。

「さあ、行くぞ！」

ロビンソンはゆっくりとビンをかたむけ、となえはじめた。

「ラム、ラム、あま～いラム！　あま～い、うま～い、あま～いラム――」

しばらくは何も起こらなかった。

そのうちジャックの体を、ちりちりする感じが走りぬけた。やがてジャックは、ロビンソンがどんどん大きくなっていることに気づいた！

どんどんどんどん、大きくなっている――。

まだまだどんどん、大きくなっていく――。

ロビンソンの背がぐんぐんのびて顔が上へ上へと行ってしまうので、ジャックは首を目いっぱいのばし、背中もぐーっとそらして見あげなければならない――。

とうとうロビンソンは、桁はずれの巨人になって、ジャックの前にそびえたった。

ジャックは、のしかかられそうな気分だった。目の前の砂の上には、ロビンソンの爪先が巨岩のようにそびえている。

ジャックが小さくされるのを見て、ヘラクレスがどう思ったのかは、だれにもわからない。ジャックに同情して、いかれた計画を応援してくれただろうか？　何しろヘラクレスは、ふつうのカメにはわからないはずのこともちゃんとわかっている、かしこいやつだから。

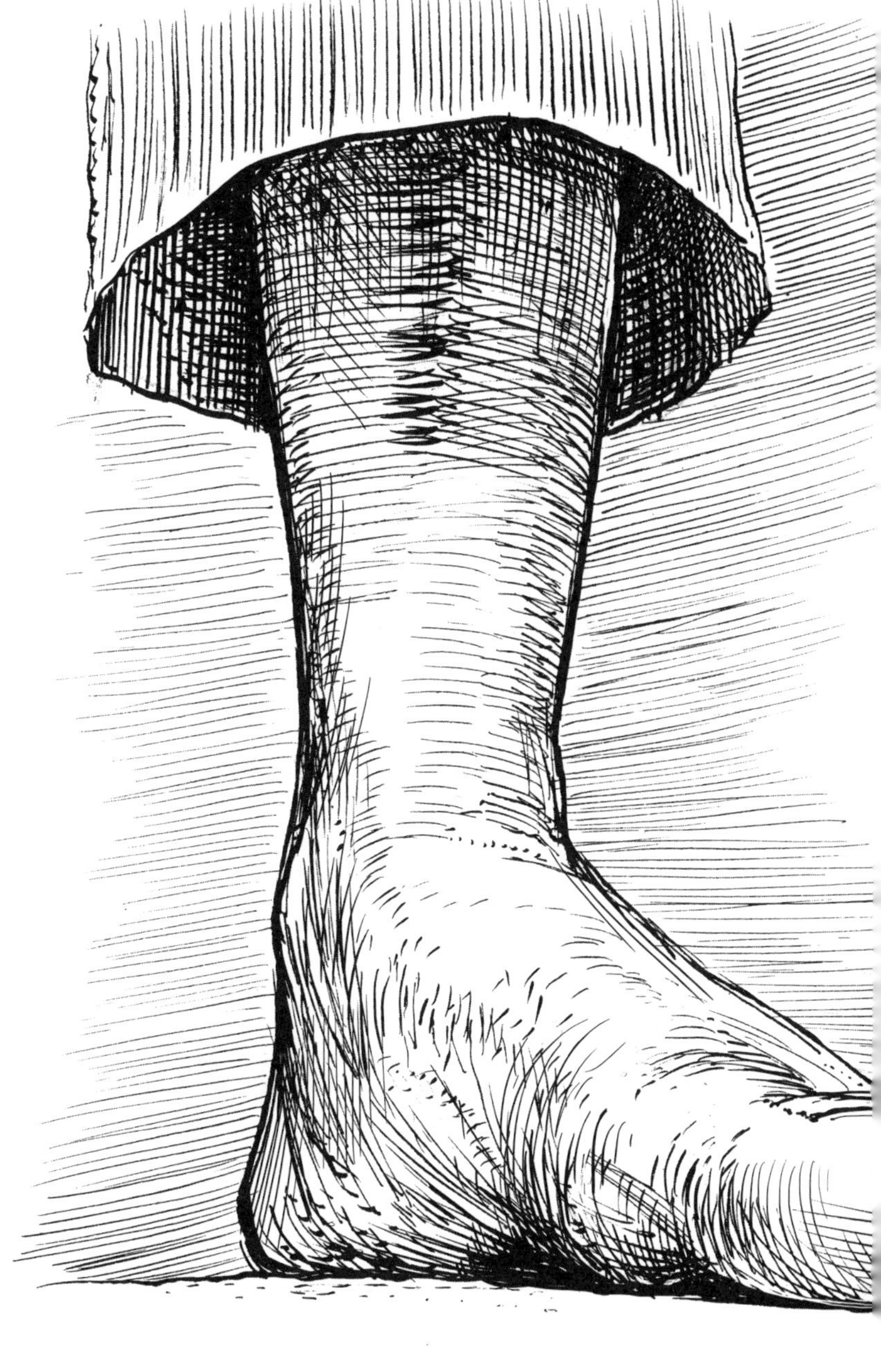

40章　小さくなるってこういうことか！

「ジャック、だいじょうぶか？」

ロビンソンは足先にいる小さい人を心配そうにのぞきこんだ。

ジャックが耳にしたのは、遠い雷（かみなり）のようにひびく、こんな音だった——。

「ジャアックウ、だぁいじょうぶぅーかぁ？」

ジャックは「うん、だいじょうぶみたい！」と返事をした。

だがロビンソンは、その小さなキイキイ声を聞きとれなかった。

「ジャアックウ、おおーごえでぇ、いってくれぇー」

ロビンソンは砂（すな）にひざをついて大きな体をかがめ、耳に手を当ててジャックのキイキイ声を聞きとろうとした。

「ぼくはだいじょうぶ！」ジャックはさけんだ。「ロビンソン、もっと小声でしゃべって！　耳がおかしくなるよ！」

「あぁ、そうかぁー。これでぇ、どうだぁ？」

「ましになった！」

ジャックとロビンソンは、たがいを見つめあった。

「ジャックゥ……なんというかぁ、かなり変わったなぁ」

「ロビンソンだって！　なんか、ちょっと怖(こわ)いんだけど！　もしそのヒゲの森に迷(まよ)いこんだら、ぼく、一生出られないかも！」

前かがみになっていたロビンソンは、ちょっと頭をあげてヒゲをなぜた。

その音が、ジャックの耳には、強風が松の森を吹(ふ)きぬける音に聞こえた。

「ジャックゥ、きみの声は高くなったぁ。小さいキイキイ声だぁ。動きもすばやい。ちょこまかする小さな虫みたいだぁ」

「ロビンソンの声は低くてまのびしてる！　動きもまのびしてるみたいだ！」

ロビンソンは右手をさげ、手のひらを上に向けてジャックのそばの砂(すな)に置いた。

「ジャックぅ、おれの手のひらにぃ、よじのぼれるかぁ？」

ジャックはやっとのことでロビンソンの人さし指の先によじのぼり、人さし指の上をずーっと歩いていって、手のひらの真ん中まで行って腰をおろした。

ロビンソンは右手をそうっと顔の近くまで持ちあげた。

ジャックの目の前に、ロビンソンの巨大な顔があった。

ロビンソンは小声で話すように気をつけた。

「さてと、きみがビンに入れるか、たしかめよう」

ロビンソンは左手で、砂の上の〈ラッキーボトル号〉をとると、ビンの口に右の手のひらをくっつけた。

ジャックはビンに入り、糸でつくった縄ばしごをつたいおりた。

ジャックが、積みあげた〈アマウマの実〉の上におりたのを見とどけると、ロビンソンはいった。

「ジャック、気をつけてくれ。これから石を入れる」

ロビンソンはドーナツ石を手にとった。ロープでコルク栓とつながっている。

石は最初、ビンの口にちょっとひっかかった。ロビンソンが石の向きを変えると、石はなんとかビンの首を通った。

ドーナツ石がビンの中をおりてきて〈アマウマの実〉に着地するまで、ジャックはビンの内側に張りつくようにして石をよけていた。見あげると、石とつながったコルク栓は、ねらいどおり、ビンの口のすぐ外側にぶらさがっている。

ロビンソンはここで最後のテストの指示を出した。

「ジャック、糸をにぎってくれ。きみが自力でコルク栓をしめることができるか、たしかめる」

ジャックは、太いロープに両手でしがみつき、体重をかけてぐっと下にひいた。

ビンの口の外で逆さになってぶらぶらしていたコルク栓は、ひっぱられて正しい向きになり、ビンの口にぴたりとはまった。

「すばらしい！　次は、きみがコルク栓を下からおしあげてはずせるか、たしかめる。ジャック、縄ばしごをのぼってくれ」

ジャックは縄ばしごを上までのぼり、首を曲げてコルク栓の下に肩を当てた。それから、足をビンの首の内側におしつけてふんばり、全力でコルクをおしあげた。

栓はあいた。

「すごいぞ！　コルク栓はちゃんと使えそうだ！」

「だから、だいじょうぶって、いったでしょ！」

ジャックは縄ばしごのいちばん上の段に立って、精いっぱいの大声でいった。

ロビンソンは海を見はるかした。

風はそよ風、波はおだやかで、航海を始めるのに最高の天気だった。

「ジャック、やっぱり行くのか？」

「うん、行くよ」ジャックはうなずいた。

「わかった。よし、出航だ！」

ロビンソンは歩いて海に入った。海水が腰のあたりでチャプチャプいう深さまで来ると、ロビンソンはビンを顔の前に持ちあげて、こういった。

「では……ジャック・ボビン、さようなら！」

「ロビンソン、さよなら！」

ジャックは縄（なわ）ばしごをおりると、コルクのロープをひっぱってビンに栓（せん）をした。

ロビンソンは〈ラッキーボトル号〉を波にあずけた。

41章　恐ろしい失敗

ジャックを乗せたビンは、波間に浮かんだり沈んだりしながら沖へ運ばれていった。

ロビンソンは、それをしばらくじっと見つめていた。

やがて見ているのがつらくなり、ロビンソンはくるりと沖に背を向けて、バシャバシャと水をけって砂浜にもどった。

いつのまにか、カメが波うちぎわまでおりてきていた。

ヘラクレスは、さっきまでロビンソンとジャックが立っていた場所で、あいかわらずうなずいている――。

いや、ちがう。ヘラクレスは首をのばして、砂に落ちている何かを鼻でつついていた。

ロビンソンは近づいて、ヘラクレスがつついているものを見た。

もしやこれは……急に怖くなり、ロビンソンはさっとかがんで落ちているものをひろった。

「ああ、なんてことだ！」

ロビンソンはそうさけぶと、砂浜を駆けおり、水をけって海に入った。

「ああ、おれは、なんて恐ろしい失敗をしてしまったんだ！」

ロビンソンのほおには、涙がすじになって流れた。

白くくだける波に逆らって、ロビンソンは海の深いところまでどんどん入っていった。しおからい海水が何度もロビンソンの顔を打った。

しかし、もう遅かった。

ジャックを乗せたビンは見えなくなっていた。

42章　ジャック、船出する

ジャックはサンゴ礁の近くにいた。明るい色の魚が、あるものはゆったりと、またあるものはさっとすばやく泳いでいる。カラフルで動きもおもしろく、万華鏡をのぞいているようだった。

しかし、小さくなったジャックには、いちばん小さな魚でも怪物に見えた。

はじめて〈ラッキーボトル号〉に魚がむらがってきたときには、生きた心地がしなかった。

魚たちはビンを完全にとりかこみ、全方向からジャックをのぞきこんできた。

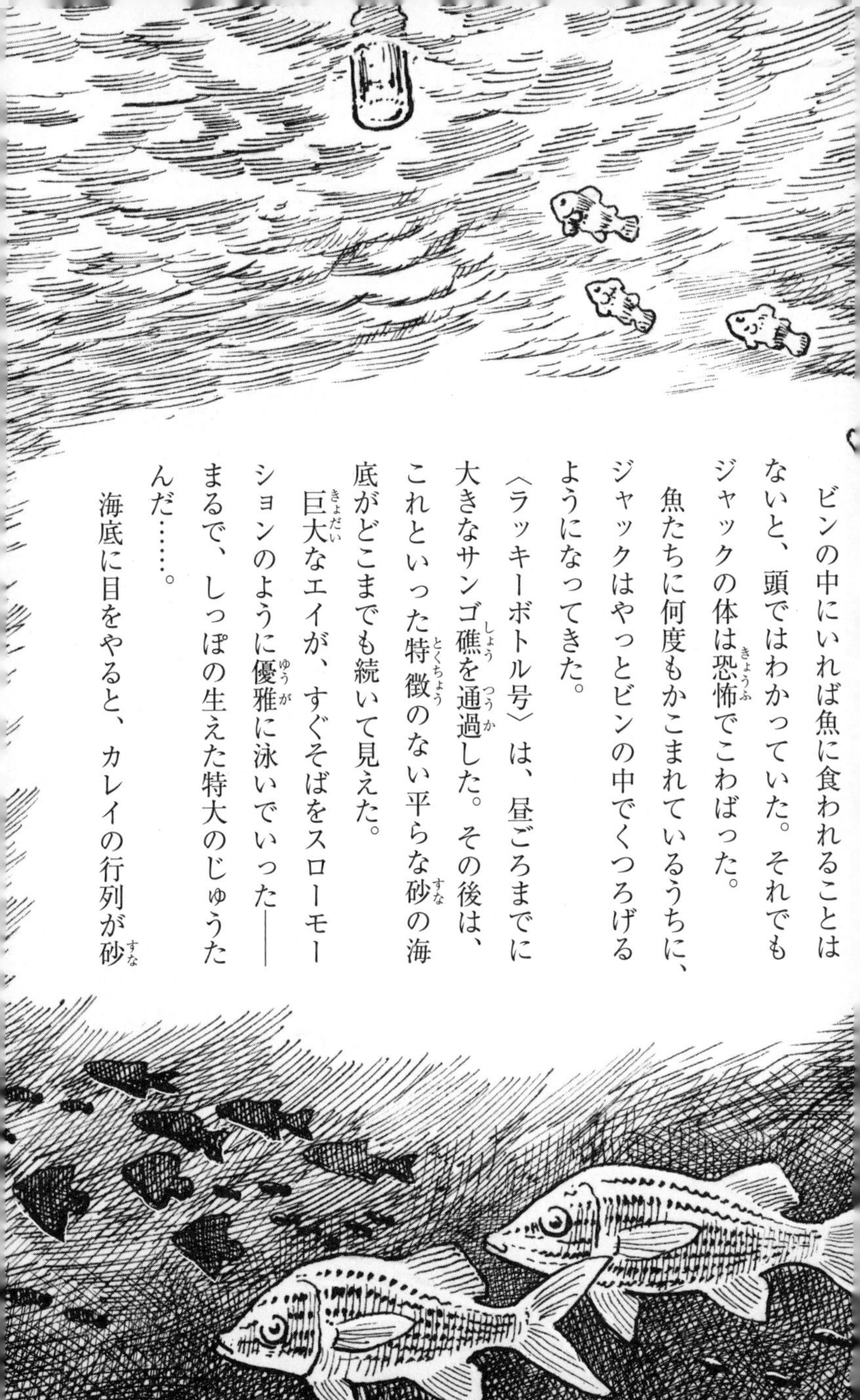

ビンの中にいれば魚に食われることはないと、頭ではわかっていた。それでもジャックの体は恐怖でこわばった。

魚たちに何度もかこまれているうちに、ジャックはやっとビンの中でくつろげるようになってきた。

〈ラッキーボトル号〉は、昼ごろまでに大きなサンゴ礁を通過した。その後は、これといった特徴のない平らな砂の海底がどこまでも続いて見えた。

巨大なエイが、すぐそばをスローモーションのように優雅に泳いでいった——まるで、しっぽの生えた特大のじゅうたんだ……。

海底に目をやると、カレイの行列が砂

をまきあげて泳ぎさっていく——土ぼこりをまきあげて荒野を走る馬の隊列みたい……。

ひょろ長い脚の巨大なクモガニもいた。ぎこちない足取りで海の砂漠をさまよっているようだった。

ビンの底に見えていた砂の海底はしだいに遠のき、やがて下には何も見えなくなった。〈ラッキーボトル号〉は、深く暗い海の上をただよっていた。

あたりが暗くなると、ジャックは音に敏感になった。

ブーンという低くうなるような音が聞こえた。いや、「振動のようなものを感じる」といったほうがいいかもしれない。ビンの外を見たが、水中には何もいなかった。

魚がこんな音、出すかなあ？

ジャックは、イルカやクジラが声を出すことは知っていた。クジラたちが歌を歌うこと、その歌は水をつたわってすごく遠くまでとどくのだと、ロビンソンが話してくれた。

もしかしたら、遠くでクジラが歌っているのかも……。

ところが音はだんだん大きくなり、ジャックは、ゆれも感じるようになった。足もとの〈アマウマの実〉の山から振動がつたわってくる。

ジャックは気づいた——ビンの外からじゃない、ビンの中からだ！

低いうなりは、やがてブンブンと聞こえるようになった。

この音、聞きおぼえがある……そう思ったとき、足もとがぐらりと動いた。

ジャックは、ぎょっとして縄ばしごにしがみついた。

ほぼ同時に、〈アマウマの実〉の山から、黒く長い脚があらわれた。太い毛におおわれた脚には節がある。続いて、もう一本の脚と頭も見えた。眼が丸く盛りあがっている。

ジャックは縄ばしごをけるようにして、いちばん上までのぼった。恐るおそる下を見ると、〈アマウマの実〉の山からバケモノが這いだしていた。まるで墓から這いだす死体だ。

よく見ると、それは信じられないほど大きなハエだった。〈アマウマの実〉の山から這いだしたハエは、ビンの中をやみくもに飛びまわりはじめた。何度もガラスに体あたりし、ブンブンいう羽音も、ものすごい。

縄ばしごの最上段にいるジャックは、コルク栓に肩を

当て、下から懸命におした。

が、コルクはびくともしない。

ふいに羽音がやんだ――あせって下を見ると、ハエが縄ばしごをのぼってきている！

全力でおしあげているのに、コルクは動かなかった。

ビンがぬるぬるして、ふんばれない！

ジャックは足の裏が汗みずくなのに気づいた。足はむなしくガラスの上をすべるばかりで、疲れた体はふるえはじめた。息が切れて、もうコルクをおしあげる力がなかった。

そのとき、ハエの毛深い脚がジャックの脚にさわった。

ジャックはハエをけりおとそうとしたが、そのいきおいで、もうすこしで縄ばしごから手を放してしまうところだった。

ハエは真下にいた。うつろな赤い眼、ぴくぴく動く口――こまかい部分まで見える。

ジャックは肩をコルクに当てると今一度ぬるぬるするガラスに足を当ててひざを曲げた。

ハッと気合いを入れて懸命にコルクを下からおしあげる。

ポンッ！　コルク栓がはずれた。

ジャックはビンの口に手をかけて、なんとかビンから体をおしだした。ビンの口でぶらぶらしているコルク栓（せん）のロープにすがりついて、ビンの首の外側をつたいおりる。

ハエもビンの口に出てきた。そこでちょっとじっとしてから、ハエはブーンと羽音をたてて夕空に消えていった。

43章　航海の第一夜

ジャックはビンの中にもどって考えた——どうしてハエがビンにいたんだ？

ハエは〈アマウマの実〉を小さくしたときから、実と実のすきまにいたにちがいない。

小さくする魔法は、ひとまとめにした同じ種類のものに効く。ハエだけはふつうサイズのままで、大量の〈アマウマの実〉の中に埋もれていたのだろう。

ビンに入れる前に、実の山に何かまじりこんでいないか点検すればよかった！　下のあの実の中に、もっとハエがいたらどうしよう？

あたりは暗くなってきた。不吉な夜だった。

ジャックは不安で眠れなかった。暗闇に横たわり、明かりを持ってくればよかったと痛いほどくやんだ。

ランタンをわすれるなんて！　ロビンソンもロビンソンだ、ほかのものはあんなになんでも思いついてくれたのに……。でも、待てよ、ランタンを使うのはまずいかもしれない。この暗い海で明るい光は目立ちすぎる。いやな相手をひきよせてしまうかも。深海からどんなバケモノがやってくるかわからない

そう考えると、ジャックの不安は増した。ビンの下にある暗い海にひそんでいるかもしれない怪物について、ついあれこれ考えてしまう。

こうしてジャックは、航海の第一夜に早くも海の恐ろしさを感じはじめた。心の底から島にもどりたかった。いつものようにロビンソンと二人、砂浜で焚き火をはさんですわってるならよかったのに……。

じつに長い夜だった。不安でよく眠れないせいだけではないような気がした。夜はいつまでも明けないように思えた。ジャックはそれまで、こんなに長い夜を知らなかった。

ついに夜明けの最初の光が〈ラッキーボトル号〉の首に当たった。

ジャックは喜びのおたけびをあげそうだった。一目散に縄ばしごをのぼり、コルク栓をおし

あけて朝日をおがんだ。ジャックは、ビンが潮流におしもどされて、もといた島に近づいていたらいいのに、と思っていた。朝霧の中から、見なれた岩の高台のごつごつしたシルエットが見えてこないかと、さがしてしまった。

しかし、見えるのは海と空だけだった。

海面は大きくうねっていた。ここは陸から遠い大洋の真ん中なんだ……ジャックは観念した。

朝食に〈アマウマの実〉を二つ食べたあと、ジャックは足場を組みはじめた。

ロビンソンが考えてくれたように、まずはナイフで棒を二種類の長さに切った。短い棒四本は横棒だ。二本を十字に交差させて結ぶ。ビンの内側のサイズに合わせた十字が二セットできた。

長い棒四本は、ビンの壁に立てかけてから、横棒としっかり結びつけていく。

こうして足場が組みあがると、ジャックはハンカチの一部を切りとってハンモックにした。ハンカチの残りからもう一枚切りとって、ハンモックの上に広げる〈日よけ〉もつくった。あまった布で毛布が何枚もできた。

完成したハンモックに横たわってみると、すごく寝心地がよくて、ジャックはうれしくなった。〈アマウマの実〉の山の上みたいにでこぼこしていないし、なんといっても、ふいにぐらぐらゆれないのがいい。ビンの中でひと晩すごしたせいで、ジャックは体じゅうの筋肉が痛かった。つねにビンのゆれに逆らってバランスをとっていたせいだ。

もちろんハンモックもゆれるが、ゆれが安定している。ようやくリラックスできて、ジャックは元気をとりもどした。前の夜の、旅に出たことを後悔する気持ちや、やけっぱちな気分は薄れはじめた。

けっきょくは何もかもうまくいくのかもしれない……。

ハンモックに寝ころがって海を見ていると、何かが動くのが見えた。

無数の小魚だった——もちろんジャックにとっては、それほど小さくはない。

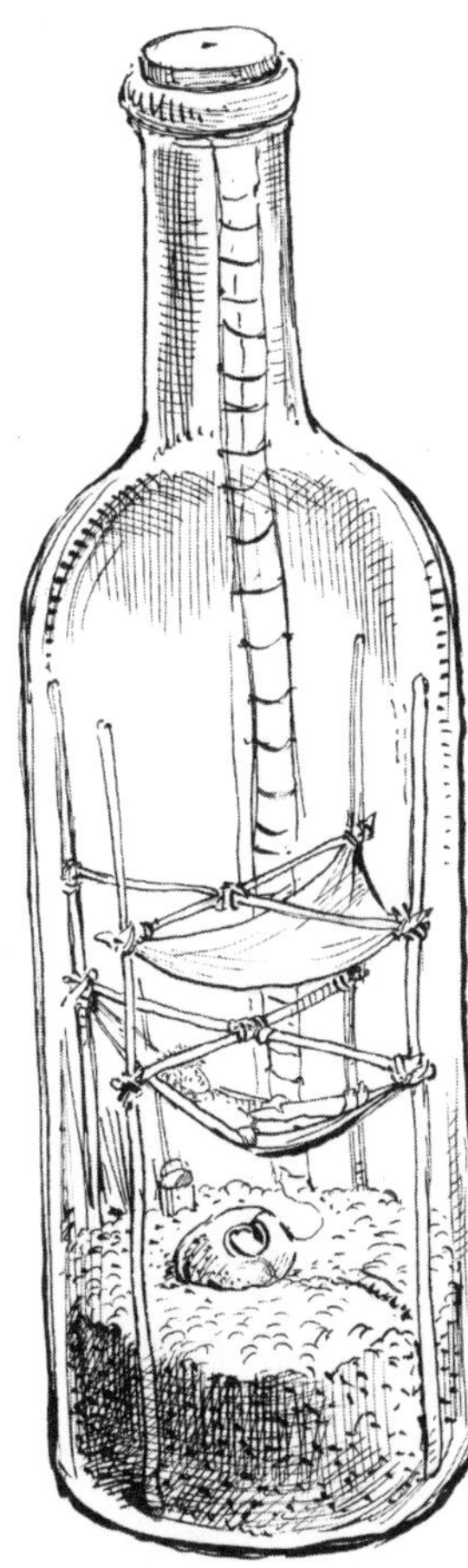

魚たちがビンのそばに集まりはじめた。ちらちら光る雲のように、ビンの周囲を泳ぎまわり、ジャックのほうをのぞきこんでいる。やがて小魚がいなくなった。

怖がらせてしまったのかなあ？

ふとビンの下を見ると、青い縦じまの大きな魚が何匹も急上昇してきた。

サバだ。青い体をひらめかせて、一匹がビンに突進してきた。ほかのサバも続いた。

あっというまに〈ラッキーボトル号〉はサバの群れにとりかこまれていた。

サバたちは、ビンをつつき、体あたりしてくる――パチッ、カチッという音を立て、くりかえしガラスにぶちあたるサバたちは、ジャックを食べたがっている。あらゆる方向からの攻撃で、ビンはひどくゆすぶられる。

ジャックはハンモックから這いだしたものの、立っていられなかった。〈アマウマの実〉やほかの荷物といっしょに、ビンの中をあちらからこちらへと何度も転がりながら、ジャックは考えていた――飲み水を入れたビンがわれたらまずい。

しばらくするとサバは、あらわれたときと同じように急にいなくなった。

ビンの外では、はがれたウロコが一、二枚、銀色にかがやきながら海の深みへとゆっくり落ちていった。秋、霜におおわれた枯れ葉が落ちるのにすこし似ていた。

次にジャックがビンの下を確認したとき、灰色の何かがあがってくるのが見えた。
桁はずれの大きさだった――あれはサメ……？

44章　サメ

巨大(きょだい)なサメは、あっというまに〈ラッキーボトル号〉の真下までせまってきた。

ジャックが想像(そうぞう)していた最大のクジラの、さらに十倍はありそうだった。

サメは巨体(きょたい)をかたむけ、横目でビンを見ながらすぐそばを泳いでいる。ビンにいちばん近づいたとき、サメの黒い大きな目がジャックをまっすぐ見つめたような気がした。

サメはすぐにもどってきた。

こんどはビンから十センチくらいのところをゆっくりと泳いでいる。とてつもなく大きな口が見えた。その大きさも、笑っているような形もぶきみだった。墓石サイズのふぞろいな歯を見て、ジャックはロビンソンがいっていたことを思い出した。

「サメはなんでも食うからな。おれがモップでしとめたやつなんか、バケツを丸のみしたぞ！」

サメは、ビンも丸のみするだろうか？

ジャックは、ラロックばあさんが受けとれなかったビンのことも思い出した。一六一ページが入ったビンは、サメに丸のみされたのかも？

サメは、何度ももどってきた。巨体がビンをかすめるたびに、ジャックは息をとめた。

サメは去りぎわに巨大な尾でビンをさっとひとなでした。ビンはぐるぐるとすごい速さでまわった。

ジャックは、サメがもどってくるのではと、たっぷり三十分は

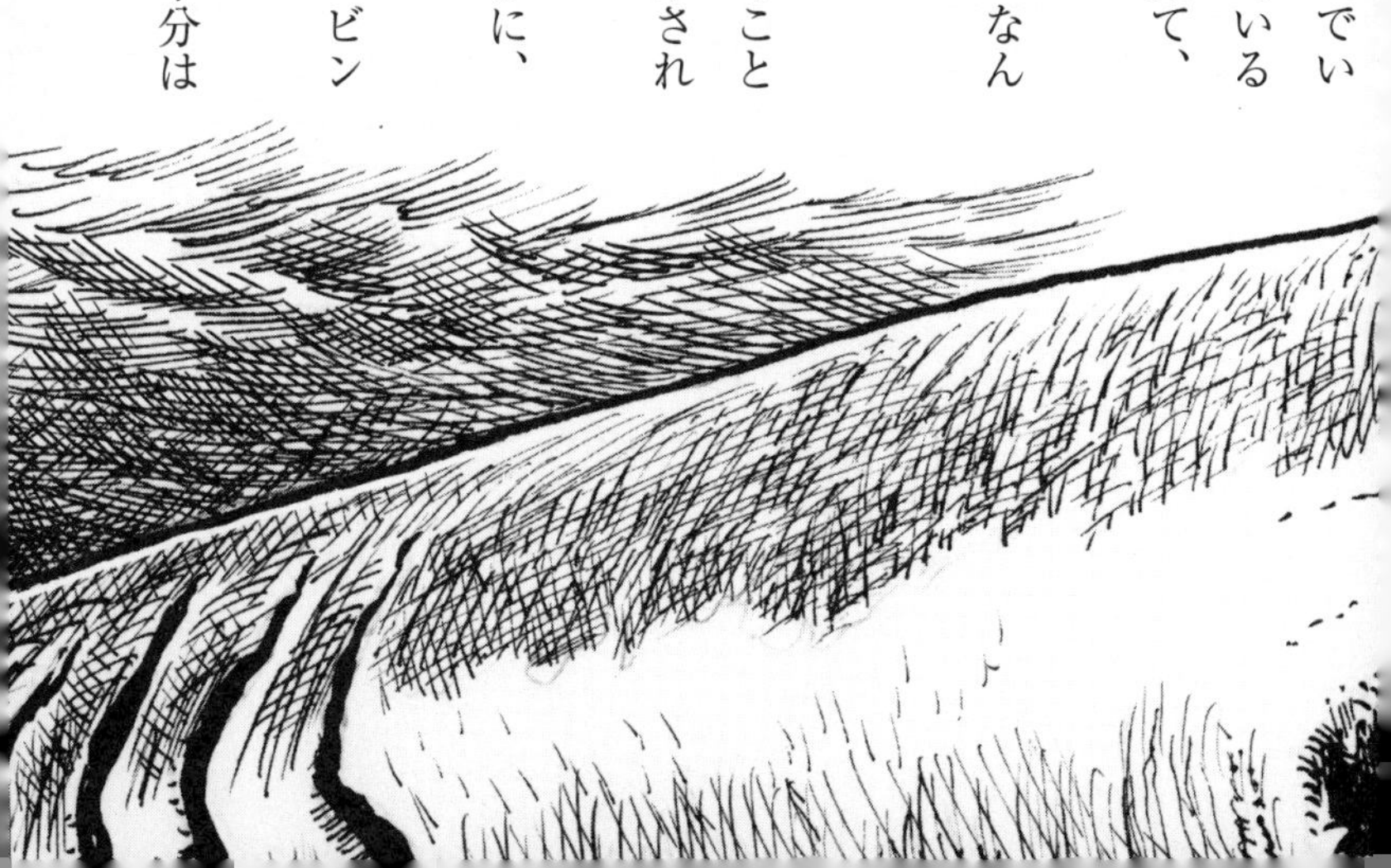

ビンの中でじっとしていた。

サメはもどってこなかった。少なくともその日は。

あたりにはもっとサメがいるかもしれない……ジャックは〈ラッキーボトル号〉のか弱さを実感していた。ちっぽけなビンが、大海原をあてどなく流されているのだ。

ビンの下に広がる無尽の海水——その中を泳いでいるかもしれないあらゆる生きもののことを、ジャックは想像した。

問題はサメだけではなかった。

小さくなったジャックにとって、すべての生きものが怪物サイズなのだ。

45章　死にいたる見落とし

次の日、海にサメはいなかった。というより、あたりには小魚一匹いなくなっていた。何も起こらない、長い一週間がすぎた。

果てしない昼、そして終わりなき孤独な夜――ジャックには一週間が一か月にも感じられた。そのあいだずっと、〈ラッキーボトル号〉のまわりには、どんな生きものもあらわれなかった。

ジャックの心にあった恐怖や不安は、すこしずつ消えていった。かわりにジャックは、どうしようもない退屈と気だるさに悩まされるようになった。することといえば、ハンモックに寝ころがって魚のいない海をながめるだけ。

うんざりするほど単調な日々をすごすうちに、ジャックは一つのことばかり考えるようになった――食べものだ。食べもののことが頭から離れない。

ロビンソンは、腐っておいしくなった〈アマウマの実〉を数本の広口ビンに入れてくれ、

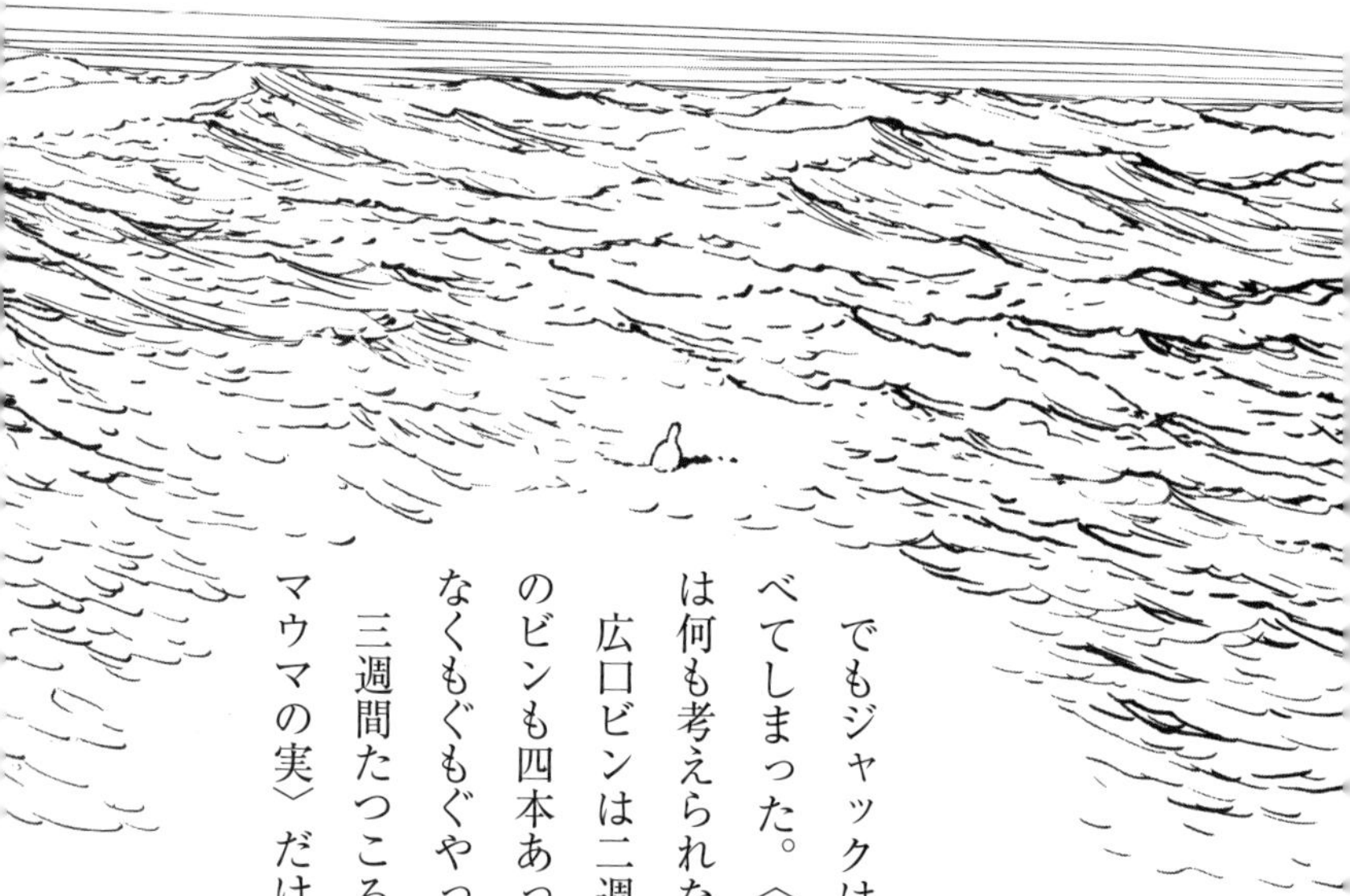

ジャックにこんなアドバイスをしていた。

「これは特別なごちそうとして一日にスプーン一杯だけ食べるといい。そうすれば、広口ビンの分を食べきるころには、ほかの実が腐りはじめるからな」

でもジャックはがまんできず、一日にスプーン一杯よりずっと多く食べてしまった。〈アマウマの実〉が食べたくて食べたくて、ほかのことは何も考えられないほどだった。

広口ビンは二週間でからっぽになった。おいしい〈貝のラム酒づけ〉のビンも四本あったが、すぐになくなった。干し魚も、ジャックは休みなくもぐもぐやって食べきってしまった。

三週間たつころには、残っている食べものは、まだ緑色でまずい〈アマウマの実〉だけだった。

なのにジャックは、おいしいフルーツのようにむしゃむしゃ食べた。

考えてみると、これはかなりおかしなことだった。

ジャックは心の中で自分を責めた。がつがつする自分が恥ずかしかったが、どうしても食べずにいられないのだ。

ジャックの食欲は、退屈していたからとか、さみしさを埋めるためとか、そういうものではなかった。ジャックの体は、たしかに飢えを感じていた。

のどもつねにかわいていた。水のビンは、心配になるほどのスピードで、からになっていった。航海に出て三週間、雨は一滴も降っていなかった。

ロビンソンが発明した〈雨粒キャッチャー〉は、丸められたまま無用の長物となっていた。水はすこしずつ飲まなければいけないのに、ジャックは一日に飲む量を守ることがまったくできなかった。

何が起こったのだろう？　なんだって、こんなにおなかがすいて、のどがかわくんだ……？

ジャックは自分の意志の弱さを恥じていた。こんなペースで食べたり飲んだりしていては、イングランドに着く前に、食料と水がなくなってしまう。

この状況については、なんとか自分を納得させるまでに、すこし時間がかかった。

ある日、昔見た青虫のことを思い出したとき、ジャックはやっとわけがわかった気がしたのだった。

以前チョウの幼虫が、自分の体よりずっと大きな葉をむしゃむしゃ食べるのを見たことがある。青虫は、葉の軸だけを残し、一枚の葉がレースのようになるまで食べつくし、それからとなりの葉に移動して、またさかんに食べていた。

ジャックは考えた――青虫はどうしてあんなに食べつづけられたんだ？　ぼくはあんなふうには食べられない。大好物のジャムつきスコーンやミートパイだって、あそこまでひっきりなしに食べるのは無理だ。おなかが破裂するだろう。

青虫はどうしてあんなに食べられる？

もしかして、すべては「時間」との関係なのかもしれない。

かつてジャックは「時間というものは、すべての生きものに同じように働く」と思っていたが、自分が小さくなってからは、その考えはまちがいだったとわかった。「時間は、それぞれの生きものにまちまちに働く」――だから「青虫の時間」と「人間の時間」は、まったく別のものなのだ。

ジャックは最近まで、小さな生きものの命は大きな生きものの命より短いと思っていた。だが、そうではない。小さな生きものは「命が短い」のではなく、「生きるテンポが速い」のだ。

別のいい方をすれば、小さな生きものにとって、時間はものすごく速く進んでいる。小さいカメがあの島に一匹も生き残っていなかったことも、この考え方なら説明できる。小さいカメたちの命も、もとは巨大なヘラクレスと同じ長さだったが、小さくされてからは、ヘラクレスの何倍もの速さで生きたから、先に死んでしまったのだ。たとえ魔女の手をのがれられたとしても。

その考え方でいくと、ふつうサイズの人間の一日は、小さなジャックにとっては一週間になるのかもしれない。

どうりで、やたらとおなかがすくわけだ！　一日三食で足りないのも無理はない。がつがつ食べてゴクゴク飲むのがやめられないのは、小さいからなんだ！　ゴクゴク飲まずにいたら、きっとかわきで死んでしまうんだ……。

この、「大きさがちがえば時間の流れ方もちがう問題」こそ、ロビンソンが「きっとある」と予言していた重大な見落としだった。ロビンソンもジャックも気づけなかった、この航海の計画の致命的なミス――。

奇妙なことに思えるが、小さいジャックは大きさのわりにたくさん食べたり飲んだりする必要がある。食い意地がはっているからではなく、生きるテンポが速いせいだ。

だから、小さくなって海の上ですごす時間は、ジャックにとって、人間サイズですごす時間よりずっとずっとずーっと長いことになる。

ロビンソンとジャックは、〈ラッキーボトル号〉は六か月でイングランドに着くだろうと予想していた。しかし、人間の六か月は、小さいジャックには数年にあたるのかもしれない。

運がよければ、ビンで数年寝たり起きたりしているうちにイングランドに着ける——うまく魚をしとめることができて、なおかつ雨が降れば。

航海中に魚や雨が思うように得られなければ、ジャックが生きてイングランドに着くのは、ほぼ不可能だ。

ジャックは、銛を手に縄ばしごの最上段に立った。ビンの口から身を乗りだし、何時間も魚を待ったが、一匹も見あたらない。

水平線を見わたして雲をじっくりさがした。雲が見えたら大いそぎで〈雨粒キャッチャー〉を持ってくるつもりだったが、空はどこまでも青く、雲一つなかった。

日を追うごとに、飲み水のビンは次々からになり、〈アマウマの実〉もどんどんへっていった。ついに水のビンは残り二、三本、実の残りもかなり少なくなってしまった。

ジャックは、ハンカチのあまりでかんたんな袋をつくり、残った水のビンと〈アマウマの実〉を、ビンの底から袋にうつした。袋は足場の横棒にひっかけた。
しばらく前から、ロビンソンにいわれたとおり、海水をくんでビンに入れることもやっていた。食料や飲み水がへったかわりの重りにして、ビンを安定させるためだ。〈ラッキーボトル号〉のコルク栓を肩でおしあけ、木桶を海に投げてからロープをひいて水の入った桶をひきよせ、ビンに水を入れる。〈ラッキーボトル号〉の船底では、今や海水がピチャピチャと音を立てていた。

こまったことに〈アマウマの実〉は茶色くどろどろになるにしたがってどんどんおいしくなり、日を追うごとに食べるのをがまんするのがむずかしくなっていった。一日に決めた量だけを食べるという当たり前のことが、ジャックには耐えがたい拷問のようだった。

ジャックはよくロビンソンのことを考えた。自分をとりまく無限の闇におびえる夜は、とくにロビンソンに会いたくてたまらなかった。

ジャックはそんなとき〈ラッキーペブル号〉の破片をにぎりしめた。そう、波に洗われて島にたどりついた、あのおもちゃのボートのかけらを。

ジャックは心の底から島に帰りたかった。夜の砂浜で焚き火のそばにすわっているならいいのに……ロビンソンの風変わりな物語に耳をかたむけているならいいのに……ロビンソンが本を読んでくれてもいい……シェイクスピアの芝居を一人で何役も演じてくれてもいい……。

二度と生きてロビンソンに会えないんだ……きびしい現実に胸がつまった。絶望がジャックの心に満ちていった。

46章　夢とクラーケン

飲み水のビンは、ついに最後の一本になった。〈アマウマの実〉の残りは十個だ。

ジャックは変わってしまった。どうしようもない無気力がジャックをすっぽりおおってしまったのだ。

もう、〈ラッキーボトル号〉の口にのぼって銛を手に魚を待つことも、雨は来ないかと空を見あげることもなかった。

ジャックはほとんどの時間をハンモックに寝ころがってすごした。現実は頭から消え、考えるのはなつかしい故郷イングランドや島ですごした日々のことばかり。

しかしどういうわけか、両親や妹の顔をはっきり思い出せなかった。家族の面影は日に日にかすんでいき、ロビンソンとの思い出さえもぼんやりしはじめていた。

ジャックはもはや、食べることも飲むこともわすれていた。顔には表情がなくなり、起きてはいても気力や感情がまったくない。まるでジャックという存在そのものが、すこしずつ、かすんで消えていくようだった。

そんなとき、ジャックは夢を見た。悪夢ではなく、深いやすらぎを感じる夢だった――。

ジャックはゆりかごの中にいる。ゆりかごはリンゴの木の下に置かれていて、木もれ日をあびている。そばには灰色の石造りの家がある。ジャックが生まれた農場の家だ。

赤ちゃんのジャックは、リンゴの枝を飛びまわるチョウをながめ、小鳥のさえずりを聴いている。晴れた暖かい日で、赤ちゃんジャックは、ひとりぼっちでもこのうえなくしあわせだ。

と、おでこに水が一滴――雨はすぐにはげしくなり、雨粒が赤ちゃんの体じゅうを打つ。

目ざめていれば、ジャックは雨を喜んだはず。しかし夢の中の赤ちゃんジャックは、雨に恐怖を感じている――チョウチョも小鳥さんもいなくなっちゃった……。

夢の中で雨音はしだいに大きくなり、ゆりかごに水がたまる。赤ちゃんは口をあけて大声で泣きだす。

雨粒が赤ちゃんの舌に当たる――うわっ、しょっぱい！

その瞬間、ジャックははっと目をさました。

夢は消えた。なのにまだ雨が降っている？

気づけばハンモックは水びたしで、あたりは暗かった。

頭上の日よけから水がポタポタとしたたっている。日よけの布は大量の水でぱんぱんにふくらんでいる。太った人のシャツのおなかみたいに、今にもはちきれそうだ。

ジャックは水の重さを逃がそうと、ふくらんだ布を下から指でつきあげた。

ザーッと水が落ち、ジャックの腕もつたっていく。これは海水だ――。

ジャックは、あわててハンモックから飛びおりた。〈ラッキーボトル号〉の底にあるバラスト水は、今は腰の高さまであった。

頭上では、いぜん水が流れこんでくる音がしている。また日よけに水がたまってきたようだ。

ジャックは考えた。たぶんコルクの空気穴から海水が入っているんだ……ってことは、もしや、ビンの口が水中に？　えっ、今ビンは海に沈んでる!?

ジャックはあわててぐしょぬれのシャツをぬぎ、それを手に縄ばしごをのぼった。やはりコルクの穴から海水がどんどん入ってきている。

ジャックは、栓がぬけないよう左手でコルクのロープを下にひきつつ、右手を使って水もれしている穴にシャツをつめこんだ。

もれはポタポタ程度になった。とりあえずはこれでいい。でも、穴の口につめこんだシャツは、水のいきおいにおされて、すぐにぬけて落ちそうだ。

シャツをもっと穴の奥深くまでつめこまないと……。

だが指ではそう深くまでつめられない。ジャックは縄ばしごをすこしおりて、十字にしてある日よけの横棒を上から強くけった。横棒の一本が折れ、日よけ布はビンの底の水に落ちた。

ジャックは折れた棒を持ってコルクのところにもどった。

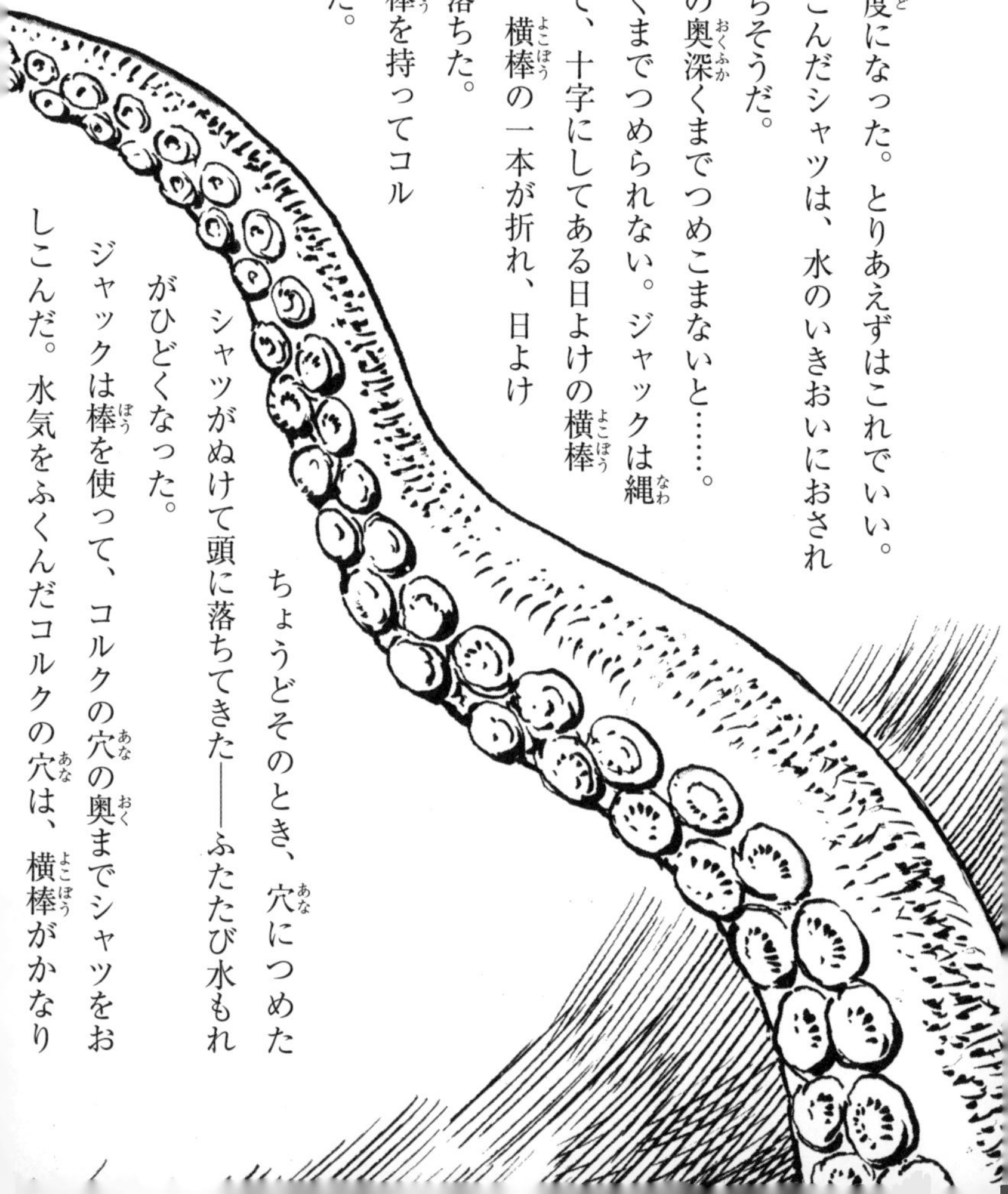

ちょうどそのとき、穴につめたシャツがぬけて頭に落ちてきた――ふたたび水もれがひどくなった。

ジャックは棒を使って、コルクの穴の奥までシャツをおしこんだ。水気をふくんだコルクの穴は、横棒がかなり

入ってしまうほど深かった。

できるだけのことはやったが、コルクはもう長くはもちそうもなかった。

どうして空気穴から水が入ってくるんだ？　どうして〈ラッキーボトル号〉は沈んでいるんだ？　それに、どうしてあたりがこんなに暗いんだ？

ジャックは、この暗さは夜とはちがうと感じていた。夜の闇の中を航海しているときのような広がりを感じないのだ。むしろ、すぐそこの何かに光をさえぎられているような、何かが〈ラッキーボトル号〉をすっぽりつつんでいるような感じがした。

そのとき、ジャックはある音に気づいた。キーキー、ギリギリという、爪で窓ガラスをひっかくような音――。

ジャックは縄ばしごをおりて、ビンの底の水の中に立った。ビンの壁に張りつくようにしてガラスの向こうを見てみる。

ジャックはおどろいて、思わずあとずさった。

外に何かいる！

ビンの外側に何かが張りついている。しかもそれは動いていた。

動いているのは、弾力のあるもので、生きものの体の一部のようだ。

あのぎざぎざしてるのは……口？

円形の何かが、のびたりちぢんだりして、ビンのガラスに吸いついている。

巨大な吸盤……？　うわっ、たくさんある！

ビンの内側からよく見ると、〈ラッキーボトル号〉の表面は吸盤だらけだった。

ジャックは一度だけ小さなタコの脚を見たことがあった。偶然、島の岩場で見つけたのだ。

吸盤のある脚がいっぱい生えていた……。

今、巨大な吸盤のある怪物の脚が〈ラッキーボトル号〉をしっかりにぎっていた。

恐怖がジャックの全身をつらぬいた。

ラロックばあさんがこういう怪物のことを話してた。すべての船乗りが恐れる生きもの……死をもたらす脚でがんじがらめにして、何隻もの船を海底にひきずりこんできた……たしか名前は、クラーケンだ。

47章　海の巨人たち

〈ラッキーボトル号〉は強くゆさぶられ、ジャックはビンの底のバシャバシャいう水の中であがいていた。

と、にぶい光が、頭上の闇をつらぬいた——怪物がビンをにぎりなおしたせいで、吸盤だらけの脚のあいだにすきまができたのだ。

ジャックはあわてて縄ばしごをのぼり、すきまから外を見た。

群青色の水の中で、巨大な海藻のようなものが、のたうっている。

巨大生物の脚だ！

ジャックは怪物のすがたをちらっと見ることができた。

長い脚につかまれた〈ラッキーボトル号〉は、怪物の体にぐんぐん近づいていた。

ガラスのすぐ外に、いきなり巨大な眼があらわれた。中心部が黒い円盤のような、家サイズ

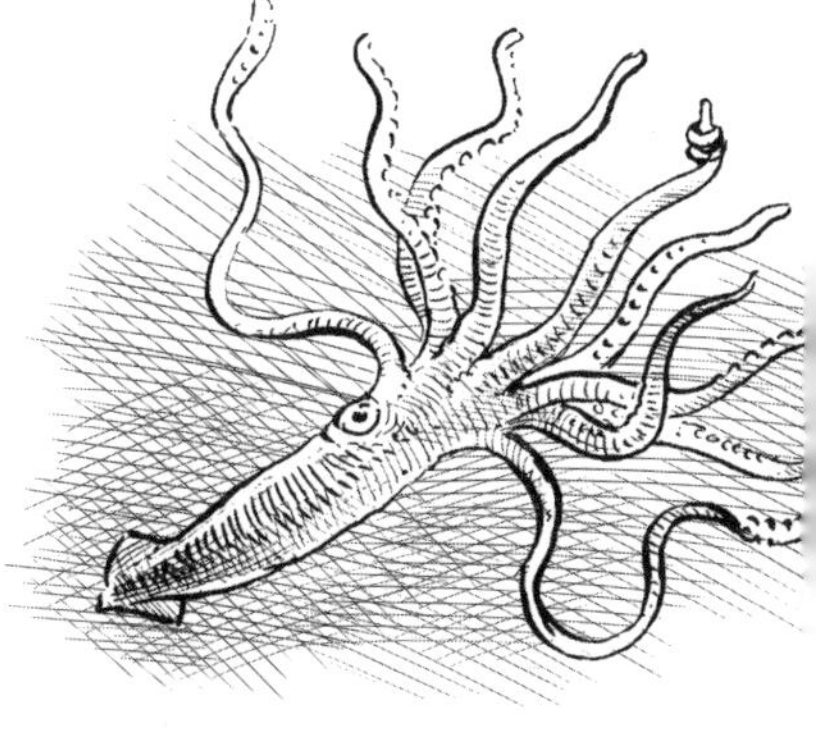

の眼がこちらを見つめている。

この世のものとは思えない、まばたきをしない冷たい眼だった。

怪物は、こんなことを考えているのかもしれない――こんな小さな貝を食べるのに、この変な殻をこじあけるのはめんどうだ。

と、巨大な眼が急に消えた。

ビンはぐるんぐるんとまわされ、きりもみ状態になった。

やがて、洞穴のような口が視界いっぱいにせまってきた。

が、次の瞬間、〈ラッキーボトル号〉は猛スピードで水中を上昇しはじめた！　すぐに水面も突破し、すごいいきおいで空に打ちあげられた。シャンパンのビンをあけたときのコルクのように。

しばらくのち、〈ラッキーボトル号〉は「パシャッ！」と海面に落ちた。

ジャックは胃をどこかへ持っていかれた感じだった。それでも、さっとガラスに張りついて下の海を確認した。

巨大な何かが、海を――いや、この世界全体を占領していた。

計りしれない大きさの生きものが、深海めがけてぐんぐんおりていく――。

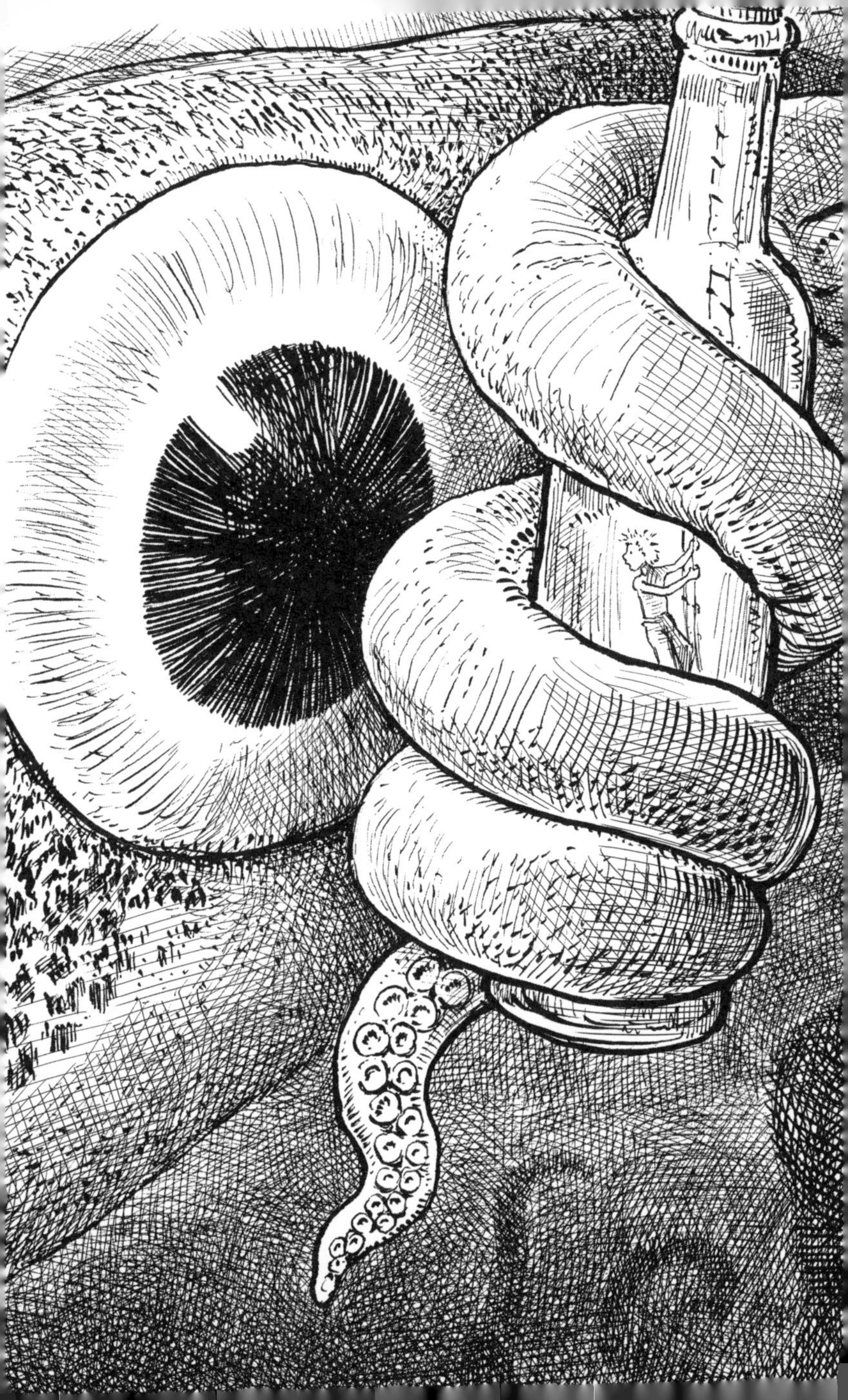

生きものが遠く離(はな)れてからやっと、ジャックはそれがクジラだったとわかった。

クジラは巨大(きょだい)なイカの胴体(どうたい)をしっかりとくわえていた。

イカはイカで、のたうつ脚(あし)を何本もクジラの大きな頭にからみつけていた。

海の巨人(きょじん)たちは、たがいをがっちりつかんだまま、じょじょに沈(しず)んでいき、やがて、はっきりとは見えなくなった。

大きなクジラの体だけが、群青色(ぐんじょういろ)の深海を背景(はいけい)にいつまでもきらきらと光って見えた——ミルクのように白っぽいクジラだった。

いや、もしかしたらあれは、ふつうサイズのイカと白い大きな魚だったのかもしれない。しかし、ビンの中にいる小さなジャックにとっては、「巨大(きょだい)イカとクジラの戦い」以外の何ものでもないように感じられたのだった。

48章　大嵐

〈ラッキーボトル号〉の底のほうでは、大量の海水がバシャバシャいっていた。

その水面には、最後の十個となった〈アマウマの実〉が浮いている。実を入れてつるしていた袋は、ジャックが日よけの横棒をけって折ったとき、水に落ちたのだ。

さっき〈ラッキーボトル号〉が空中に飛ばされたせいで、ビンの中の足場はすっかりばらばらになっていた。今は何もかもがビンの底にたまった海水の中で、ビンのゆれに合わせて行ったり来たりしている。最悪なのは、飲み水のビンがわれてしまったことだった。

そんなありさまにもかかわらず、なぜかジャックはしあわせを感じていた。

ああ、ぼくはまだ生きてる！

たしかにジャックは生きていた。ここ数週間の無感覚や投げやりな気持ちは消え、今や元気いっぱい、自分のことを「この世でいちばん幸運な少年」と感じるほどだった。

ジャックは縄ばしごをのぼってコルク栓をおしあけ、ビンから身を乗りだして新鮮な空気を胸いっぱいに吸いこんだ。

気分は上々、強い風がジャックの髪をかきあげた。

ふと風上に目を向けたとき、〈ラッキーボトル号〉はちょうど波のてっぺんにおしあげられた。遠い水平線に濃い灰色の雲が広がっている。
灰色の雲は、強風におされてまたたくまに空の半分をおおった。
ポツンと最初のひと粒を顔に感じた直後、バケツをひっくりかえしたような豪雨になった。
ジャックはあわててはしごをおり、丸めて足場の棒にゆわえつけてあった〈雨粒キャッチャー〉を手にとった。ありがたいことに、雨が降りだしたらすぐ使えるようにとキャッチャーの中に入れておいた空きビンはわれていなかった。

ジャックはふたたびはしごをのぼり、〈ラッキーボトル号〉の口の上にキャッチャーを広げてじょうごのようにセットした。それからキャッチャー中央の小さな穴の下に空きビンをあてがって雨を待った。

雨粒一滴で、この空きビンは満杯になるはず……。

しかし、風がじゃまをした。キャッチャーはときどき強風にあおられて、暴風雨のときの傘のようにバッとそりかえってしまう。

ジャックはキャッチャーを放さないようにするだけで精いっぱいで、なんとか雨を受けたとしても、飲み水のビンに入れられそうもない。

風はますます強くなり、波はますます大きくなっている――。

〈ラッキーボトル号〉は一度、真っ逆さまになった。

ジャックは、雨を集めるのをあきらめた。両手でキャッチャーを丸めて船内にとりこもうとしたちょうどそのとき、すさまじい風がふいた。

ジャックは〈雨粒キャッチャー〉もろとも宙に浮いてしまった。

まるでスローモーションのように、〈ラッキーボトル号〉が遠ざかる――。

ジャックは恐怖のうちにそれを見つめていた。

気づけば、ジャックは空中で高波にかこまれていた。

雪をいただくアルプスの山々のような高波だ。

下を見ると、波と波のあいだには深い谷が口をあけている。

空は黒く荒(あ)れくるい、雨ははげしくジャックの顔を打つ。

すさまじい嵐(あらし)だ。

ジャックはそのとき、すぐそばにコルク栓(せん)があるのを目にした。ビンとロープでつながっている。

ジャックはすかさずキャッチャーを手ばなし、両手でロープにしがみついた。

ロープをすこしずつたぐって、〈ラッキーボトル号〉に近づいていく。

上下の感覚がない。が、ビンの口からいろいろなものが飛びだしてくるのを見て、ジャックは自分が逆(さか)さに

なっていることに気づいた。

ロープの先を見ると、〈ラッキーボトル号〉自体も、水面から出て宙を舞っていた。

足場だった棒が、ビンから飛びだし、ジャックの頭をかすめて飛んでいった。

ハンモック、ナイフ、われた飲み水のビンのかけら――何もかもが飛んでくる。

ジャックはロープをつかんだまま両腕でなんとか頭をかばった。だが、飛んできたものがひっきりなしにぶつかってきて、腕は切り傷とアザだらけになった。銛が飛んできたときは、あやうく串ざしになるところだった。

ジャックはじりじりとロープをたぐっていった。

なのに〈ラッキーボトル号〉は近づくどころ

か、すこしずつ遠ざかっている！

ロープの先についているドーナツ石が、ぐいぐいひっぱられてビンの口近くまで来ていた。

あの石がビンの口から出てしまったら終わりだ……。

カチャン！

音と同時に、ジャックはがくんとひっぱられた。

ドーナツ石が、ビンの首にうまくひっかかったんだ！

ジャックの脳裏に、ロビンソンといっしょにビンにドーナツ石を入れたときのことがよみがえった。あのとき、ロビンソンが向きを変えるまで、石はビンの首を通らなかった。

今のうちにと、ジャックはロープを大きくたぐりはじめた。

なんとかビンの口に手がとどいたとき、ただでさえ暗い空がいっそう暗くなったような気がした。

見あげると、大波が空をおおっていた。

一瞬、海が横向きにひっぱられたようだった。

遠い水平線は、ジャックより上にあった。

大波は、今にもくだけて落ちてきそうだ。恐ろしい重さの逆まく水が、ジャックと〈ラッキ

ーボトル号〉をおしつぶそうとしていた。

このまま暗く冷たい深海にひきずりこまれたら、おしまいだ……。

波にのみこまれる寸前、ジャックはなんとかビンに這いこみ、コルク栓をしめることができた――間一髪だった！

大波がおそいかかる。

〈ラッキーボトル号〉は海中で、きりもみ状態になった。ものすごい速さで右に左にまわりながら、ビンは下へ、海の深みへと、ぐいぐいひきずりこまれていく。

そのうち、上昇が始まった。ビンは強い水の力で上へ上へとおしあげられ、最後には新たな大波のてっぺんから空中へ放りだされた。

〈ラッキーボトル号〉は空中を上昇しながらも、また、きりもみ状態になった。

ようやく下に落ちはじめたが、回転はとまらない――。

ビンの中は、もちろんビンの外よりは安全だった。それでも、もしビンのあちこちに体を強くぶつけていたら、ジャックの全身の骨は折れていたはずだ。ところが運よく、そうはならなかった。

ジャックはビンの首のところ、コルク栓のすぐ下にいた。両手でコルクから垂れたロープをぎゅっとにぎり、両脚(りょうあし)を広げてビンの首の内壁(ないへき)に足の裏(うら)をおしあててふんばっていたのだ。

ジャックはひどくみじめな気分になっていた。

このかっこうでいるのはもう限界(げんかい)だ！　ロープをにぎる手に力が入らないし、足もすべってふんばりがきかない！

ありがたいことに、ようやくビンの回転スピードが落ち、回転方向もすこし予想がつくようになってきた。

やがて、ビンの回転はやんだ。

あたりを見ると、風はやんで波はおだやかになり、雲の切れ間から太陽が顔を出した。大嵐(おおあらし)は去ったのだ。

実際(じっさい)には大嵐(おおあらし)なんかではなく、二、三分で通りすぎる通り雨みたいなものだったのかもしれない。しかし、小さくなったジャックにとっては文字どおりの大嵐(おおあらし)だった。

それからは波が消え、海は完全に凪(な)いでしまった。

海面は真っ平らで、見わたすかぎり鏡のようになめらかだった。

ジャックはすっかり疲(つか)れきっていた。ビンの底にたまった水にぬれないぎりぎりの場所までロープをつたいおりると、ロープを片足(かたあし)にぐるりとまきつけて足でも体重をささえた。手だけでロープにしがみついて、ビンの側面で足をふんばっているよりはかなり楽だ。

今は何も考えられない……。

ジャックはもみくちゃにされて精魂つきはてていた。やがて、自分の置かれたきびしい状況がすこしずつ胸にせまってきた。

何もかも風で飛んでいってしまった……縄ばしごもなくなった。

今ビンの中にあるのは、海水、ドーナツ石とコルク栓、それを結びつけている木綿糸のロープだけだった。

ジャックはこんどこそ終わりだった。

そのとき、〈幸運の小石〉について、ロビンソンがいっていたことを思い出した。

「世界じゅうが敵だと思えるとき、すべての望みが消えたように感じるとき、ポケットに手をつっこんで、その〈幸運の小石〉をにぎりしめるんだ。そして、最後には何もかもうまくいくってことを思い出せ」

ジャックはズボンの右ポケットに手を入れた。

しかし、そこには何もなかった——。

49章　キイキイ声

ジャックは右ポケットそのものをズボンからひっぱりだしてみた。何も入っていない。左のポケットもさぐったが、からっぽだった。

〈幸運の小石（ラッキーペブル）〉は消えてしまった。もっとひどいことに、魔法（まほう）の薬の入ったビンも二本とも消えていた。

赤いビンと緑のビンがない！

ジャックは〈ラッキーボトル号〉の底にたまった海水に顔をつっこんでビンをさがした。

船底の水の中で、何かが日光を受けてキラッとかがやいた。ジャックは底までもぐって光るものをひろった。

スペインのダブロン金貨だった。

希望をなくしたジャックの口からは思わず、ハハハとうつろな笑いが出た。

金貨は〈ラッキーボトル号〉の積み荷のうちで、もっとも価値の高いものだ。だが同時に、もっとも役に立たないものでもあった。よりによってそれだけが手もとに残ったのだ。

ジャックには、ほかには何もなかった。

そのとき、声が聞こえた。

ジャックは最初、自分の頭の中で声が聞こえているのだと思った。しかし、声はたしかにビンの外から聞こえてくる。

ジャックは半信半疑でその声に耳をかたむけた。ビンにさえぎられた声は、くぐもってはいたが、まちがいなく「声」だった——。

近くに船がいる！

ジャックはダブロン金貨をポケットにしまい、残った力をふりしぼってビンの口のすぐ下までロープをよじのぼった。

ほんとに船だ……。

ビンからわずか二十メートルほどのところに帆船がいた。凪につかまって動けないようだ。

三本マストのりっぱなガリオン船——巨大な四角い帆が、風を受けられず、だらりと垂れさがっている。

ジャックは足の裏をビンの首の内側につけ、肩で下からコルク栓を強くおした。

しかし、どうしても栓がはずれない。嵐のあいだジャックがロープにしがみついていたせいで、栓がこれまでにないほどしっかりとビンの口にはまってしまっているのだ。

ジャックには、もう栓をあける力がなかった。

ビンにとじこめられた……。

ふたたび声が聞こえてきた。さっきよりはっきりした、聞きとりやすい声だった。キイキイいう高い声は、こんなことをいっていた。

「カイメンニ　ラムノビン！　ラムノビン！」

50章　カイメンニ　ラムノビン！

「カイメンニ　ラムノビン！」

それはオウムのブースビー卿の声だった。オウムは、伝説の老海賊、ぶちぎれボブの肩にとまり、キイキイ声でさけんでいた。

船長のぶちぎれボブは顔をしかめてデッキを行ったり来たりして、木の義足でカッ、カッ、カッとデッキを歩きまわっている。

船長はきげんが悪く、オウムの言葉を聞いていなかった。オウムがひっきりなしにしゃべるので、船長にとってその声はもう、波の音と同じようなものだった。

かつては、オウムがおもしろいことをいうと、船長も乗組員もいっしょになって大笑いしたものだ。しかし今はもうそんなことはなくなっていた。

今となっては、海賊どもがオウムの声に耳をかたむけるのは、キイキイ声で流行りの「かわいいオウム」や「コンチハ船乗りさん！」を歌っているときくらい。もうだれも、オウムが意味のあることをいっているとは思わなくなっていた。

とはいえ、船長のぶちぎれボブだけは、重要な言葉を聞きのがさなかった。ある言葉に、ぶちぎれボブははっとしたのだ。この数日、何度も頭に浮かんでくる言葉だった。そして、最近のふきげんの原因でもあった。

その言葉を耳にしたとたん、ぶちぎれボブの顔にさっと生気がみなぎった。残ったほうの手脚に喜びのふるえが走り、のどは強いかわきにしめつけられた。

その言葉とは、「ラム」だった！

「今、だれがいった？」ぶちぎれボブはどなった。同時に「ガツン！」と木の義足でデッキをけったので、海賊どもは全員、びくんと三十センチくらいとびあがった。

船には、もうラムが一滴もなかった。

樽もビンもからだというのに、だれかが金色の液体の名を口にするとは……。

ぶちぎれボブは残ったほうの目をぎょろつかせ、海賊どもを一人ひとり、するどい視線で串ざしにしていった。

恐怖のあまり、海賊どもの胃はちぢみあがり、心臓は早鐘を打った。ひたいには冷や汗が

光っている。みんなとまどって、たがいに顔を見あわせた。

一等航海士のノビー・ニブスが、ようやく口を開いた。

「船長、『だれが』とおっしゃいましたが、何をいったというのですか？」

ぶちぎれボブは、ニブスをぎろりとにらんだ。

「『ラム』だよ、ニブスくん。だれが『ラム』という言葉を口にした？　今だれかが『ラム』といっただろう！」

ぶちぎれボブは今一度、海賊どもー人ひとりの顔をにらみつけていった。それから、地獄の底からひびくような声でこういった。

「もし、ラムをかくしもっているやつを見つけたら――」

海賊どもは、ひざががくがくするほどふるえあがった。みんな、そんなことぜったいにしていませんとばかり、すごいいきおいで首を横にふる。

そのとき、しーんと静まりかえった中に、オウムのブースビー卿が甲高い声をあげた。

「カイメンニ　ラムノビン！」

このときばかりは、全員がオウムの言葉にしっかり耳をかたむけた。

みながいっせいに、よかった！　とため息をついた。

「船長、いったのはオウムです。どうせたわごとでしょう」と、一等航海士のニブス。

ほっとした海賊どもは笑いだした。

しかし、船長がだまっているので、笑い声はすぐにやんだ。

ぶちぎれボブはニブスに近づくと、右手のフックをニブスのきれいに剃りあげたあごの下のシャツのえりにひっかけ、ニブスをシャツごとぐっと数センチ持ちあげた。

ニブスは首を目いっぱいのばしたが、フックの先で首の肌が切れて血がすこし出た。ニブスは思わずヒッと声をもらした。

ぶちぎれボブはゆっくりとニブスのあごを海のほうに向けた。それから左手で水面を指さし、冷酷にほほえんだ。

「ニブスくん、これでもたわごとなのかね?」

船から二十メートルくらいの静かな海面に、一本のビンが浮いていた。

51章　二人の海賊

このときジャックは、ロビンソンはものまねの天才だと思った。船から聞こえてくるのがあの海賊の声だと、すぐにわかったのだ。もちろん、その声の主の肩にとまっている鳥の声もそっくりだった。

〈ラッキーボトル号〉にとじこめられているジャックは、帆船を見つめていた。そのうち、帆船から手こぎボートがおろされ、海賊二人がそれに乗りこんだ。一人はこぎ手で、進行方向に背を向けている。もう一人は、こぎ手と背中合わせにへさきにすわり、前方を見ている。

ボートはどんどん〈ラッキーボトル号〉に近づいてきた。

ジャックはもう一度必死でコルク栓をおしあけようとしたが、栓はびくともしなかった。コルクをおしさげる力を小さくできればと、ドーナツ石をぶらさげているロープを歯でかじって切ろうとしたが、無理だった。

とうとう手こぎボートはビンのすぐそばまでやってきた。

大きな手がのびてきて、〈ラッキーボトル号〉の首をつかんだ。ビンの首のところにいたジャックの目の前は真っ暗になった。

ビンは海から持ちあげられた。

へさきにいるやせっぽちトムが、細い腕をのばしてビンをつかんでいった。

「おい、ジェイク、ビンの中になんか入ってるぞ！」

「ラムが入ってるんだろ？」こぎ手の、近目のジェイクが背中を向けたままいった。

「ラムじゃない。ほら、見てみろよ！」

トムがビンをちょっとふると、ドーナツ石がビンの中でカチャカチャいった。

ジェイクは、こぎ手の席でふりむいてビンの中身を見ようとしたが、ひどい近眼だから何も見えなかった。

「ここからじゃ、なんも見えねえよ。ビンをこっちへよこせ！」

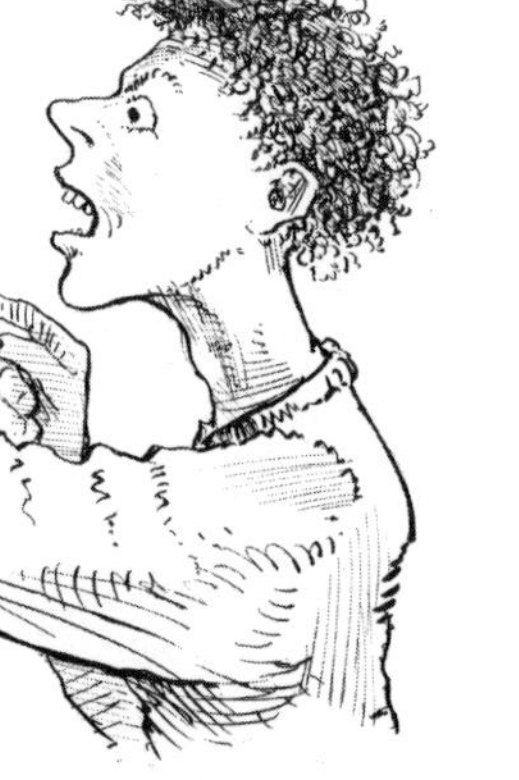

トムがビンをわたすと、ジェイクは顔から十センチのところにビンを持ちあげた。

「おお、これで見える！　石に糸がついてるな。なんでビンにこんなもんを？」

ジェイクの目は、ゆっくりとビンの中の糸を上へたどった。コルク栓のそばまで来たとき、ジェイクは声をあげた。

「なんじゃ、こりゃ？」ジェイクはさらにビンに顔を近づけた。

「ジェイク、どうした？」

「おい、トム、石のほかに何かいるぞ……動いてやがる！」

それを聞いたトムは、細い腕をのばし、ジェイクの腕をひっぱった。

「おれにも見せてくれよ！　見せろってば！」

「トム、放せっ！　まだおれが見てるんだよ！」ジェイクは手を前につきだして後ろのトムからビンを遠ざけた。

トムがあきらめると、ジェイクはビンをさっきよりもっと目に近づけた。

ジャックがビンの中で巨大な目にじっと見つめられるのは、二度目だった。

今回の目は、巨大イカのほど大きくなかった。それに、目のそばにげじげじの眉毛としわしわのまぶたがある。大きさはともかく、見なれた人間の目ではあった。

それでもジャックは、相手の大きさにかなり緊張した。なるべくじっとしていたかったが、腕も脚も痛くてたまらなかった。

と、巨大な目がまばたきした。

「ビンの中にちっこい生きものがいる！　まるで……」ジェイクはそこでちょっと考えこんだ。「いや、そんなはずはねぇな、カニだろう……そう、カニがビンに入っちまったんだ。ってことは、この水はラムじゃなくて海水だろうな」

やせっぽちトムは立ちあがり、ジェイクの肩ごしに上からビンをのぞきこんだ。

「たしかめようぜ。おれたちで中身をたしかめるんだ！」

ジェイクがトムにビンを手わたそうとしたそのとき、帆船から大きな声がとどろいた。

「おれさまのラムに何をやっている!?　今すぐビンから手を放して、とっとと、もどってこい！」

52章　オソカッタ！

近目のジェイクはすぐにビンをボートの底に置き、かわりにオールをにぎった。

ボートが帆船に横づけされると、ビンをひろってからぐずぐずしていた二人に向かって、一等航海士のニブスが上からこんないやみをいった。

「おお、なんだ、おまえらか！　ひさしぶりだなあ！　元気そうじゃないか！」

それからニブスはきびしい調子でいった。

「そのビンを、さっさとこっちへ投げてよこせ！」

ジェイクは、ビンをニブスに向かって投げあげ、船長に報告した。

「船長、ビンの中の液体は、ラムじゃなくて、ただの海水のようです」

ぶちぎれボブは、ニブスから受けとったビンの首をにぎり、高々と持ちあげた。

「海水だと？　ジェイクくん、きみはそれをどうやって知ったんだね？　味見でもしたのか？」

「と、とんでもねえ！　一滴も飲んでません、フタもあけていません。ただ、ビンの中に何かいるんで、その――」

「中に何かいるだと？」ぶちぎれボブは、ビンを顔の前でちょっとふってみた。

ドーナツ石がビンに当たってカチャカチャいった。

オウムのブースビー卿は首をのばし、丸い小さな目でドーナツ石を一心に見つめた。

ジェイクは、ボートから帆船への縄ばしごをのぼりながら返事をした。

「はい、船長。何かが――」

「石だ！」眼帯をしたぶちぎれボブは、ジェイクの返事をさえぎり、見えるほうの目でぎろりとジェイクをにらんだ。「ジェイクくん、わたしは片目しか見えないが、それでもきみよりはよく見えるようだな！」

ジェイクは小さくなり、だまっていた。

「さて、ではどうしてビンの中に石があるんだ？　それも、糸でコルク栓と結びつけてあるぞ。理由が説明できるか？」

ジェイクは説明しようと口をぱくぱくやってから、何もいえずに首をふった。

「いいえ、船長、できません」

「おい、コルク栓が見えるか？」

ぶちぎれボブは〈ラッキーボトル号〉の首のところをにぎっていた。

ビンの口は、船長の手より上に出ていて、ジェイクからも見えた。

ジェイクはそろそろと近づいて、ビンをのぞきこんだ。

「はい、船長。コルク栓は見えます。ですが――」

「よーし！」ぶちぎれボブは、またジェイクをさえぎった。「ジェイクくん、このコルクは、短く切られているのがわかるか？」

ジェイクはうなずいた。

「はい、わかります。ですが――」

「小さく切られたコルク栓は、丸のままのコルク栓よりはずれやすいだろう？」

「はい、船長。ですが――」

「おそらくこの石は、コルクがはずれてなくならないようにするためだ。ジェイクくん、そういうこともありうると思うか？」

「はい、船長。ですが――」

「よろしい。では、どうして海水のためにそんなことをしたと思うかね？」

「わかりません、船長。ですが――」

「『ですが』はもうたくさんだ！　あと一回『ですが』といったら、その舌を切ってオウムに食わせてやる！」

「クワセテヤル！　クワセテヤル！」オウムは船長の肩でうれしげにとびはねている。

ジェイクはぴたりと口をとじた。

ぶちぎれボブはビンを高くかかげ、太陽の光でかがやく琥珀色の液体を見た。

「ジェイクくん、これが海水の色かね？」

ジェイクは、「いいえ」と答えるかわりに首を横にふった。

「もちろんちがう。これはラム酒の色だ！」

ぶちぎれボブのいうとおりだった。茶色くどろどろになった〈アマウマの実〉の汁のせいで、ビンの中の海水はラム酒の色とそっくりになっていたのだ。

ぶちぎれボブは、黒ずんだ歯ではさんでコルク栓をぬいた。ドーナツ石がビンの首でひっかかり、糸はいったんぴんとのびてから、プツッと切れた。

石はカチャンと音を立ててビンの底の水に落ちた。

小さな水しぶきがあがり、そのとき、別の何かも琥珀色の液体の中に落ちた——。

ぶちぎれボブは、歯ではさんでいたコルクをペッと吐きだし、ビンをもう一度持ちあげた。

そのとき、ブースビー卿がさけんだ。

「ビンノナカニ　チイサイヒト！　チイサイヒト！」

さらにさけんだ。

「オソカッタ！　ノンジマッタ！」

53章　海水でしたか？

船長のぶちぎれボブは、〈ラッキーボトル号〉の底にたまった水を一気に口に入れた。

そして中身は海水だと気づいた。近目のジェイクは正しかったのだ。海水はボブの口の中で、歯につまっていた食べかすや歯ぐきの膿といっしょになって、クチュッと音を立てた。桟橋に水が当たるチャプッという音にすこし似ていた。

ジャックは、もちろんその水の中にいた――。

渦にのまれた船の浮き荷は、ぐるぐる旋回する。ジャックも口の中でそんなふうにまわりながら、食道へ続く巨大な黒い穴に、今にも吸いこまれてしまいそうだった。

黒い穴の寸前で、ジャックはなんとか奥歯のつけ根にしがみつき、やっと水から顔を出して息を吸うことができた。とはいえ、吸えたのはきれいな空気とはほど遠い、ぶちぎれボブの臭

い息だった。

ひどい吐き気におそわれたジャックは、思わず歯のつけ根から手を放し、ふたたびきたない水にまきこまれてしまった。

と、そのとき、ぶちぎれボブが口の中の水を、海に向かってブーッと吐きだした。

ジェイクは向こうみずにも、ぶちぎれボブに質問した。

「船長、やっぱ海水でしたか？」

いならぶ海賊どもは、たまげて腰をぬかしそうになった。

ジェイクをぎろりとにらんだぶちぎれボブの顔は、怒りのあまり雷雲のようなおかしな紫色になっている。

ぶちぎれボブは大きく一つ吠えた。その声は、船のメインマストが突風をとらえていきおいよくはためく音に似ていた。あまりのすさまじさに船がぐらりとかたむいた。

それからボブは、その怪力で木の義足を「ガンッ！」とデッキにたたきつけた。

デッキがふるえ、何人かがバランスをくずしてしりもちをついた。

ジェイクは真っ青になった。

54章　サバの大群

ぶちぎれボブが口の中の水を吐きだすと、ジャックも、豆鉄砲から撃ちだされる豆のように、ボブの口から発射された。

びゅーんと宙を飛び、船から数メートル離れた海面に「パシャッ！」と着水した。軽いものはふわっと落ちるので、ありがたいことに怪我はなかった。

それでもジャックは今、人生で最悪の状態にあった。ぞっとするようなぶちぎれボブの口の中の恐怖からはのがれたが、大海原にたった一人で

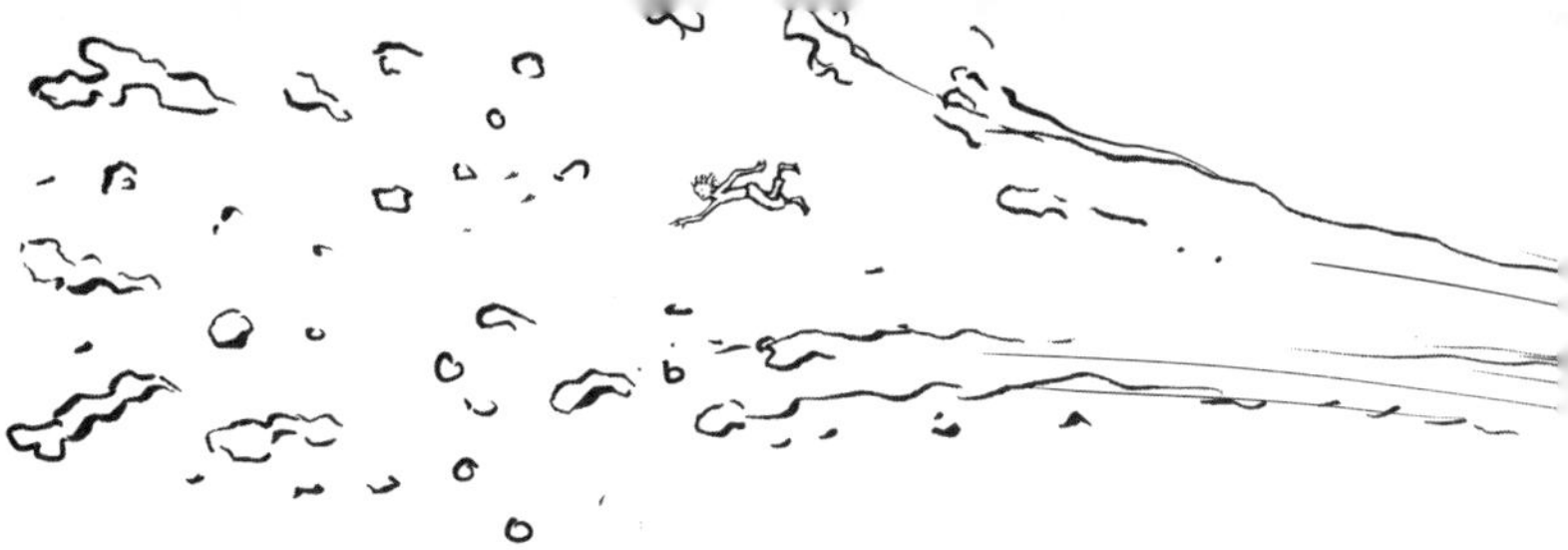

浮かんで、乗りこむビンさえない。確実に死ぬ運命だ。

なのに、不思議なことに、ジャックはまだ望みを持っていた。生きのびるチャンスはある。小さいチャンスだとしても……。

ぼくはもう一生、昆虫サイズのままかもしれない。巨大なクモやハチがあばれまわる恐怖の世界で生きていくのかも……キッチン棚のマッチ箱のベッドで眠り、落ちたパンくずを食べ、ドングリの殻のコップで水を飲むのかも……。

それでもジャックにとって故郷は故郷だった。もしたどりつけるなら……。

ジャックは海面から船をふりあおいだ。巨大な帆船のシルエットは、夕空を背景に、黒い島影のように浮かんでいた。

チャンスがあるとすれば、あの船だ。あの海賊船に乗りこんでかくれていられれば……ぼくみたいに小さな密航者は見つかりにくい。うまくいけば次の港でイングランド行きの船に乗りかえられる。イングランド行きの船がなかったら、ともかく、すこしでも大きな港へ行く船に乗りこもう。

ジャックは帆船をめざし、水をけって泳ぎはじめた。

そのとき、雷鳴のような音が空気をつんざき、海面がぶるぶるとふるえた。

ぶちぎれボブの恐ろしい吠え声だった。続いて、「ゴーン！」という何かを打つ音のあと、海賊がカトラスをぬく「シャキーン！」という音と、「やっちまえ！やっちまえ！」という声も聞こえてきた。

それでもジャックは音にひるまず懸命に泳ぎつづけた。船までは、ほんの数メートルだったが、疲れきった小さなジャックにとって、それは一、二キロに感じられた。ジャックは、凪いだ海を泳ぐのがやっとだった。もし小さな波があったら乗りこえられなかっただろう。

さいわい波はなく、海は鏡のように真っ平らだ。ジャックは海賊船が海面につくった暗がりに入ることができた。

ここなら、あの目ざといオウムにも見つかりにくいはず……。

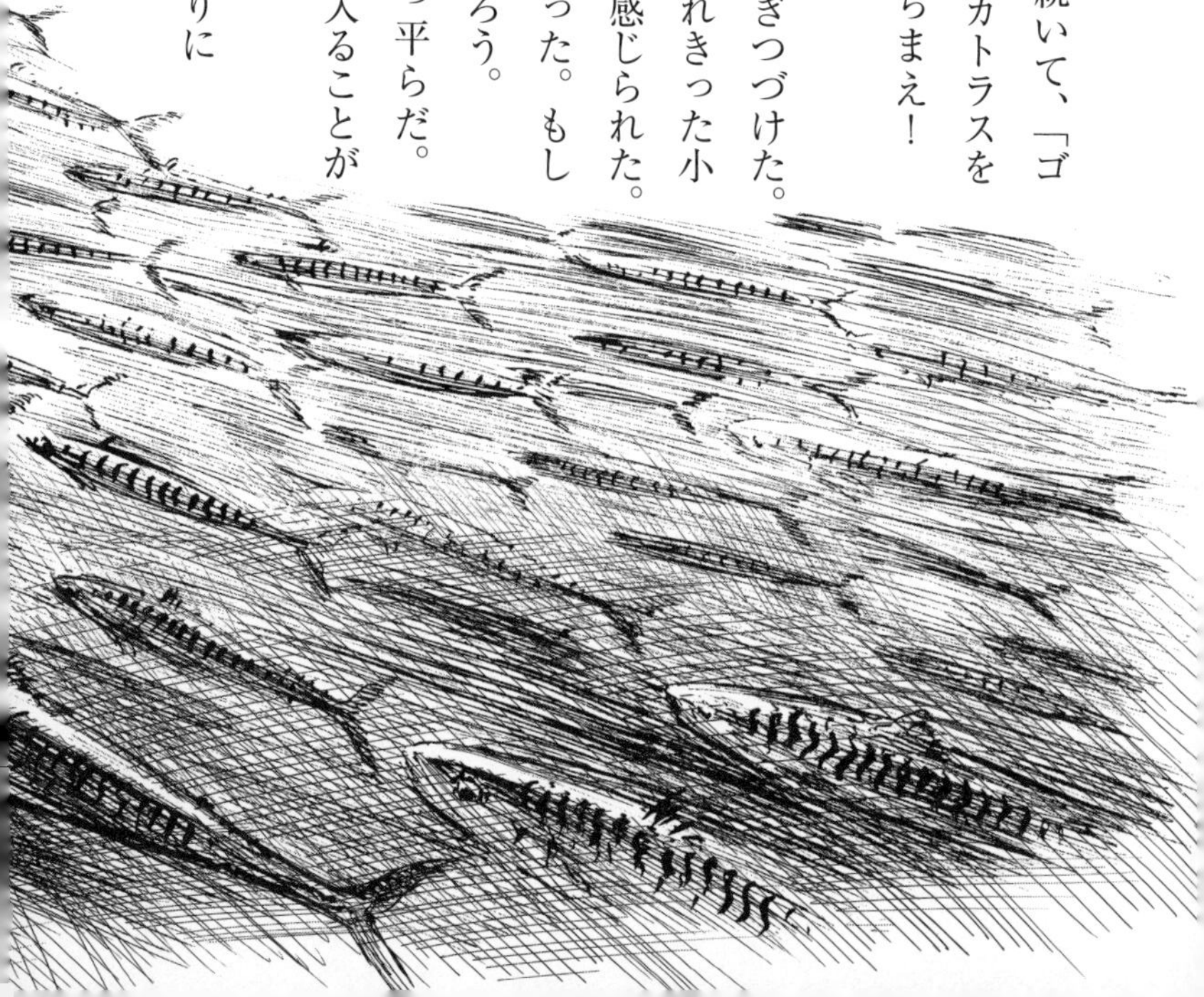

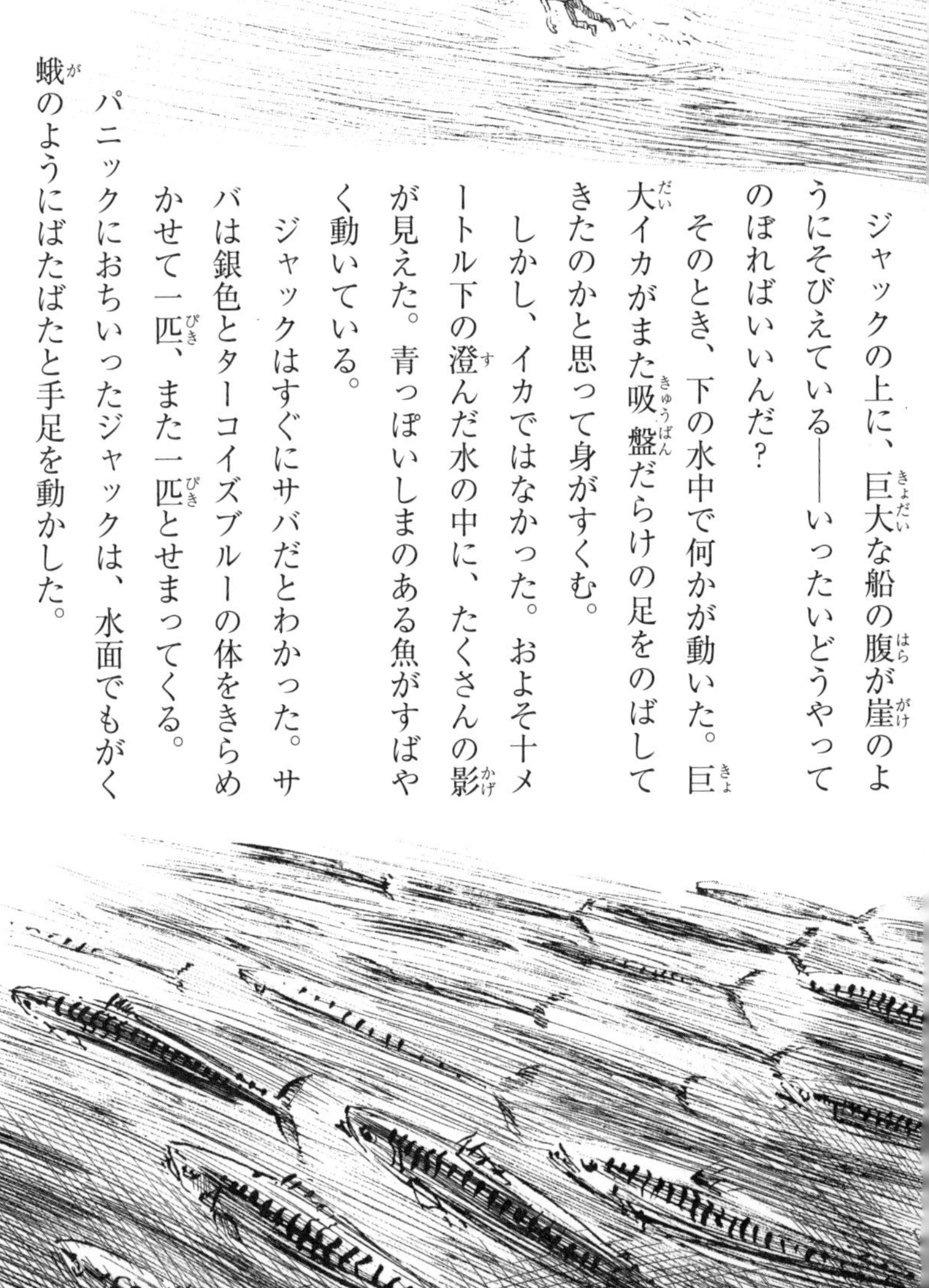

ジャックの上に、巨大な船の腹が崖のようにそびえている――いったいどうやってのぼればいいんだ？

そのとき、下の水中で何かが動いた。巨大イカがまた吸盤だらけの足をのばしてきたのかと思って身がすくむ。

しかし、イカではなかった。およそ十メートル下の澄んだ水の中に、たくさんの影が見えた。青っぽいしまのある魚がすばやく動いている。

ジャックはすぐにサバだとわかった。サバは銀色とターコイズブルーの体をきらめかせて一匹、また一匹とせまってくる。

パニックにおちいったジャックは、水面でもがく蛾のようにばたばたと手足を動かした。

サバは魚雷のように水中を突進してくる。飢えたサバたちの黒い目がジャックをとらえ、群れ全体がジャックめがけて上昇してきた。大きな口がどんどん近づいてくる。

そのとき、ジャックは何かにぶつかった。

かたくてつるっとして光っている。

ビンだ！　ぶちぎれボブは、液体を吐きだしたあと、ビンも海に投げすてたのだろう。

〈ラッキーボトル号〉にもう一度乗りこめたら、外よりずっと安全だ！

ジャックはビンに手をかけてのぼろうとしたが、小さい体では無理だった。

サバの群れは、もうすぐそこまで来ている！

そのとき、ジャックのすぐ横に何かが落ちてきた。

コルク栓だ！　糸がついてる！　ジャックは糸をつかんでたぐり、コルクに近づくと、その上に乗った。

と、コルクがとつぜん水から持ちあがった。ジャックをのせたコルクは、ビンの壁にそって、上へ上へとあがっていく――奇跡だ！

サバたちはジャンプしてコルクをつついた。が、コルクはもうビンの口のそばまで来ていた。

見あげると、ビンの口にだれかいる――糸をひきあげている！

その男の目は喜びにかがやいていた。黒いヒゲの中に白い歯がずらりと見えた。男は、にっと大きく笑っていた――。

55章　〈リトルホープ号〉

コルクがビンの口までひきあげられた。

「ロビンソン？」

ジャックはその首に抱きついた。黒いもじゃもじゃのヒゲに顔をおしつけると、涙があふれてきた。

サバたちがしきりにジャンプして二人をつつこうとするので、ロビンソンはジャックをすばやくビンの中に入らせた。

二人ともビンに入ると、ロビンソンは栓をし、ジャックをかかえて縄ばしごをおりた。

「ああ、ロビンソン！」ジャックは泣いたり笑ったりいそがしかった。「もう二度と会えないと思ってた！」

「おれもさ！」ロビンソンは笑った。ジャックを立たせると、飲み水のビンを手わたし、「さ

あ飲め」といった。

ジャックはゴクゴク飲んだ。ビンの半分くらいまで飲むと、「ハアッ！」と大きく息をついた。それからとつぜん、せきを切ったようにしゃべりはじめた――。

「ロビンソン、ぼく、〈幸運の小石（ラッキーペブル）〉をなくしたんだ。薬のビンも！　何もかもなくした！　怪物（かいぶつ）にのみこまれそうになって、あと、ぶちぎれボブがいた！　それと――」

ジャックはついに息が切れて口をとじた。

ロビンソンはうなずいた。

「ジャック、わかるよ！　少なくとも、ぶちぎれボブとのことは、ここでおれも聞いていた。どうやってきみを助けだそうかと、やきもきしたよ」

ジャックは手（て）の甲（こう）で涙（なみだ）をぬぐってから、不思議そうに眉根（まゆね）をよせた。

「どうやってここまで来たの？　そういう魔法（まほう）があるの？　ねえ、本物のロビンソンだよね？　ぼく、夢（ゆめ）を見てるんじゃないよね？」

「ハハハ、夢（ゆめ）じゃないさ。おれは本物だ。きみにかけたのと同じ魔法（まほう）を使ったんだ。運よく、嵐（あらし）のおかげできみに追いつけた」

「同じ魔法（まほう）？　あ、ほんとだ！　ロビンソンも小さくなってる！　でも、どうやって〈ラッキ

ーボトル号〉に乗りこめたの？」

「ジャック、このビンは〈ラッキーボトル号〉じゃない、〈リトルホープ号〉だ。『かすかな望み』という名の船だよ」

ジャックはビンをあちこち見まわした。

たしかに〈ラッキーボトル号〉ではなかった。縄ばしご、飲み水のビン、それに〈アマウマの実〉もまだ残っている。〈雨粒キャッチャー〉、銛、ジャックがつくったのと同じような木の足場とハンモックと日よけもちゃんとある。

「ジャック、かなりやせたな。食べたほうがいい」

ロビンソンが〈アマウマの実〉を手わたすと、ジャックはむさぼるように食べた。ビンの外ではあいかわらず、サバがものほしげな目で二人を見つめている。

「さあ、もう一つ食え」

ロビンソンは、ジャックが一つ目を食べおえる前に二つ目をさしだした。

ジャックはそれを受けとりそうになったが、もう残りが少ないことに気づいた。見れば、ロビンソンもやせて目が落ちくぼんでいる。飢(う)えているにちがいない。

「ぼくはもうだいじょうぶ。ねえ、どうして〈リトルホープ号〉という名前にしたの？」

「きみを見つけられる望みはかすか(リトル)だったからさ！　だが、なんと、こうして会えた！」

「どうして追ってきてくれたの？　ぼくを助けに？」

ロビンソンは自分の失敗を思い出して、やれやれというように首をふった。

「最初からきみを一人で行かせるべきじゃなかったんだ……きみを乗せたビンが波間に消えたとたん、おれは自分がひどい失敗をしたことに気づいたんだ。おれがバカだった。すぐにきみを追いかけなければと思った。きみを見つける望みがどんなにわずかでも」

「あのすばらしい本やなんかを全部、島に残してきたんだね」ジャックはもうしわけない気持ちでいった。「ロビンソンは島でしあわせだった……島を離れたくなかったのに、ぼくのために――」

「ジャック、バカをいうな。きみがいなければ、人生にはなんの価値もない」

そういわれて、ジャックはわっと泣きだした。無性に悲しかった。

「おい、そう泣くな。もうあの島で暮らすのは意味がなくなったんだ。おれはたしかにいっときは、あの島で、ある種のしあわせを見つけた。だがな、ジャック、きみのビンが波間に消えたとたんにわかったんだよ。おれはもう二度と本当のしあわせは感じられん、ただ一人の友だちをなくしたんだから。人生を価値あるものにしてくれる、たった一つのものを！

おれも昔は、友だちなんか本の中でいくらでも見つけられると思っていた。しかし、たくさんの物語を読んで、自分のまちがいに気づいたんだ。

たしかに本は人生について教えてくれた。ひとへの怒りなんかもやわらげてくれた。本を読むようになってから、おれはいろいろと感じることができるようになった。けどな、おれはきみに会うまで、本当のしあわせがどういうものかを知らなかったんだ。なあ、ジャック、世界じゅうの図書館の本を全部集めても、生身の友だちにはかなわんよ。だのにおれは、たった一人の友だちを、ビンに入れて海に送りだしちまった！」

ジャックはひどくもうしわけなさそうな顔をした。

「ロビンソン、ごめん……ぼく、自分勝手だった。家に帰ることばかり考えて……ぼくを助けるために、きみは全部なくしてしまった……」

「ジャック、それはちがう。いいか？　きみがさっきコルクにすわってあがってくるのを見たとき、おれは人生でいちばんしあわせだと思った。古びた本が何冊あっても、あの気持ちにはかなわんよ。ジャック、おれが島に置いてきたもののことで、そんなに悲しまないでくれ。おれ自身が悲しんではいないんだから」

ジャックは弱々しくほほえんだ。

「でも、あれはただの古びた本じゃなかったでしょ？　すばらしい本がもう読めない」

「まったく読めないわけでもない。じつは二冊ほど持ってきた。かわりに食料を積むべきだったが、あきらめきれなくてな」

ロビンソンは帆布の袋から包みをひっぱりだした。

「この包みはここではあけないぞ。ビンの中がひどいにおいになっちまうからな！　そう、これはあの魔法の書だ。こっちは、おれが島に行くきっかけになった芝居『テンペスト』。おれの幸運のお守りみたいなもんさ！」

ラッキーという言葉で、ジャックはロビンソンに会ったときの疑問を思い出した。

「ロビンソン、広い海でどうやってぼくを見つけたの？　ほとんど不可能でしょ？　『望みはかすかだった』っていったよね。そんなものをたよりに、どうして出発できたの？」

「ああ、そのことか……じつは、おれも小さな幸運を持ってきたんだ」

ロビンソンはズボンの右ポケットから、小さな黒く光る小石をとりだした。

56章　銛(もり)

「えっ!?　これ、ぼくの〈幸運の小石(ラッキーペブル)〉だ！」ジャックは思わずさけんだ。

「嵐(あらし)でなくしたから、海の底にあるはずなのに！」

　ロビンソンは笑った。

「ジャック、きみは出発前にこれを砂浜(すなはま)に落としたんだ。薬のビンをポケットから出したときかもしれないな。ヘラクレスが見つけて、教えてくれた。本当にかしこいやつだ。あいつには頭があがらんよ！」

　ロビンソンはジャックの手をとって、小石を手のひらにのせた。

「さ、ポケットにしまっておくといい。もう落とすなよ！」

　ジャックは〈幸運の小石(ラッキーペブル)〉をポケットに入れた。そのときジャックはもう一つなくしたものを思い出した。

「ロビンソン、ぼく、薬もなくしたんだ……解毒剤がないから、もう、もとの大きさにもどれない！」

「ジャック、心配するな。薬ならある。たっぷりあるから、おれたち二人とも、もとの大きさにもどれる。ついでに、ほかのいろんなものを、もとの大きさにもどすこともできる」

ロビンソンはポケットから二本のビンをとりだした。

あざやかな緑色の〈アマウマの実〉の汁がいっぱい入っている。ビンの首に札があり、一本には「大きい」、もう一本には「小さい」と書いてあった。

じつはロビンソンは、最初にカリバンで実験したものより強力な薬をつくったのだが、それをジャックに説明する前に、船からものすごいさけび声が聞こえた。

「やつをさがせ！　近日の悪党をさがしだして、ここにひきずってこい！」

どうやら、ジェイクがデッキから逃げだして、どこかに身をかくしたようだ。

ロビンソンはあわてて薬のビンをポケットにしまった。

「ジャック、これまでの冒険の話は、そのうちゆっくり聞かせてくれ。おれも、自分で自分を小さくしたやり方や、首まで海の水につかってビンに乗りこんだ話をしよう。作戦は困難をきわめた。だが今はこのビンを出よう！」

ロビンソンは縄ばしごをのぼり、コルク栓をおしあけた。

ジャックも続き、ロビンソンのとなりに体をおしこむようにしてビンの口から顔を出した。

二人が見あげると、巨大なガリオン船がビンから一、二メートルのところにそびえていた。

ジャックは眉をよせた。

「やつら、ぼくのビンを見つけたのに、なんでこのビンには気づかないんだろう？　こんなに近くに浮いてるのに」

「近いからこそ気づかないのさ。このビンは船がつくる暗がりに浮いている。明るいデッキからは、暗い水面は見えにくい。だが太陽はもうすぐ船尾をこえて、ここも照らすだろう。そうしたらこのビンはきらきら光って目立ってしまう。早いところ脱出しないと」

ロビンソンは手こぎボートを指さした。まだ帆船に横づけされたままだ。

「今のところ、あれがおれたちのたった一つの希望だ」と、ロビンソン。

「ええっ、手こぎボートが？」

「そのとおり。ここまで風がないと帆船はまったく動けないが、ボートにはオールがある！今脱出するなら手こぎボートしかない」

「でも、ロビンソン、あれ、大きいよ？　どうやって——あ、ちぢめるのか！」

「いや、それはまずい。ちっこいボートはちっこい波にもたえられない。むしろ、おれたちがもとの大きさにもどるほうがいいだろう」

「ロビンソン、大きくなったら、ぜったい海賊に見つかるよ」

「ぜったいとはかぎらんさ。連中は今、いそがしい」

デッキでは、いらいらしたぶちぎれボブが、カッ、カッ、カッと行ったり来たりしていた。ボブがぶつぶついう声は、小さな二人の耳には、火山のとどろきのように聞こえた。

ロビンソンは続けた。

「静かに動こう。運がよければ、見つかる前にボートで脱出できる。船から離れてしまえば、海賊どもはおれたちを追ってこられない。もちろん船に予備のボートがなければ、だが。たとえ予備のボートがあっても、おれは腕のいいこぎ手だし、やつらの一番のこぎ手のジェイクとやらは、今どこかにかくれちまってる。逃げきれる可能性はあるぞ！」

ロビンソンのいうとおりだ！　ジャックはうなずいた。

「じゃあ、すぐに大きくなるの？」

「タイミングがむずかしい。ビンの中では論外だ。ビンの口で大きくなったら、海にとびこむしかないから、大きな水しぶきがあがってしまう。海賊どもは見のがさないだろう。ボートに乗りこんでから大きくなるしかないな。問題は、このちっこい体でどうやってボートに乗りこむかだ」

　ジャックはちらっと海面に目をやった。

「サバはもういないから、泳いでいけるよね？　そんなに遠くないし」

「いや、それはだめだ」と、ロビンソン。

「どうして？」

「どうしてもだ」ロビンソンはすこし決まり悪そうだった。

「ロビンソン、なんでだめなの？　どうやってボートに乗る気？」

「だめなのは、おれが泳げないからだ！」

「え、泳げないの？」

「ああ、泳げない！」

「そっか……」ジャックはすぐにはのみこめなかった。「ねえ、それって、ずーっと海にかこまれた島で暮らしてきたのに、泳ぎをおぼえなかったってこと？」

　ロビンソンは口をとじたままだった。

「ロビンソン、こうなったら泳ぎをおぼえるしかないよ、それも今すぐに！」

「いや、いい考えがある！」

ロビンソンはいったんビンの中にもどり、光る金属（きんぞく）の棒（ぼう）を持ってあがってきた。

「ロビンソン、それ、縫（ぬ）い針（ばり）じゃないか！」

「針（はり）？　いやいや、これは銛（もり）だ！」

57章　ふたたび大きくなる

今、太陽は海賊船の船尾の真上にある。いそがないと、ジャックとロビンソンがいる〈リトルホープ号〉に光が当たってしまう。

ロビンソンの銛はもともと縫い針なので、糸を通す穴があった。ロビンソンはその穴にロープ――もともとは糸――を通してしっかり結んだ。

それを手に、ロビンソンは〈リトルホープ号〉の口に立ち、足を前後に開いて大きくふりかぶった。ロビンソンは銛を投げる直前、ジャックにいった。

「気をつけろよ、おれが投げたら、ロープがすごい速さでくりだされるはずだ」

ロビンソンは渾身の力で銛を投げ、いきおいあまって海に落ちそうになった。

銛は、吹き矢のようにシュッと飛び、手こぎボートの縁につきささった。

ロープは今、ビンと手こぎボートのあいだに、だらんと垂れさがっている。

ジャックはロビンソンのすごい力に見とれていた。

「銛がちゃんとささっているか、たしかめよう」と、ロビンソン。

ロビンソンが強くひくとロープはぴんと張ったが、ボートにささった銛はぬけなかった。

ロビンソンがロープをたぐると、二人が乗った〈リトルホープ号〉は、すこしずつボートに近づいた。

五分後、二人は巨大な手こぎボートの真下にいた。

ロープは、ビンから、はるか上の手こぎボートの縁へとのびている。

「さあ、のぼるぞ！」

ジャックは、思わずひるんだ。

「……そうだな。おれが先に行って、きみをひっぱりあげよう。きみはロープにしがみついているだけでいい」

ロビンソンは、ロープを腿と足ではさんだ。そうやっ

て下半身で体重をささえながら、両手を交互に上にのばして、じりじりとロープをのぼっていった。

二、三分で銛のささった場所にたどりつくと、ロビンソンはボートの縁に体をおしあげてからジャックに合図した。

ジャックはロープを腿にはさんで足にまいてから、両手でしっかりにぎった。ジャックも帆船の乗組員だったから、ロープののぼり方は知っていた。だが、このときは体力がつきていたので、ロビンソンがひっぱりあげてくれるあいだ、ロープにつかまっているのがやっとだった。

ロビンソンは最後はジャックの手首をつかんでボートの縁にひきあげた。そのころにはジャックの手も脚もわなわなふるえていた。

ジャックは、ボートの縁の上でゼイゼイとしばらく息をついていた。

「ここで大きくなったら海に落ちてしまう」

疲れきっているはずのロビンソンは、ボートの内側の横木のあいだを指さしていった。

「あそこにおりてからやるしかない」

ロビンソンはボートの外に垂れていたロープをたぐりあげてからたばねると、肩にかついでボートの縁の上を歩き、内側にロープを垂らしていった。

ロープは長く、ボートの横木のあいだで、ヘビのとぐろのようになった。

「さあ、ジャック、おれの背中におぶさって、しっかりつかまるんだ」

ジャックはいわれたとおりにした。

ロビンソンはロープにとりつくと、ボートの肋材に足の裏をつけて、崖をおりる登山家のようにジャンプをくりかえしながらおりていった。ボートの肋材のカーブは、下へいくほどゆるやかになる。

ロビンソンがおりきると、ロープにつかまらなくても肋材の上に立っていられるようになった。そこはボートの前後左右のど真ん中に近い場所——中央の横木の下だった。

ジャックはロビンソンの背中からおりた。

ロビンソンはポケットから「大きい」と書かれたビンをとりだした。

「準備はいいか？」と、ロビンソン。

ジャックはうなずいた。

ロビンソンは栓をぬいたビンをジャックの頭上に持っていき、体と服に薬を一滴ずつ垂らして呪文をとなえはじめた。

「あま〜いラム、うま〜い、あま〜い、あま〜いラム！　ラム、ラム……」

本当におかしな呪文だった。が、たちまち効果があらわれた。

ジャックはおなかがぞわぞわしてきた。小さくなるときは全身がちりちりしたが、それよりもいやな感じだった。魔法は体の内から外へと働くようで、ジャックはまるで胃袋をポンプでふくらまされているようだった。実際にズボンのおなかのところがぱんぱんで、体が破裂するかもと怖くなった。腕や脚もふくらんで、ズボンははちきれそうだ。

しばらくするとズボンも大きくなってきた――。

最後には、すべてのものが正しいバランスでもとの大きさにもどった。

ロビンソンは呪文を何回もくりかえして、ポケットの中のビンや紙切れも大きくした。

ジャックの足もとで、ロビンソン自身はまだ昆虫サイズでいた。

「ジャック、だいじょうぶか？」ちっこい男からキイキイ声が聞こえた。

「ぼくはだいじょうぶ！」

ジャックは、大きくもどったら小声で話さなければいけないのをわすれ、ふつうにしゃべってしまった。海賊たちに聞こえてしまう！

ロビンソンは「静かに！」というかわりに、くちびるに指を当てた。

あせったジャックは、肩ごしに帆船をあおぎ見た。

さいわい、海賊たちのすがたは見えなかった。

ぶちぎれボブはあいかわらずデッキを歩きまわり、うなっていた。ジェイクの声も聞こえてきた。

「船長、おれじゃねえ！　ビンに海水をつめたりしません！　おれじゃねえ！」

「ウソツキ！　ウソツキ！　シタヲ　ヒッコヌイテヤル！　ヒッコヌイテヤル！」

オウムのブースビー卿がさけんだ。

そうこうするあいだに、ロビンソンも大きくなりつつあった。今はジャックと同じように、ぱんぱんにふくらんでいる。

ロビンソンの場合、まさに真ん丸になってしまい、シャツのボタンが「プツンッ、プツンッ」

と音を立てて一つまた一つとちぎれて飛んでいった。

ロビンソンは今にも破裂してしまいそうだ――。

しかし、そうはならなかった。ロビンソンの体の各部分は、やがて、もとの大きさにもどっていった。

気づくと、もとの大きさのロビンソンがジャックのとなりに立っていた。

二人は、ボートに三本ある横木のうち、真ん中の横木に腰かけた。

ロビンソンがささやいた。

「さあ、このボートと海賊船をつないでいるロープを切ろう。あ、いかん！　ナイフをビンの中に置いてきちまった！」

ジャックはボートの縁から手をのばして〈リトルホープ号〉を水からひっぱりあげた。ビンをかたむけて中の水をボートの横木の上にジャーッとあけた。

「あったぞ！」ロビンソンが小声でいった。

ぬれた横木の上で光っている小さいものを、ジャックは用心深くつまみあげた。

小さなナイフを、ロビンソンは手の上ですばやく大きくした。

そのナイフでロープを切ろうとしたとき、上のほうでだれかが「ヒッ！」と息をのむのが聞こえた。

二人はさっと船を見あげた。

ガリオン船の船べりから、海賊(かいぞく)が一人、こちらをじっと見おろしている——。

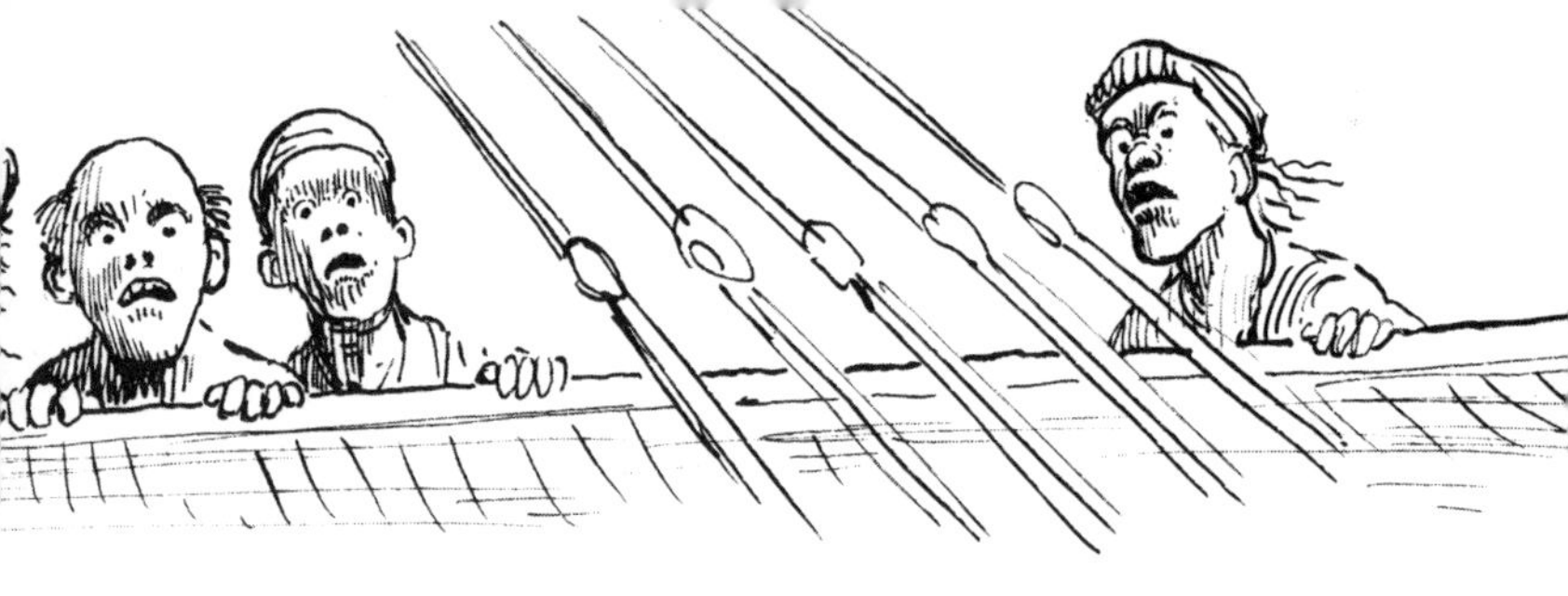

58章　ロビンソンのヒゲ

ジャックとロビンソンを見て「ヒッ！」と息をのんだのは、一等航海士のノビー・ニブスだった。おどろいて、眉根をぎゅっとよせている。

船べりにいるニブスの横に、二人目の海賊が顔を出した。

と思うと、すぐに三人目、四人目と、海賊が続々集まってきた。

だれもが、手こぎボートにすわった二人を見てびっくり仰天している。

大きなガリオン船の船べりは、あっというまに海賊どもで埋めつくされた。ずらりと並んだ全員が、あんぐりと口をあけている。

海賊どもがびっくりしているのは、大男と小柄な少年がどこからともなくあらわれたからではなかった。じつはみんな、ロビンソンのりっぱなヒゲに息をのんでいたのだ。

デッキの向こうから、ぶちぎれボブの声がした。

「おい、集まって何を見ている？」

カッ、カッ、カッと、ぶちぎれボブが近づいてくる音がした。

ロビンソンは必死で船とボートをつなぐロープを切ろうとしていたが、ナイフがなまくらでぜんぜん切れない。いちばんいいナイフはジャックがなくしたものだった。切れないナイフでは、ノコギリのようにゴリゴリやるしかなく、ひどく時間がかかる。

カッ、カッ、カッ――。

「ロビンソン、いそいで！」

ジャックはロビンソンをせかしたが、まだ半分しか切れていない。

やがて、船長の足音がやんだ。

ジャックとロビンソンは、恐るおそる上を見た。

巨漢のぶちぎれボブが、ほかの海賊どもの頭の上から、こちらを見おろしていた。

ぶちぎれボブは右手のフックで近目のジェイクのシャツのえりをひっか

けて持ちあげ、左手に持ったカトラスの先をジェイクののどにつきつけている。宙ぶらりんになったジェイクは、泣いていた。

船長は、ジャックとロビンソンをじっと見ていた。とくにロビンソンのヒゲを。

オウムのブースビー卿は、船長の肩の上でとびはね、キイキイいいはじめた。

「ヒゲダ！　ヒゲダ！　ヒゲダ！」

ぶちぎれボブの赤ら顔が、怒りで赤黒くなっていく。ほおに真っ赤なまだらがあらわれ、こめかみの血管が紫色に盛りあがってドクドク脈うつのが見えた。ボブは気味の悪いゆがんだ笑みを浮かべた。そのヒゲのないあごに、よだれがひとすじ垂れていた。

ぶちぎれボブは、宙ぶらりんのジェイクを放りだし、フックをガキッと船べりにたたきつけた。木の義足で船べりをまたいで、手こぎボートにおりてこようとしている――。

そのとき、ロビンソンがポケットから何かをとりだして頭上に高くかかげた。小さな紙切れだった。

それを見て、ぶちぎれボブは凍りついた。

小さな紙切れは、大きな紙からむしりとられたもので、一辺がギザギザになっている。

ぶちぎれボブは、小さな目を限界まで見ひらいて、そのギザギザを見つめていた。じつは、ぶちぎれボブはそれまで何日も何日も、ある大きな紙のすみのギザギザを見つめてきたのだった。ギザギザの形が目に焼きついてしまったほどだ。

ロビンソンがかかげている小さな紙のギザギザは、ぶちぎれボブの大きな紙のギザギザとぴったり合いそうだった。

ぶちぎれボブは左手のカトラスも放りだし、コートのふところから紙をとりだして、慣れた手つきで広げた。

やっぱり合いそうだぞ……。船長は期待にふるえる声で一等航海士に命じた。

「ニブス！　あの小さな紙切れをすぐとってこい！」

ニブスはさっと船べりをこえてロープでとちゅうまでおりると、ロビンソンの手から紙切れをもぎとってデッキにもどってきた。

「ニブス、持っていろ！　ちがう、おれにわたすんじゃ

ない！　『おまえが紙を持ったままでいろ』といってるんだ！」ぶちぎれボブはいらいらと命じた。

ニブスは、小さな紙切れを、船長が読めるようにかかげた。

ぶちぎれボブは、さっきとりだした大きい紙のすみのギザギザを、小さな紙のギザギザに当ててみた。ぴったりだ！

かつて二つにちぎられた紙は、今やっと合体し、全体が読めるようになったのだ。

ぶちぎれボブは、前かがみになって紙に顔を近づけた。

最初は書いてあることの意味がわからず、読みながらぶつぶついって顔をしかめていた。

「『あせるなみ……よつのをもつこうら』？　いったいなんのことだ？」

それからすこし大きな声でいった。

「おい、きさま、『あせるなみ、よつのをもつこうら』とは何だ？」と、ぶちぎれボブ。

「ハハッ！　さすがの船長どのも、赤毛のロジャーの謎に

まんまとはまっておいでですな」

ロビンソンはじょうきげんで声をかけた。

ぶちぎれボブはひとしきりもごもごとつぶやいていたが、最後にやっと正しい切れ目を見つけ、言葉の意味がわかって、こうさけんだ。

「『あせるな、見よ、角を持つ甲羅』か！　だが、角を持つ甲羅とはなんだ？」

ぶちぎれボブは凶暴な目つきで、下の手こぎボートにいるロビンソンを見おろした。

ロビンソンは笑顔で答えた。

「大ガメの甲羅のことです！　悪名高き船長どの、そして、甲羅にあるのは、宝の地図です！」

ぶちぎれボブは、ぽかんとしてロビンソンを見つめていた。

「で、その大ガメはどこにいる？」

「ええと……小さい、岩だらけの島でして」

ぶちぎれボブは、しばしロビンソンをにらんで考えていた。

「きさま、その島がどこにあるか知っているんだろうな？」

「はい、船長！　ご案内できます！」ロビンソンはうけあった。

ぶちぎれボブはうれしさをかくせず、一瞬、にやっとした。

だが、すぐに別の考えが浮かんだようで、たちまちしかめっ面になった。

「何もかも、きさまの作り話ではないのか？　どうやって証明する？」

これを聞いたジャックは、ポケットからスペインのダブロン金貨をとりだし、デッキに向かって投げあげた。

ニブスが受けとり、手のひらに金貨をのせて、ぶちぎれボブに見せた。

金貨を目にしたオウムのブースビー卿はキイキイいった。

「アカゲノ　ロジャーノ　タカラ！　アカゲノ　ロジャーノ　タカラ！」

ぶちぎれボブは紙をしまいこみ、その手で金貨を手にとった。金貨は赤い夕日を受けてきらきらとかがやいている。

ぶちぎれボブはにんまりした。そして、ニブスが見せている小さな紙切れの数字をもう一度見た。

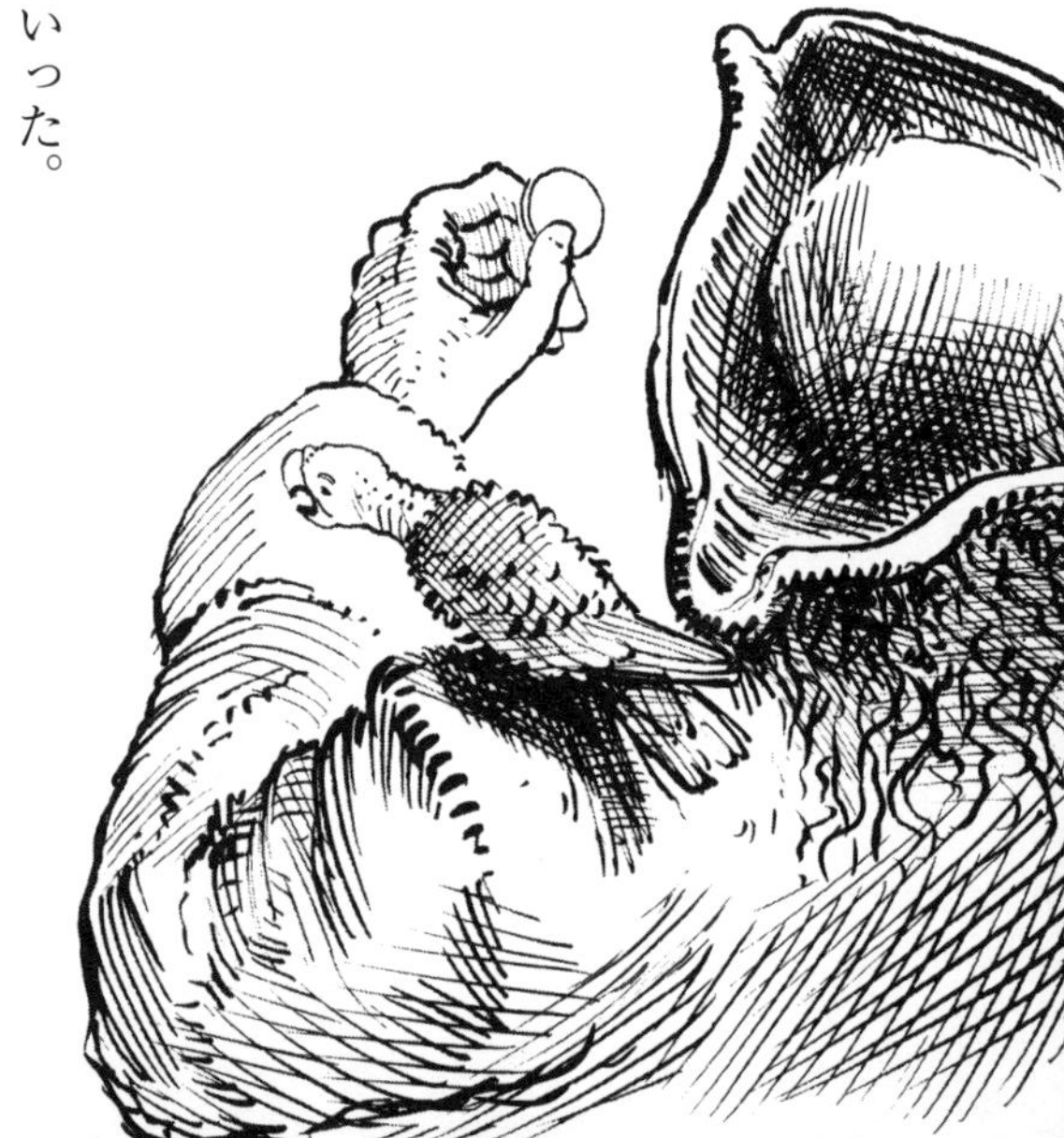

これは緯度と経度……そうだ、赤毛のロジャーが宝を埋めた、あの島の位置だ！

じつはぶちぎれボブは、赤毛のロジャーを殺して一人で船にもどった日、新船長としてあの島の緯度と経度を航海日誌にちゃんと書いていた。しかしその後、乗組員の反乱で日誌が燃えてしまったのだった。

ついに宝の島の位置がわかったぶちぎれボブは、きたない歯をむきだしにして悪魔のようなほほえみを浮かべ、ボートにいるロビンソンを見おろしていった。

「もう、きさまの案内はいらん」

それから、手下の一人にいった。

「おい、だれかボートへおりて、あのヒゲをすっぱり落としてこい！　首ごとだぞ！」

シャキーン！

二十人の海賊がいっせいにカトラスをぬきはなった。みな船べりに足をかけ、手こぎボートにおりてこようとしている。

そのときロビンソンが、大きな鐘の音のようによくひびく声でいった。

「ええっ、このヒゲを!?　この生えたてのヒゲを落とすとおっしゃるので？　この、世にも不思議な、たった一日で生えてきた、もじゃもじゃの贅沢品を？」

ロビンソンの言葉はおどろくべきものだったし、声も心にひびくものだった。

ボートにおりようと船べりに足をかけていた海賊どもは、全員そのかっこうで動きをとめた。

ジャックは口をぽかんとあけていた。

あんなことといって、どうしようっていうの？　ロビンソンは頭がどうかしてしまったの？

ジャックの思いをよそに、ロビンソンは芝居がかった口調でしゃべりつづけた。

「ああ！　おれはこのヒゲを、早くも失ってしまうのか!?　長年望んできたヒゲだというのに……すごい魔法の薬で、つるつるだったおれのあごに、やっと生えてきたヒゲなのに！」

海賊どもは、まだじっとしていた――心の底では「この話はあやしい。眉つばだ」と思っていても、ついついロビンソンの美声に聞きほれているようだった。

しばらくして、海賊どものにぶい頭がようやく働きだした。

たわごともいいかげんにしろ！　とばかりに、男たちはいっせいに動きはじめた。

ところがなぜか、ぶちぎれボブだけは動かない。

「待て、待て！」

ぶちぎれボブの大音声に、海賊どもはふたたび動きをとめた。

ふつうならだれも信じない、眉つばのたわごとを、なんとぶちぎれボブは信じはじめていたのだ。ロビンソンの長い名ゼリフの効果だった！

そもそも、ぶちぎれボブの強烈なヒゲぎらいは、嫉妬の裏がえしだった。ヒゲのある男へのやきもちから、ヒゲぎらいになったのだ。嫉妬の根っこには、たいてい、あこがれがあるものだ。

じつはぶちぎれボブは、昔からヒゲを生やしたくてたまらなかったのだ。ヒゲのない海賊なんてありえないだろう！

ぶちぎれボブの目にはもう、りっぱな黒いヒゲを生やして舵のそばに立つ自分のすがたが見えていた。

それでもぶちぎれボブは、いちおう、うさん臭そうな声を出した。

「魔法の薬だと？」

「はい！」ロビンソンははっきり答えて、ポケットからビンをとりだした。

あざやかな緑色の液体がいっぱい

に入っている。

ロビンソンは、ビンをボートからデッキに向かって投げあげた。

ぶちぎれボブは、持っていたダブロン金貨を投げすててビンを受けとった。

ビンをしげしげと見つめている。どうしてこんな緑色なんだ？　ビンに《小さい》と書いた札があるのはなぜだ？　ぶちぎれボブの心に、一瞬、疑いがしのびこんだ。

だがもし、今の話が本当だったら……？

「きさま、『たった一日で生えた』といったか？」ぶちぎれボブはきいた。

「はい……実際はもっと早かったかもしれません。飲むとたちまち、あごがちくちくしてきて、ヒゲが生えてくるんです！」

ぶちぎれボブは、ビンのコルク栓を歯ではさんではずし、ペッと海にすてた。

オウムのブースビー卿は首をつきだしてビンの中身を見つめ、まったく信用できないという顔でキイキイいった。

「ウソツキ！　ウソツキ！」

しかし、オウムの声は遅すぎた。あいたビンの口から、魔法の薬のにおいが、ぶちぎれボブの鼻にとどいたのだ。

「これはラムだ！」

ぶちぎれボブは手下の海賊(かいぞく)どもをふりかえっていった。

「おかしな色をしているが、これは、たしかにラムだ！」

ぶちぎれボブはビンに口をつけ、あざやかな緑色の液体(えきたい)をゴクゴクッとやってしまった——。

59章　まことにおどろくべきこと

その液体のにおいは、たしかにラム酒と同じだったかもしれない。

だが、味はちがった。

ラムとはまったくちがうひどい味が、ラム酒の香りをだいなしにしている。

あまりにも強烈な味に、ぶちぎれボブはその場で凍りついたようになった。髪は逆だち、目玉は今にも飛びだしそうだ。

小さなビンの中身は、三十個以上の〈アマウマの実〉の汁をじっくり煮て濃くしたものだった。あざやかな緑色をした、ひどくまずいときの実でつくってあり、ラム酒以外に「発酵をとめる薬」も入れてあった。だから、時間がたっても腐らない。つまり、いつまでたってもおい

しくならない。その液(えき)体(たい)は、恐(おそ)ろしいほど胸(むね)がむかむかし、思わずオエッとえずいて涙目(なみだめ)になってしまうほどいやな味だった。

ぶちぎれボブは、それをほとんど全部口に入れてしまった。その顔は、今にも爆発(ばくはつ)しそうだった。

「ブーッ!」

ぶちぎれボブは、液(えき)体(たい)をいきおいよく吐(は)きだした。

液体は、海賊全員にかかった。

ぶちぎれボブのすぐそばにいた一等航海士のノビー・ニブスは、ピシャッと顔じゅうに液体をあびた。

ほかの全員もたっぷりあびた――ボブの右後ろにいたやせっぽちトムまで。

ぶちぎれボブがあまりにいきおいよく吐きだしたので、恐るべき魔法の薬は霧のようになって広がり、船全体をつつみこんだ。

オウムのブースビー卿も、ボブのあごにヒゲが生えてくるか、首をつきだして見つめていたせいで、ばっちり液体をあびた。

やがて、ぶちぎれボブの大きくあけた口から、うなり声が発せられた。

「う――――っ！」

それは、霧のとき船の安全のために鳴らされる霧笛のように、低く長く尾をひいた。

そのうなり声がなければ、下の手こぎボートにいるロビンソンの声が、ちゃんと海賊どもの耳にとどいたはずだった。

「ラム、ラム、あま～いラム！　あま～い、うま～い、あま～いラム……」

いろいろなものが小さくなるようロビンソンが呪文をくりかえしているあいだに、ジャックはボートと船のあいだのロープを切ろうと、なまくらなナイフでゴシゴシやっていた。

やっとロープが切れそうだというときになって、ようやく呪文の効果があらわれはじめた。

マストや帆やロープなど、船のありとあらゆるものが小さくなりはじめたのだ。

もちろん海賊どもも、全員小さくなりはじめた。

ぶちぎれボブもノビー・ニブスも、ジェイクもトムも、コックのウェルクも、ちぢれ毛ピートも下っぱシドも、みんなみんなちぢんでいく——。

オウムのブースビー卿はキイキイ声で「ウソツキ！　ウソツキ！　ウソツキ！」とさけびながら、ちぢんでいた。

ぶちぎれボブの霧笛のようだったさけびは、風船から空気がぬけるときのシューッというような音になった。最後には、やっと聞こえるくらいの「プーッ」というかすかな音になった。

とはいえ海賊どもは、自分たちに起こっているおかしなことに、しばらくは気づかなかった。気づいたのは、やせっぽちトムが空のカモメを見て、こんな声をあげたときだった。

「おっと、ありゃなんだ？」

海賊どもは吐き気をこらえつつ、顔や服についた緑の液体をぬぐっているところだったが、トムの声を聞いて、いっせいに空を見あげた。

船より大きな鳥が、頭上を飛んでいた。

海賊どもは口々に泣きわめいた。

しばらくすると、自分たちのすぐそばに、もっと大きなもの――巨人が二人そびえているのに気づいた。巨人たちは恐ろしく大きな手こぎボートに乗っていた。

海賊どもは、またもや口々に泣きわめいた。

「なんだってこんな悪夢みてえな、おっかねえとこに流れついちまったんだ?」

「おれら、いつのまにこんな、とちくるった世界に来たんだよぉ」

かわいそうにコックのウェルクは気が遠くなり、デッキにバタッとたおれた。

何人かが、ウェルクの体につまずいた。海賊（かいぞく）どもはみんな、吐（は）きちらされた緑色の液体（えきたい）のせいで、すべったりころんだりした。

やがてデッキには、すっころんだ海賊（かいぞく）どもの山ができた。

みんな、つるつるぬるぬるするデッキでうまく立ちあがれず、神をののしったり泣きわめいたりしていた。

ただ一人、ぶちぎれボブだけは、落ちつきはらってデッキにしっかと立っていた。自分をとりまく悪夢（あくむ）には気づいていないようだった。

ぶちぎれボブはまっすぐ前を見つめ、すっかりわれをわすれている。その顔には、このうえない喜びがあらわれていた。

おどろくべきことが起こっていたのだ。まことにおどろくべきことだった。

ぶちぎれボブのあごに、ヒゲが生えはじめたのだ――。

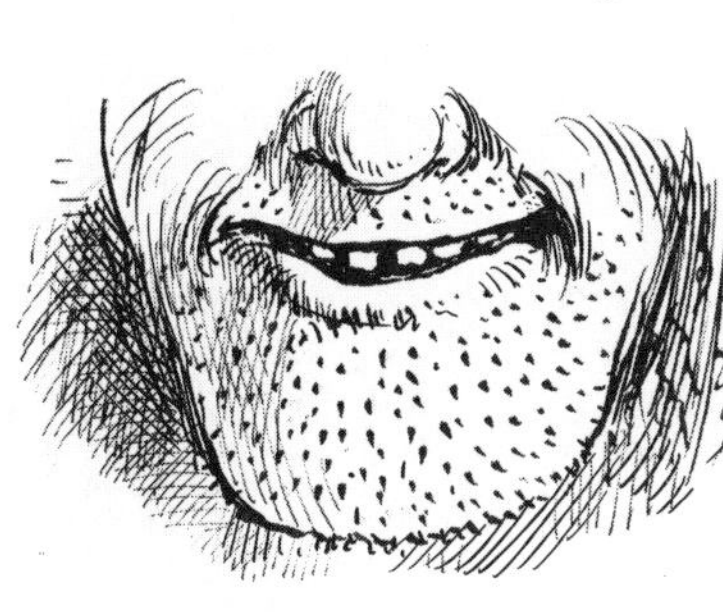

60章　のろわれたヒゲ

ぶちぎれボブは自分のあごをなでてみた。最初は、手のひらがちくちくする程度だった。

ヒゲが生えてきたぞ……！

ところが、ヒゲはあっというまにぐんぐんのびて、ぼうぼうと指のあいだからはみだしてきた。もじゃもじゃの黒いヒゲだ。

ヒゲはまたたくまに三十センチ以上になった。

ぶちぎれボブは「生えっぴー！」といかれた喜びの声をあげ、デッキに義足を打ちつけながら、おかしな歌を歌い、ぶきっちょなダンスを踊りはじめた。

ホントだった、ホントだった、ホントだったワイ！

これぞまさしく　魔法だワイ！

しかし、魔法の効き目は、まだまだこんなものではなかった。

ヒゲは、わずか三十秒でぶちぎれボブのおなかまでのびた。

ぶちぎれボブは、たれさがったヒゲを旗のように左右にふった。

「みなのもの、これを見よ！　ほれ、これを見よってんだ！」

オウムのブースピー卿は、異常なスピードでのびるヒゲに恐れをなし、船長の肩から頭の上に飛びうつった。

ヒゲはたちまちのうちに、ひざまでとどいた。

そしてデッキの上にもじゃもじゃの山をつくった。もう、ボブの足も義足も見えない。

針金並にかたくてこんがらかった黒いヒゲは、ぐんぐんのびつづけ、やがてデッキをすっかりおおってしまった。まるで、たちの悪い海藻のモンスターが海から這いあがってきて船を占領したかのようだった。

ロビンソンは魔法の薬の効き目について、うそをついたわけではなかった。むしろ、ほとんどが本当のことだったのだ。

魔女シコラクスは、呪文の本のすみにこんな走り書きをしていた――。

〈ご用心！　この薬を飲んだ者は「のろわれたヒゲ」に苦しむ不幸なさだめ！〉

たしかに、ヒゲは「のろわれた」ものだった。「悪魔のよう」といったほうが、ぴったりかもしれない。

ヒゲは、デッキにすっころんだ海賊どもの手足にまで、からみつきはじめた。

トムが声をあげた。

「うっ、なんか、まきついてきた！　なんだよ、この気持ち悪いもんは？」

ほかの海賊も、ヒゲにまきつかれて悲鳴をあげている。

黒いヒゲは、上げ潮をうわまわるスピードで、海賊どもの体にまきついていた。

ぶちぎれボブは体じゅう渦まくヒゲにからめとられてしまい、そのすがたは、まるでヒゲでできた繭のようだった。黒いもじゃもじゃのかたまりの上に、かろうじて顔の上半分と帽子が見えている。

オウムのブースビー卿は、船長の帽子の上で、ヒステリーを起こしたようにぴょんぴょんとびはねていた。

ぶちぎれボブの小さな目から喜びの光が消えた。今、船長の目にあるのは、強い恐怖だった。大きな勝利は大きな厄災に、希望は絶望に、夢は悪夢に変わってしまった。

ヒゲは、まさに怪物(かいぶつ)だった。ぶちぎれボブは、ヒゲに手をつっこんで、腰(こし)のカトラスをつかむと、それでヒゲをぶった切りはじめた。麦畑で大きな鎌(かま)をふるうように、カトラスを一回ふるごとに大量のヒゲがぶった切られていった。

それでも、のろわれたヒゲはまだまだのびつづけていた——。

61章　ビンの中の帆船

巨大なガリオン船が目の前でどんどん小さくなっていくのを見て、ジャックはあっけにとられた。魔法の本には「ほんの一滴」と書いてあるのに、今回はかなりの量の薬が空中に吐きちらされた。そのせいで船は劇的にちぢんでいった。

ようやくちぢむのがとまったときには、船は全長五センチくらいになっていた。

ジャックはしばらく動くこともできず、口をあけて見ているだけだった。ロビンソンも魔法の効果に目をみはっていた。

ジャックはようやく質問を口にした。

「ねえ、ロビンソン、どうしてわかったの？」

「なんのことだ？」

「ぶちぎれボブが、ヒゲを生やしたがっていたこと」

「わかっていたわけじゃない。ただ、そんな気がしただけだ」

「えっ？　ただのかんだったの？」

「ああ、そのとおり！」

ジャックはロビンソンの顔を見あげていった。

「ごめん。ぼくあのとき、きみの頭がどうかしたと思ったよ」

「たしかに、おかしな話をしたからな！　でも、試してよかっただろう？」

そのとき、かすかな風がふいて、海にさざ波が立った。

それは、小さくなった海賊船にとっては、ものすごい大波だった。

カモメは上空を旋回しながら、ちぢんでゆく船をものめずらしげに見ていたが、やがて小さな帆船のすぐそばにおりてきた。手こぎボートからも二、三メートルのところだ。

カモメはくちばしをあけて、小さな船のほうに首をのばした。

「おい、あっちへ行け！」ジャックは、カモメに向かってオールをふりかざした。

カモメはいらついたような声で鳴くと、どこかへ飛んでいった。

ジャックはオールを水にさして、小さな海賊船をそっと手こぎボートに近づけた。見ると、ボートのすぐそばにビンが浮いていた。〈ラッキーボトル号〉だ。

ジャックはオールを放し、片手で小さい船を、もう一方の手でビンを持った。

「ジャック、何をしているんだ？」

急にあのときの気持ちがよみがえって、ジャックは返事ができなかった——小さくされたカメのヘラクレスがロビンソンの足もとで必死にもがくのを見たときの気持ちが。

ジャックは小さな帆船にあわれみのようなものを感じた。

もちろん、ぶちぎれボブと海賊どもは同情する値うちもない連中だ。ロビンソンとジャックはあっさり殺されてしまうところだった。

それでも、さざ波やカモメにすら抵抗できない小さなすがたを見ているうちに、ジャックは海賊どもがかわいそうに思えてきた。

こいつら、大海原の真ん中で、生きのびられっこない……。

ジャックは小さな海賊船をビンにおしこんだ。とちゅうでマストがピシピシッと音を立てて折れた。

手こぎボートのそばにコルクが浮いていた。薬のビンの栓だったものだろうか。

ジャックはコルクをつまみあげ、船を入れたビンに栓をした。それから、ビンを目の前に持ちあげて、中の小さな海賊船をしみじみと見つめた。

太陽はもう水平線に沈みかけていたが、まだなんとかこまかい部分も見えそうだった。

ジャックは、海賊どもが巨大なジャックを見て、ふるえおののくところを見たかった。

だが、やつらはジャックのほうを見もしなかった。

なんと、海賊どもは戦っていた。

たがいに斬りつけあっている……最初ジャックはそう思った。全員がはげしく動きまわっており、カトラスのきらめきも見えたからだ。

そのうち、海賊どものまわりにある不思議なモワモワしたものに気づいた。

不思議なモワモワは、船全体に広がっていた。

ジャックはビンにもっと顔を近づけた。

モワモワはぶちぎれボブから出ているようだった――もっとはっきりいえば、ぶちぎれボブのあごから。

「わっ、このモワモワ、全部ヒゲだ！　ロビンソン、ぶちぎれボブのヒゲが、すごいことになってるよ！」

「そりゃそうだろう。おれがいったことを信じていなかったのか？」

「海賊全員がヒゲと戦ってる！　ヒゲがやつらを攻撃してるみたい！」

「ああ、何しろ『のろわれたヒゲ』だからな。あの薬を飲んだ者の『不幸なさだめ』だ」

ロビンソンが「不幸なさだめ」だ、なんていってやけに落ちついているので、ジャックはかえって不安になった。

「あのヒゲ、これからどうなるの？」

「いずれ、のびるのがとまるだろう。運がよければ、ぶちぎれボブのあごに、手におえる量のヒゲが残る。そうなればやつは喜ぶな。あるいは、やつはヒゲをすっかり剃っちまうかもしれない。そしたらやつのあごは『赤んぼのおしりみたいにつるっとした』あごにもどるだろう」

いつのまにかあたりは暗くなり、ビンの中も見えなくなった。

ジャックはビンを海に浮かべていった。

「幸運を祈るよ！　ぼくにけっこう大きな幸運をくれた〈ラッキーボトル号〉が、おまえらにはもっと大きな幸運を運んできますように！」

小さな海賊船をふところに抱いた〈ラッキーボトル号〉は、静かな夜の海をゆっくり遠ざかっていった。

ジャックはそのようすを
しばらくながめていた――。

62章　緑の谷

ロビンソンはオールを手にして、いった。

「ジャック、気づいているか？　おれたちにもかなりの幸運が必要なんだぞ！　何しろ、水も食いものもなしに大海原の真ん中を漂流中だ。冒険はまだ終わったわけじゃない」

幸運を予感していたジャックは、だまってほほえんでいた。

「なあ、ジャック、どっちに進めばいいと思う？」

ジャックは西に沈みゆく夕日をちらっと見てから、東に広がる夜の闇を見て、いった。

「暗いほうに進もうよ。そのほうが早く夜明けが来る」

というわけで、二人は東のほうに向かってボートをこいだ。実際にこいだのはロビンソンだけだったが。

ジャックの予感どおり、二人に幸運がおとずれた。

夜通しボートをこいだロビンソンが、夜明けに帆船を見つけたのだ。南西の方角に、日の出の光を受けて白い帆がかがやいていた。

ロビンソンはシャツをぬいでオールの先にしばりつけ、高くかかげて旗のようにふりまわした。

「おーい！　おーい！」

早朝の海にロビンソンの大声がひびいた。

二十分後にはもう、帆船は手こぎボートのすぐそばにいた。

その五分後、ジャックとロビンソンは帆船のデッキで船長と握手を交わし、冷たくておいしい水をもらってゴクゴク飲んでいた。

二人は船長に、自分たちの冒険の話をすこしだけ変えて話した。もしすべてをありのままに話していたら、船

長はぜったいに信じてくれなかっただろう。

その帆船は〈コーンウォールスター号〉という名前で、イングランドのファルマス港に向かっていた。

三週間もしないうちに、ジャックとロビンソンはファルマス港の波止場に立っていた。ファルマスは大きな港で、かぞえきれないほどの帆船のマストが林のように並んでいた。二人はひさしぶりに、たたんだ帆をとめた無数のロープがギシギシと風にきしむ音を耳にした。世界のどの港でも聞こえてくる、なつかしい音だ。かぎなれた海藻や魚のにおいもした。

ロビンソンは興奮気味に、港のあちこちを指さしてしゃべりつづけていた。いっぽうジャックは、おしだまっていた。ふるさとの港のながめや音のせいで、二年以上も胸におしこめてきたものが一気にあふれてきそうだった。ジャックはなんとか涙をこらえていたが、話したりする心のよゆうはなかった。

家はもうすぐそこだ……。

ジャックの気持ちを察したロビンソンはしゃべるのをやめ、すこし離れていくと、海に向かって古い歌を口ずさみはじめた。

しばらくすると、ロビンソンはいった。

「別れのときが来たようだな」

ジャックはまだ涙をこらえるのに必死で、ロビンソンの言葉をよく聞いていなかった。ロビンソンのほうを見もせず、ぼんやりとうなずいている。

「一刻も早く家に帰りたい、そうだろう？　ここから家までの道はわかるな？」

ロビンソンは、ジャックの肩に手を置いていった。

「ジャック、さようなら！」

そういわれたジャックはようやく、はっとしてロビンソンのほうを向いた。

「なんで？」

ロビンソンは肩をすくめて笑った。

「おれはもう行くよ。きみは早く家に帰りたいだろう。手紙を書いてくれ。書き方はもうわかってるだろう？　ニュース満載の長くておもしろい手紙をたのむぞ。手紙はビンにつめて海に流すんじゃないぞ。おれがどこかに落ちついたら住所を知らせるから――」

「ロビンソン、どこに行く気？」

「まだわからんが、ここに停泊している船のどれかに船員として乗りこもうかと――」

「そんなのだめだよ！」ジャックは声をあららげた。「ロビンソン、いっしょに来て！　うちに来なきゃだめだ！」

「それはできない。きみの家族は、おれみたいな大男は歓迎しないだろう。泊まる部屋がないかもしれないし――」

「大歓迎するってば！　部屋なんかどうにでもなる！　ぼくが納屋に寝て、きみがぼくの部屋を使えばいい。とにかく、きみはもう家族だ。ぼくの家族はきみの家族ってこと！」

「……本当か？」ロビンソンは泣きそうになった。「行ってもいいのか？」

「うん、だいじょうぶ！　ロビンソン、ぼくの家はきみの家だ！」

ジャックはそういうと、ロビンソンのおなかに抱きついた。

ロビンソンもジャックを抱きしめた。ロビンソンのほおには涙が流れていた。

ジャックは「さ、こっちだよ！」と、先に立って歩きはじめた。

二人は、丸石敷きの急坂をのぼってファルマスの街を出ると、ジャックが生まれ育った小さな谷をめざした。

二人はほこりっぽい道を一日じゅう歩きとおした。

頭上には大きな木が枝を広げていて、ノラニンジンの青くさいにおいがしょっちゅう二人の鼻をついた。

やがて周囲に大きな木がなくなり、二人はついに荒涼とした原野に出た。ムーアだ。あたりには小さなピンクの花をつけた低木しか生えていない。

もう太陽は沈みかけていた。

ジャックとロビンソンは、ムーアの丘をのぼりきった。すると景色は一変し、目の前に、緑ゆたかな谷が広がった。

故郷は、このうえなく美しかった——。

緑の谷の真ん中に、木々にかこまれた灰色の石造りの家が見えた。ドアは緑色だ。

庭木戸のそばに女の人が立っていた。ショールをかきあわせ、丘の向こうのムーアの上の夕空に目をやり、丘をおりてくる二人に気づくと、はっとして口に手を当てた。

おそらく女の人が呼んだのだろう、家から男の人と少女もあらわれた。続いてネコと犬が出てきて、ジャックに気づいたのか、犬はすぐに吠えはじめた。

ジャックは走りだした——。

63章　ラロックばあさんの新しい商売

ジャックとロビンソンが船でファルマス港へ到着してからおよそ六か月後――。

ラロックばあさんは、海岸線にそって朝の散歩をしているとき、海に光るものを見つけた。白くくだける波のすこし向こうに、ガラスのビンがきらめいていた。

「あれはきっと一六一ページだよ！」ラロックばあさんはスカートをたくしあげて海に入り、そのビンをすばやくひろった。

しかし、それは一六一ページではなかった。

ビンの中身はひじょうにめずらしいもの――小さな帆船だった。

ラロックばあさんは「どうしてこんな小さい船なんかをビンに入れたのだろう」と考えた。

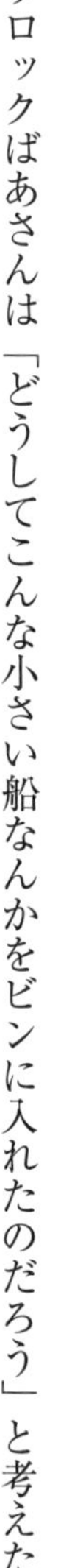

だいたい船なんてもんは、いくら小さくても、ビンに入れるには向いちゃいないのに……ほーら、やっぱり！　だれが入れたか知らないが、マストが全部折れちまっているじゃないか！

そうは思ったものの、ラロックばあさんはこのめずらしいものに、なんとなく心をひかれた。

そして、こんなことを考えはじめた――。

どうにかしてマストを折らずに船をビンの中に入れられないもんかねえ……。

じつは、ラロックばあさんの趣味は、帆船の模型づくりだった。

ファルマス港の宿をたたんで引退して以来、ひまさえあれば模型をつくっていたせいで、今ではコテージのいたるところにかぞえきれないほどの模型があった。それ以外にコテージにあるものといえば、ものすごい数のラム酒の空きビンだった。

ラロックばあさんは、その日のうちに「ボトルシップ」の試作品第一号を完成させた。もちろんマストは折れていないものだ。

一週間もしないうちに、ラロックばあさんはこの新製品で商売を始めた。近所じゅうに売りさばくことに成功し、ボトルシップはコーンウォール一帯で大流行した。今では、たいていの家の暖炉の上に置かれている。

ボトルシップはその後、さらに広く知られるようになっていった……。

エピローグ

「世界ではじめて小さな帆船がビンに入るまで」――ボトルシップができるまでの物語、いかがでしたか?

つまるところ、ラロックばあさんは「世界ではじめて小さな帆船をビンに入れた人」ではなく、むしろ「帆船の模型のマストを折らずにビンに入れる方法をあみだした人」ということになります。

どうやってマストを折らずにビンに入れるのか、それはあいにくわかりませんが……。

ですが、こういう話もつたわっています。

ラロックばあさんは、海で見つけたあの世界初のボトルシップを自分のコテージの暖炉の上に置いたところ、二、三日後にはビンの口の真下に、何かおがくずっぽいものの山があるのに気づいたそうです。

さらにラロックばあさんは、ビンのコルク栓に小さな小さな穴があいていて、そこから一本の糸が垂れているのも見つけたそうです！

もっとおどろいたことに、その、おがくずっぽいものは、暖炉の上のいたるところにちらばっていて、そこに小さな小さな足跡みたいなものがあったというのです。

それからというもの、ラロックばあさんは――。

いえいえ、これはまた別の物語、このお話はこれでおしまい。

訳者あとがき

この本はクリス・ウォーメル作『The Lucky Bottle（ザ・ラッキー・ボトル）』の全訳です。物語の舞台は帆船が行き来し海賊がいた十九世紀の大西洋、主人公は十歳の少年ジャック・ボビン。家族とケンカして家をとびだしたジャックは、年をごまかして船に乗ったものの、嵐で難破し、ひとり孤島に流れつきます。そこで見つけたのは、ガイコツと巨大なカメ。さらに、島にはロビンソンと名乗る男が二十年近くも住みついていました。ロビンソンと一緒に洞穴でくらすことになったジャックは、読み書きを習い、助けをもとめる手紙をビンに入れて次々に流しますが、助けはやってきません。そんなとき、海賊の宝がこの島に隠されている可能性に気づき、二人は宝さがしを開始します。とちゅうで、なんと魔女らしき人物のミイラと魔術書も見つかります。どうしても故郷に帰りたいジャックは、島に流れついたビンの手紙と魔術をヒントに、奇想天外な脱出計画を思いつき——。

少年ジャックの孤島での生活と脱出サバイバルの物語はリアルで迫力満点。「そうくるか！」と思わず笑ってしまう展開もあり、これぞ読みだしたら止まらない本。ハラハラ、ホロリ、エッ！　と、楽しんでいただけたなら幸いです。

また本書には、児童文学に欠かせない要素もたっぷりつまっています。挑戦や希望、人間の弱さと強さ、そして友情のすばらしさ……さらに、小説や芝居の古びることのない魅力や、手紙のやりとりや謎ときなど、「言葉や文字の力」も心に残ることでしょう。

物語の時代設定は十九世紀ですが、作品の底には現代的なメッセージも流れています。その一つは、「人は年齢、性別などにかかわらず平等で、それぞれに個性や大切にするもの、苦手なものがあり、それは尊重されるべきだ」というものでしょう。

たとえば、ロビンソンはジャックより年上で経験や教養もありますが、ジャックに対して子どもだからと保護者面したりいばったりはせず、最初から対等に接します。だからこそ二人は、さまざまなちがいを持ちながらも親友になるのです。

ジャックの話に出てくる女性たちの描かれ方も現代的。ジャックより先に本が読めるようになった妹や、「重要人物というのは王さまとかじゃない。みなし子やなんかだよ」という母、船乗りの話を村の子どもに伝える「語り部」のラロックばあさん――みな賢明で魅力的な人物です。実際に十九世紀に書かれた古典的な冒険ものとはあきらかに異なる描かれ方だといえるでしょう。

また、「小さな島の自然も、こわさないようにしなければ」というメッセージがこめられているのも現代的な要素です。

ジャックとロビンソンは焚き火をきれいに始末し、宝さがしで掘ったたくさんの穴を、カメが歩きにくいからと埋めもどします。カメを魔法の実験に使ったロビンソンのことを、ジャックは強く責め、ロビンソン自身も反省します。本書に登場するカメは、人ぎらいで偏屈ですが、同じ島に生きる仲間。果実の食べごろを知っているなど、人よりかしこい面もある存在です。二人とカメのエピソードの数々に、作者の、自然や生きものへ愛が強く感じられます。

今を生きるわたしたちには、古典的な名作だけではなく、新しい価値観によって書かれたこうした物語も必要だと思います。本作のように、楽しい物語の中に古き善きものへの愛と、新しい価値観が描かれた作品が、多くの人に読まれていくことを願っています。

作者のクリス・ウォーメルは、一九五五年イギリス生まれ。もとは広告やデザインの仕事をしていましたが、一九九一年にボローニャ国際児童図書展グラフィック賞を受賞し、絵本作家として知られるようになりました。作者にとって長編二作目のこの本には、本人が描きおろしたすばらしいイラストもたっぷり入っていて、波瀾万丈の物語をいっそう盛りあげています。

ウォーメルは、作中の『ロビンソン・クルーソー』や『テンペスト』以外にも、『宝島』や『ピーター・パン』などの冒険小説の愛読者なのでしょう。それらの作品に登場したり実在したりした海賊たちが、すがたを変えて登場しています。オウムを連れたフックの義手のボブ、墓石にきざんだ名前ビリー・ボーンズ、黒ヒゲや赤毛のロジャーなど、「あ、これは！」とお気づきの方も多いかもしれません。過去の冒険小説に出てきた人物を見つける楽しみもぜひ味わってみてください。

なお、紙切れの文字については、日本でも楽しめるよう作者の許可を得て、日本語の謎ときに変更しました。

最後になりましたが、お世話になった小島範子さんをはじめとする徳間書店児童書編集部のみなさんに、心よりお礼を申しあげます。

二〇二四年四月

柳井　薫

【訳者】
柳井 薫（やない かおる）
国際基督教大学教養学部卒業後、出版社勤務を経て、現在は英米文学の紹介、翻訳につとめる。主な訳書に『エリザベス女王のお針子～裏切りの麗しきマント』（産経児童出版文化賞翻訳作品賞）、『本だらけの家でくらしたら』（共に徳間書店）がある。

【ラッキーボトル号の冒険】

The Lucky Bottle
クリス・ウォーメル 作・絵
柳井 薫 訳 Translation © 2024 Kaoru Yanai
416p, 19cm, NDC933

ラッキーボトル号の冒険
2024年5月31日 初版発行

訳者：柳井 薫
装丁：鳥井和昌
フォーマット：前田浩志・横濱順美

発行人：小宮英行
発行所：株式会社 徳間書店

〒141-8202 東京都品川区上大崎3-1-1 目黒セントラルスクエア
Tel.(03)5403-4347(児童書編集) (049)293-5521(販売) 振替00140-0-44392番
印刷：日経印刷株式会社
製本：大日本印刷株式会社
Published by TOKUMA SHOTEN PUBLISHING CO., LTD., Tokyo, Japan. Printed in Japan.

徳間書店の子どもの本のホームページ https://www.tokuma.jp/kodomonohon/

ISBN978-4-19-865837-3